MORDSWEIBERLEUT

Martina Tischlinger, in Nürnberg geboren, studierte BWL, Außenwirtschaft und Marketing, doch ihre Leidenschaft gehört dem Schreiben. Sie hat bereits mehrere Franken Krimis und Komödien sowie zahlreiche Kurzgeschichten veröffentlicht. Außer im Radio ist sie bei Lesungen zu hören.

MARTINA TISCHLINGER

MORDSWEIBERLEUT

Franken Krimi

emons:

Bibliografische Information der Deutschen Nationalbibliothek
Die Deutsche Nationalbibliothek verzeichnet diese Publikation in der Deutschen Nationalbibliografie; detaillierte bibliografische Daten sind im Internet über http://dnb.d-nb.de abrufbar.

FSC www.fsc.org
MIX
Papier aus verantwortungsvollen Quellen
FSC® C083411

Umschlagmotiv: mauritius images/Helmut Meyer zur Capellen/imageBROKER
Umschlaggestaltung: Nina Schäfer, nach einem Konzept von Leonardo Magrelli und Nina Schäfer
Umsetzung: Tobias Doetsch
Gestaltung Innenteil: DÜDE Satz und Grafik, Odenthal
Lektorat: Susanne Bartel
Druck und Bindung: CPI – Clausen & Bosse, Leck
Printed in Germany 2021
ISBN 978-3-7408-1152-5
Franken Krimi
Originalausgabe

Dieser Roman wurde vermittelt durch die Autoren- und Projektagentur Gerd F. Rumler, München.

Für Gerhard

Schwarz wie die Nacht

Ein besonderer Zauber lag über der Stadt. Es war eine weitere tropische Sommernacht, wie geschaffen dafür, um in Biergärten unter einem Kastanienbaum zu sitzen oder in den Sternenhimmel zu schauen. Und wie gemacht für Verliebte. So wie Marlies. Das Lächeln auf ihren Lippen wollte gar nicht mehr verschwinden. Kristian hatte sie »mein Himmelsglück« genannt.

Es ging auf Mitternacht zu, als sie in die Agnesgasse bog. Nur noch über den Albrecht-Dürer-Platz und hoch zur Oberen Krämersgasse, dann wäre sie zu Hause. Natürlich hätte es Kristian am liebsten gesehen, wenn sie in seiner Wohnung am nicht allzu weit entfernten Unschlittplatz geblieben wäre. Aber morgen war Vorlesung, und Marlies wollte nicht völlig unausgeschlafen sein. Außerdem hatte sie keine frische Wäsche eingepackt.

Ihre von der Liebe getragene Hochstimmung bekam einen Riss, als eine vermummte Gestalt ihr entgegenkam. Obwohl die Gasse breit genug war, um mühelos aneinander vorbeizugehen, hielt der Mann direkt auf sie zu. Wahrscheinlich ein Betrunkener, dachte sie verärgert. Sie wollte weder angemacht werden noch sich auf eine Diskussion mit dem Kerl einlassen. Sollte sie einfach umdrehen? Aber sie hatte das Ende der Gasse gleich erreicht.

Vielleicht will er ja gar nichts von dir, versuchte sie, sich zu beruhigen.

Notfalls würde sie laut schreien. Sie war schließlich mitten in der Stadt, was konnte ihr hier schon passieren?

Erst jetzt wurde ihr bewusst, dass sie, seit sie Kristians Wohnung verlassen hatte, niemandem begegnet war.

Kristian hatte sie sogar begleiten wollen, doch sie hatte leichthin abgewinkt. »Ach was, wegen der paar Meter. Ich bin doch schon ein großes Mädchen.« Vor ein paar Minuten hatte sie es auch so gemeint. Aber jetzt wünschte sie sich ihn an ihre Seite.

Der Mann hatte die Kapuze seines schwarzen Parkas tief ins Gesicht gezogen und lief nach vorn gebeugt. Im Näherkommen erkannte Marlies, wie groß er war. Mit seiner Hand könnte er sie zerquetschen wie ein mickriges Pflänzchen. Plötzlich spreizte er die Ellbogen vom Körper ab, als wollte er sich noch breiter machen, als wollte er es ihr noch schwerer machen, an ihm vorbeizugehen. Es war eindeutig, dass er es darauf anlegte, sie anzurempeln. Sein Gang war wippend, provozierend. Er war auf Stunk aus.

Dreh um! Lauf weg!

Aber sie tat es nicht. Stattdessen wich Marlies ihm aus, streifte dabei aber dennoch seinen Arm. Sie beschleunigte schon ihren Schritt, als sie einen Fehler machte. Den größten Fehler ihres Lebens.

Marlies drehte sich um.

Sie wollte wissen, ob der Hüne weiterging oder sie vielleicht noch von hinten angreifen würde. Oder ob …

Er stand breitbeinig hinter ihr, hob lauernd den Kopf. Sie hatte eine Alkoholfahne erwartet, doch er schien nicht getrunken zu haben. Der Blick aus seinen kalten Augen traf sie bis ins Mark. Entsetzt bemerkte sie das Messer. Doch ihre Angst verlieh ihr Mut.

Marlies schrie. Schrie so laut, dass ihr die Kehle brannte.

Tatsächlich schien er zu zögern, hob dann aber schließlich doch seinen Arm. Marlies registrierte die ruckartige Bewegung. Dann einen Schmerz im Unterbauch. Und dann in der Brust, wo das Messer zum zweiten Mal in sie eindrang.

Eiskalte Hand

Olympia Moustakas tappte schlaftrunken aus ihrem Badezimmer. Der Juli näherte sich seinem Ende, doch die Hitzewelle sollte laut Wetterbericht noch bis übers Wochenende andauern. Die Nächte in ihrer Stadtwohnung waren unerträglich warm, selbst für sie als Halbgriechin, die allerdings immer schon mehr Zeit im Nürnberger Stadtteil Zerzabelshof und in der Altstadt verbracht hatte als auf Mykonos, der Kykladeninsel im Ägäischen Meer, der Heimat des griechischen Teils ihrer Familie.

Olympia überlegte, den Ventilator einzuschalten, aber das Gerät machte einen Höllenlärm. Und während sie abwog, welcher Störfaktor ihres Schlafs einfacher zu ertragen wäre – die Hitze oder der röhrende Ventilator –, vernahm sie von der Straße ein Geräusch. Sie hielt den Atem an, um besser hören zu können. Das war nicht nur eine Unterhaltung, stellte sie fest, ging zum geöffneten Schlafzimmerfenster und lauschte. Ach, du liebe Güte, das war eine Frau, die schrie. Olympias Herz klopfte schneller.

Vielleicht ein Pärchen, das seine Meinungsverschiedenheit auf der Straße ausfocht? Ihrer Erfahrung nach plärrten Betrunkene, Verliebte, Verzweifelte und generell Gestörte besonders gern und inbrünstig in den Sommermonaten zu nachtschlafender Zeit herum.

Doch Olympias ungutes Gefühl wuchs. Das war kein Streit, die Frau hatte panische Angst! Dann herrschte mit einem Mal wieder Totenstille.

Wenn Olympia auf eines hörte, dann auf ihre innere Stimme. Die Polizei zu rufen war für sie keine Option, die Frau brauchte jetzt Hilfe. Sofort. Als Fränkin mit griechischen Wurzeln war Olympia ein eher impulsiver Mensch. Geduld und Abwarten waren nicht gerade ihre Stärke.

In Schlafshorts und Shirt fädelte Olympia kurz entschlossen ihre Zehen in ein Paar gelbe Flip-Flops ein, nahm ihr Handy sowie Haus- und Wohnungsschlüssel und stürzte aus der Wohnung. Die Plastikschlappen klatschten durchs Treppenhaus, ansonsten war nichts zu hören. Hatten ihre Nachbarn von den Schreien nichts mitbekommen?

Draußen war es mild, aber kühler als in ihrer Wohnung. Eigentlich perfekt, um noch einen Weißwein auf dem Balkon zu zwitschern, dachte Olympia, musste dann aber daran denken, was sie eventuell gleich erwartete.

Und plötzlich war sie mittendrin – in ihrem persönlichen Horrorfilm. Agnesgasse Ecke Albrecht-Dürer-Platz lag regungslos eine junge blonde Frau auf dem Bürgersteig. Ihr Kopf war zur Seite gekippt, ein Arm ruhte auf ihrem Bauch, der andere war vom Körper abgewinkelt. Die Person, mit der sie augenscheinlich aneinandergeraten war, war auf und davon. Unglaublich.

Olympia kniete sich hin, legte Handy und Schlüsselbund neben sich und strich der Frau vorsichtig über die Wange. Sie war eigentlich noch ein Mädchen, wirkte zerbrechlich und zart. »Hallo, hören Sie mich? Haben Sie keine Angst, ich bin bei Ihnen. Ich kümmere mich jetzt um Sie.«

Dann sah Olympia das Blut, das sich an zwei Stellen auf der hellen Bluse des Mädchens zu großen Flecken ausbreitete.

»Mist, Mist, Mist. Oh nein, nein, nein«, stammelte die Halbgriechin, bevor sie Mittel- und Zeigefinger auf den Puls am Handgelenk der jungen Frau legte. Nichts. »Mist, Mist, Mist …«

Viel lieber hätte Olympia auf Griechisch geflucht, aber ihre Großtante Agathi hatte ihr das als Kind ausdrücklich verboten, und sie hielt sich immer noch daran. Die Großtante hatte ihr gesagt, einmal ausgestoßene Flüche kämen als Schicksalsschläge zu einem zurück, und sie musste es wissen. Immerhin war sie die Tochter einer Hexe, die nicht umsonst den Namen Hekate getragen hatte und mit einem einzigen Blick Kröpfe am Hals einer Person hatte heraufbeschwören können.

»Hallo, wach bleiben!« Olympia musste die Blutungen stoppen. Doch womit? Sie hielt schon den Saum ihres Shirts in der Hand, um es sich über den Kopf zu ziehen, doch stopp! Sie hatte keinen BH an. Also schlüpfte sie kurzerhand aus ihren Shorts, denn einen Slip trug sie immerhin. Trotzdem überprüfte sie ihn schnell. Zum Glück war es kein verwaschener mit Leierbündchen.

Beherzt drückte sie ihre mintgrünen Shorts auf die Bauchwunde, aus der das Blut nun regelrecht sprudelte. Sollte sie zudem nicht noch die Beine des Mädchens hochlagern? Aber wie? Vollkommen überfordert tastete Olympia mit der freien Hand nach ihrem Handy, wählte die 112 und versuchte, sich zu sammeln. Sie wollte nicht wie ein aufgeregtes Huhn am Handy klingen.

Die gelassenen Worte des Herrn von der Notrufzentrale beruhigten sie. Bald würde Hilfe kommen.

Olympia legte auf. »Keine Angst, wir schaffen das«, sagte sie immer wieder zu der jungen Frau und sprach damit auch ein bisschen sich selbst Mut zu.

Herzmassage!, schoss es ihr durch den Kopf. Bei dem im vergangenen Monat von ihr besuchten Erste-Hilfe-Kurs war ihr beigebracht worden, dass sogar eine schlechte Herzmassage besser sei als gar keine. Aber bei diesen extrem blutenden Wunden war sie nun doch etwas ratlos.

»Was ist denn bloß passiert?«, redete Olympia auf das Mädchen ein, das immer noch nicht wieder bei Bewusstsein war. Hoffentlich sah es nicht schon jenes weiße Licht auf sich zukommen, von dem Menschen berichteten, die bereits eine Nahtoderfahrung gemacht hatten.

Plötzlich fühlte Olympia die Gegenwart von jemandem hinter sich, und die Nackenhaare stellten sich ihr auf. Dann hörte sie ein leises Keuchen und war sich sicher: Derjenige, der die Frau so zugerichtet hatte, war zurückgekehrt!

Ganz langsam hob Olympia ihren Oberkörper. Gedanken schossen ihr durch den Kopf. Die junge Frau war schwer verletzt! Womöglich lebensgefährlich. Das war kein harmloser Streit gewesen. Jemand hatte versucht, sie zu töten.

Olympia überlegte fieberhaft. Sie musste denjenigen, der für die Verletzte verantwortlich war, überrumpeln, wenn sie selbst am Leben bleiben wollte. Sollte sie sich vielleicht einfach gegen seine Beine werfen?

»Hallo, Frau Moustakas, kann ich Ihnen helfen?«

Olympias Adrenalinspiegel sank augenblicklich. »Herr Heinrich! Gott sei Dank!« Ihre Mundwinkel zuckten, so stark war ihre Anspannung gewesen. »Ziehen Sie Ihr Schlafanzugoberteil aus, schnell!«, wies sie ihn an.

Und weil ihr Nachbar in Pyjama und leichtem Morgenmantel daraufhin erstarrte, erklärte sie: »Rollen sie es zusammen und legen Sie es in den Nacken des Mädchens! Und dann halten Sie ihre Beine hoch.«

Sein Gesicht war pure Verblüffung.

»Jetzt machen Sie schon, Herr Heinrich!«

Olympia hielt die Hand der jungen Frau eng umschlossen, während sie gemeinsam mit ihrem Nachbarn auf den Notarzt wartete. Sie sorgte sich schrecklich, weil die schlanken weißen Finger immer kälter wurden.

Imiglykos ist auch keine Lösung

Wie konnte man hundemüde sein und gleichzeitig hellwach? Olympias Blut rauschte wie nach drei griechischen Mokkas durch den Körper, der sich erschöpft wie nach einem Halbmarathon anfühlte. Mit ausgestreckten Gliedern lag sie auf ihrem Bett und lauschte in die Nacht, die in Kürze einem neuen Morgen weichen würde. Mit ihren Gedanken war sie bei der verletzten jungen Frau, die längst in der Notaufnahme vom Nordklinikum sein musste.

Stichwunden. Die Verletzungen waren zwei Stichwunden gewesen, resümierte sie. War ein Streit derart eskaliert, oder war die Frau von einem Wildfremden überfallen worden?

Olympia glaubte immer noch, die Hand, aus der allmählich das Leben floss, in ihrer spüren zu können. Genauso wie das klebrige Blut, obwohl sie doch sofort nach dem Vorfall die Shorts in den Müll gesteckt und geduscht hatte. Sie hoffte, dass keins der Organe lebensgefährlich verletzt worden war, dann könnte es die junge Frau schaffen.

Natürlich würde sie es schaffen, redete sie sich ein. Bestimmt würde sie schon später am Tag über den Berg sein!

Und dennoch war an Schlaf weiterhin nicht zu denken. Sie konnte einfach nicht fassen, dass in ihrem vertrauten Umfeld eine wehrlose Frau von einem Phantom niedergestochen worden war.

Einer der Streifenpolizisten hatte für mögliche Rückfragen Olympias Daten aufgenommen. Doch ihr war klar, dass sie als Zeugin nicht zu gebrauchen war. Schließlich hatte sie nur den Schrei der Frau gehört, aber keine zweite Person gesehen.

Olympia drehte sich vom Rücken auf den Bauch. Der Melissentee, den sie sich noch aufgebrüht hatte, bevor sie duschen gegangen war, verfehlte nach wie vor seine beruhigende Wirkung. Wahrscheinlich hätte es in dieser Ausnahmesituation schon stärkerer Geschütze bedurft. Olympia dachte an eine Flasche Imiglykos, verwarf die Möglichkeit aber sofort. Wein war auch keine Lösung.

Oder sollte sie ungeachtet der Uhrzeit Hauptkommissar Carl Bernhardt informieren? War das als Bürgerin nicht sogar ihre Pflicht? Vielleicht, andererseits kannte sie Carls eher negative Einstellung zu ihrem, wie er sich gerne ausdrückte, teilweise etwas zu ausgeprägten »Pflichtbewusstsein«.

Die Putzunternehmerin, deren vollständiger Namen Olympia Jette Aida Moustakas-Hufnagel lautete – Jette und Aida waren Tribute an ihre beiden Großmütter –, verfügte über gute Verbindungen zum Polizeipräsidium Mittelfranken. Aber nicht, weil sie das große Gebäude am Jakobsplatz putzte, diesen lukrativen Auftrag hatte sich leider eine andere Firma unter den Nagel gerissen. Vielmehr kannte Olympia einige Herren der Kriminalpolizei persönlich, wie eben Hauptkommissar Carl Bernhardt. Ein fabelhaft aussehender Mann, noch dazu in Olympias Alter und Single wie sie.

Vor einer Weile hatte Olympia der Nürnberger Polizei in einem Mordfall behilflich sein dürfen. Wobei, um bei der Wahrheit zu bleiben: Sie hatte sich einfach in die Ermittlungen eingemischt. Carl und sie hatten sich währenddessen kennengelernt, waren im Anschluss daran gelegentlich ausgegangen, und anfangs hatte es auch so ausgesehen, als würden sich die

Dinge zwischen ihnen in eine höchst erfreuliche Richtung entwickeln. Aber dann wurde Carls Schwester schwer krank, er unterstützte sie bei ihrer Genesung, und das Anbändeln zwischen dem Kommissar und Olympia war temporär auf Eis gelegt worden. Erst seit ein paar Wochen war Carls Schwester wieder auf den Beinen, und sie dateten sich wieder.

Olympia ließ ihre Zungenspitze über ihre Schneidezähne gleiten, dann lächelte sie: Mit einem Anruf bei Carl könnte sie sich wieder mehr in seine Aufmerksamkeit schmuggeln und ihm dabei von dem schwer verletzten Mädchen berichten, das sie gefunden hatte.

Sie angelte sich ihr Smartphone vom Nachttisch, warf einen Blick darauf und legte es wieder zurück. Es war erst sieben nach vier. Gut, Carl und sie waren befreundet, dennoch wagte sie es nicht, ihn so früh aus dem Bett zu klingeln.

Hinterhältige Einflussnahme

Anscheinend war Olympia über die Gedanken an Carl dann doch noch eingeschlafen. Erst ein gellender Hilfeschrei in ihrem Traum hatte sie wieder geweckt.

Noch immer etwas neben sich stand sie nun vor dem Badspiegel und lieferte sich mit ihren Haaren, die ihr bis über die Schultern gefallen wären, wären sie nicht so gelockt gewesen, einen Zweikampf. Olympia gewann. Geschickt drehte sie sie zu einem Dutt und fixierte diesen mit einem Haarband. Ihr aus dem Stadtteil Gibitzenhof stammender Vater pflegte das für sie so typische Haargebilde »Kniedla« zu nennen.

Da Olympia dringend einen Menschen zum Quatschen brauchte, kam ihr ihre erste Putzstelle an diesem Tag gerade recht, die nur einen Steinwurf entfernt lag.

Flotten Schrittes verließ sie ihre Wohnung und lief die Bergstraße zum Tiergärtnertorplatz hinauf, der mit seinen

Fachwerkhäusern und der Kaiserburg im Hintergrund besonders nachts idyllisch war. Manchmal, wenn Olympia das Wahrzeichen der Stadt betrachtete, überkam sie ein fast ehrfürchtiges Gefühl. Über den Tiergärtnertorplatz gelangte man auch zum altehrwürdigen »Albrecht-Dürer-Haus«, in dem der Maler mit seiner Familie bis zu seinem Tod gelebt hatte und das heute ein Museum war. Schräg gegenüber befand sich die genauso faszinierende wie gruselige Skulptur einer Neuinterpretation des Dürer-Hasen in Form einer monströsen Häsin mit einem Glotzauge. Was Albrecht Dürer wohl dazu gesagt hätte?

An dem belebten Platz angekommen drückte Olympia sich die Faust in die Seite. Nicht zu fassen, sie hatte Seitenstechen. Machte sich etwa schon das Alter bemerkbar? Aber sie war erst fünfunddreißig, da war man doch noch nicht alt – oder?

Und wieder hörte sie ihren Vater unken, dass das bestimmt davon kam, dass sie fast ausschließlich ihr Mundwerk und kaum ihren restlichen Körper bewegte, was natürlich völlig aus der Luft gegriffen war.

Nach wenigen Metern hatte sie dann auch ihren Arbeitsplatz erreicht. Sie klopfte mehrmals gegen die Geschäftstür, bevor Amira Basdekis ihr öffnete. Olympia war noch nicht einmal richtig über die Türschwelle des Ladens getreten, da schüttete sie der Besitzerin der kleinen Modeboutique, mit der sie seit unzähligen Jahren befreundet war und für die sie putzte, schon ihr Herz aus.

»Und jetzt ist der Kerl über alle Berge«, schloss Olympia.

»Und was sagt dein Kommissar dazu?«, wollte Amira, die selbstverständlich über den derzeitigen Status der beiden informiert war, augenzwinkernd wissen, während sie ihre Freundin durch den Laden in die winzige Kaffeeküche lotste, noch bevor Olympia ihre Putzutensilien aus der Abstellkammer holen konnte. »Du hast ihn doch sofort angerufen, oder?« Sie schenkte ihnen Kaffee ein, der schwarz wie Tinte aus der Kanne floss.

Olympia winkte ab. »Den Carl? Was denkst du denn von mir! Ich kann ihn doch nicht mitten in der Nacht anrufen.«

Allerdings hatte sie ihn um kurz nach sieben und noch einmal gegen acht anzurufen versucht. Beide Male war belegt gewesen.

»Warum versuchst du es nicht jetzt?«, fragte Amira, offenbar auf Neuigkeiten erpicht.

Olympia zückte augenblicklich ihr Handy und tippte auf Wahlwiederholung. Endlich war die Leitung frei.

»Guten Morgen, Olympia! Schön, dass du anrufst«, meldete sich Carl Bernhardt aufgeräumt.

Olympia stieg kurz auf den kleinen Flirt ein, kam dann aber direkt auf den ursprünglichen Grund ihres Anrufs zu sprechen.

»Ich habe schon von den Kollegen gehört, was passiert ist«, erwiderte Carl. »Das Opfer liegt auf der Intensivstation, mehr darf ich dir leider nicht sagen.«

»Aber ich habe sie gefunden! Ich habe die Hand des Mädchens gehalten!«, empörte sich Olympia. »Und bei so viel Blut, wie sie verloren hat, bin ich sowieso davon ausgegangen, dass man sie im Krankenhaus auf die Intensiv gebracht hat.«

Im Hintergrund hörte Olympia erst ein Telefon klingeln, dann die Stimme eines anderen Beamten. Prompt sah sie Carl vor sich, wie er hinter seinem Schreibtisch im Polizeipräsidium saß. Musste an seine phantastisch blauen Augen denken und hätte ihm zu gern die kurzen dunklen Haarsträhnen weggestrichen, die ihm immer wieder in die Stirn fielen.

»Es geht ihr sehr schlecht«, rückte er nun doch mit einer Information raus, um mit der folgenden Frage ihre bedrückte Stimmung wieder aufzuhellen. »Was machst du eigentlich am Wochenende, Olympia?«

Und schon fing sie wie ein Kätzchen an zu schnurren.

Kaum war die Arbeit in der Modeboutique erledigt und hatte Olympia sich ihre Gummihandschuhe ausgezogen, klingelte ihr Handy. Es war Annikki Huuskonen, eine Freundin und eine ihrer Angestellten. Die vierundzwanzigjährige blonde Finnin hatte von dem Messerangriff aus den Nachrichten erfahren. Als Olympia ihr mitteilte, dass sie das schwer verletzte Mädchen gefunden hatte, ließ Annikki ihren Emotionen lautstark freien Lauf.

»Solange den Täter noch frei herumläuft, sollten wir unsere Wohnungen am besten nicht verlassen« war ihr abschließender Rat mit ihrem unverwechselbaren Akzent. Die korrekten Artikel deutscher Substantive und deren Fälle waren nicht unbedingt ihre Stärke. Dann fügte sie als zarten Hinweis für Olympia noch hinzu: »In den U-Bahn von Fürth nach Nürnberg ist man bestimmt auch nicht sicher.«

Olympia war sofort klar, dass Annikki keinen arbeitsfreien Tag herausschinden wollte. Vielmehr hatte die junge Frau schlicht und einfach immer Angst. Vor allem. Und jedem. Nach dem, was in der vergangenen Nacht passiert war, allerdings vermutlich nicht zu Unrecht.

Das kann ja heiter werden, dachte Olympia. Wie stellte sich Annikki das denn vor, wenn sie zu Hause blieb? Sollte sie, Olympia, etwa ihre Putzkunden übernehmen? Das kam ja gar nicht in die Tüte! Dagegen gab es nur ein probates Mittel: Manipulation.

»Na schön«, sagte Olympia leichthin, »dann übernimmst du heute die Buchhaltung. Das kannst du ja bequem mit deinem Laptop machen.« Wenn Annikki etwas nur widerwillig machte, dann langweilige Büroarbeit. »Eine andere Möglichkeit wäre, dass ich dich von zu Hause mit dem Auto abhole, was meinst du?«

Mörder hin oder her, zwanzig Minuten später saß Annikki auf dem Beifahrersitz von Olympias altem Golf, und sie waren auf dem Weg zum Norikus-Hochhaus, wo Annikki wie gewohnt das Treppenhaus putzen würde.

Bobbersla

Weil der kleine Bobbers einfach nicht hatte aufhören wollen, mit ihr zu kokettieren, war Gudrun Schlenk jetzt in Eile. Er wusste schon, wie er seine Oma mit den goldigen Kulleraugen und dem krähenden Mündchen aus ihrem zeitlichen Konzept brachte. Und wenn er seine dicken Ärmchen nach ihr ausstreckte und mit den Beinchen strampelte wie ein Frosch, ach, dann vergaß sie einfach Gott und die Welt.

Bobbers war natürlich nur sein Kosename, in Wirklichkeit hieß der Kleine Ludwig-Maximilian, aber bei dem Vornamen brach man sich ja fast die Zunge. Und weil der Bobbers eben ein kleines Scheißerchen war, war sein dritter Name schnell geboren worden. Gudrun liebte ihren Enkel über alles, weshalb sie auch gerne als Babysitterin einsprang, wenn ihre Tochter ihrem Halbtagsjob nachging.

Aber jetzt pressierte es wirklich. Gudruns Arbeit im Verkauf der Bäckerei Stubenrauch, die ganz in der Nähe des Hauptmarkts lag und in der Brot, Brötchen und Teilchen noch immer in Handarbeit entstanden, fing um zwölf Uhr an. Ihre Kollegin Barbara würde bestimmt wieder kommentarlos mit den Augen rollen, wenn Gudrun nicht zum ersten Mal abgehetzt, aber trotzdem mit Verspätung eintraf, um sie abzulösen. Immerhin war sie bereits in der Winklerstraße, der Hauptmarkt und damit auch ihr Arbeitsplatz waren sozusagen zum Greifen nah. Schweißperlen standen ihr auf der Stirn, und ihre Wangen leuchteten vor feuriger Hitze, so einen Stechschritt hatte sie drauf.

Zum Glück muss ich diesen Zirkus nicht mehr lange mitmachen, dachte Gudrun. Mit vierundsechzig hatte sie es doch wirklich nicht mehr nötig, sich einen solchen Stress zuzumuten. Nur noch ein paar Monate musste sie überstehen, dann konnte sie in Rente gehen.

»Dann habe ich endlich mehr Zeit für mein Bobbersla«, keuchte sie halblaut vor sich hin, während sie sich über den Lackel wunderte, der schnurstracks auf sie zuhielt.

Trotz der mittäglichen Uhrzeit herrschte in der Winklerstraße kein Betrieb. Gudrun wich nach rechts aus, die schwarz vermummte Person spiegelte ihre Bewegung. Um nicht mit ihr zu kollidieren, drückte Gudrun sich an die Hauswand. Sie hatte keine Chance. Es ging alles so schnell. Sie sah eine Faust hochschnellen und hob noch reflexartig die Arme, doch da spürte sie schon den scharfen Schmerz unterhalb des Schlüsselbeins. Beim zweiten Hieb versank das Messer in ihrem Hals.

Heute würde Gudruns Kollegin lange und vergeblich mit den Augen rollend auf sie warten.

Stimmen im Kopf

Es war getan. Er stieg einfach über sie hinweg. Warf nicht einmal einen Blick zurück. Blut tropfte von seinen Fingern, hatte den Griff des Messers rot besudelt. Er steckte es zurück in seine Jackentasche und rieb sich die Hände an seiner schwarzen Jeans ab. Dass seine Hände noch immer voller Blut waren, war ihm schlichtweg egal. Nicht egal waren ihm die Stimmen in seinem Kopf. Er hatte seinen Auftrag doch erfüllt, warum schwiegen sie dann nicht?

Der Ripper von Nürnberg

Nachdem Olympia ihre Angestellte im Norikus-Hochhaus abgesetzt hatte, war sie weiter nach Mögeldorf gefahren. In der Villa des Juweliers Grünstein und seiner Gattin putzte sie wöchentlich. Mittlerweile war die Dame des Hauses einem Plausch mit der Putzfrau nicht abgeneigt und hatte den Standesdünkel weitestgehend abgelegt, sodass die Arbeit durchaus angenehm war. Nachdem dort also der Carrara-Marmor wieder streifenlos glänzte und Olympia auch die letzte Wollmaus unter Grünsteins Ehebett mit dem Staubsauger eingefangen hatte, hieß es, wieder in die Innenstadt zurückzukehren. In der Nähe ihres Wohnhauses beziehungsweise generell in der Altstadt einen Parkplatz ohne Knöllchengefahr zu ergattern war reine Glückssache. Doch bald würde sie sich damit nicht mehr abplagen. Am Freitag würde sie glückliche Besitzerin eines wendigen Motorrollers werden und könnte dann ihren Golf den Großteil der Zeit stehen lassen.

An diesem Tag fand Olympia allerdings überraschend schnell einen Parkplatz, von dem aus es zudem nur ein erfreulich kurzer Fußweg nach Hause war. Sie hatte erst wenige Schritte gemacht, als sie stehen blieb, um einem seltsam quäkenden Geräusch zu lauschen, das ihr irgendwie vertraut war, aber absolut nicht hierherpasste. Genau, das war doch ein Dudelsack! Olympia lächelte. Natürlich, am Wochenende begann eines der buntesten Events in Nürnberg, das Bardentreffen, und immer mehr »Barden« trudelten in der Stadt ein. Dabei verwandelte sich die Nürnberger Altstadt für drei Tage in eine Bühne für Liedermacher und Bands aus der Region und aller Welt. Wobei die Palette der Musiker bis zum schüchternen Querflötenspieler reichte, der allen Mut zusammennehmen musste, um an einer Straßenecke zu spielen. Schon seit Tagen wurden die großen Bühnen aufgebaut, und in der Fußgängerzone und den Gassen der mittelalterlichen Altstadt sorgten Straßenmusikanten für Stimmung. Olympia fand den Trubel herrlich.

Aber würden die Nürnberger und die Besucher das Event wirklich ungetrübt genießen können, wenn schon die Presse von der verletzten jungen Frau berichtet hatte? Würde sich nicht Unsicherheit breitmachen? Wenn die Frau ihren Angreifer nicht gekannt hatte, bestünde doch die Möglichkeit, dass der unheimliche Messerstecher das Festival dafür nutzen würde, noch andere Männer oder Frauen zu attackieren. Jack the Ripper, kam es Olympia plötzlich in den Sinn, und sie musste unwillkürlich aufseufzen.

Didgeridoo in der Brunft

»Dännermer aweng a Haarspray draaf, Frau Angermaier?« Ohne die Reaktion ihrer Kundin abzuwarten, hüllte Friseurmeisterin Renate Baumann deren Kopf bereits in einen pappigen Nebel ein. Sie war für ihr rotzfreches Mundwerk in der Altstadt genauso bekannt wie gefürchtet. Ein weiteres Markenzeichen waren ihre völlig aus der Mode gekommenen Frisuren, die zumeist aus toupierten Haarkunstwerken bestanden. Allerdings waren die Betonfrisuren unschlagbar günstig, und man konnte im »Salon Renate« gratis durch die Lesezirkel-Zeitschriften blättern und den aktuellen Klatsch austauschen, weshalb es dem Laden an Kundinnen nicht mangelte. Erneut wurde die Tür von außen geöffnet.

»Haben Sie schon von dem Messerstecher gehört, Frau Baumann?«, rief Jutta Preller, die neue Kundin, kaum dass sie ihren Fuß über die Schwelle gesetzt hatte, quer durch den Salon, ging dann zu ihrem Stammfrisierstuhl und ließ sich wie ein nasser Sack hineinfallen. Noch ein wenig außer Atem beugte sie sich zu der Friseurin und der noch immer leicht eingenebelten Angermaier hinüber. »Dass so etwas bei uns passiert, verschlägt mir wirklich die Sprache.« Vermutlich ein seltener Zustand.

Renate Baumann stellte das Haarspray auf ihren Friseurwagen und unterzog sich selbst im Spiegel einem kurzen prüfenden Blick. Sie wandte den Kopf von links nach rechts und war zufrieden, was ihre Frisur betraf. Keine Strähne ihres blondierten Pagenkopfes wagte es, aus der Reihe zu tanzen. Allerdings fand sie ihre Nase zu spitz und sich selbst zu dünn. Aber obwohl sie keine Kostverächterin war, wollte sich ihr Körper einfach nicht runden. Sie seufzte. Das war schon immer so gewesen. Im nächsten Jahr würde sie sechzig werden, fühlte sich aber wie vierzig – maximal. Wobei ihre vielen Falten, die sich um die Augen und den Mund eingegraben hatten, das Gefühl Lügen straften. Doch diesen unschönen Makel schob Renate Baumann einfach auf ihr geringes Körpergewicht. Sicherlich wäre ihr Gesicht glatt wie ein Babypopo, hätte sie mehr Kilos auf den Rippen. Oder hatten die Falten womöglich ihren Ursprung in ihrer Sucht?

Unwillkürlich wanderte ihre Hand in die Tasche ihrer weißen Kittelschürze und ertastete das Zigarettenpäckchen und das Feuerzeug. Sofort hatte sie das Gefühl, unbedingt ein paarmal inhalieren zu müssen.

»Das ist ja praktisch gleich hier um die Ecke passiert«, fand Jutta Preller schließlich ihre Sprache wieder. »Ich hab tatsächlich hin- und herüberlegt, ob ich überhaupt herkommen soll, bevor der Täter gefasst ist.«

»Etz reden S' fei ned so a Gschmarri daher!«, reagierte Renate Baumann prompt auf die geschäftsschädigende Aussage der Kundin. »Des Opfer war a junges Maadla«, sie zog die rechte Augenbraue hoch, »do brauchen S' also wergli ka Angst hom, dass Sie's erwischt!«

Jutta Preller blies beleidigt Luft aus. Mit vierundfünfzig war sie sooo alt nun auch wieder nicht.

»Valentineeeee!«, plärrte die Baumann jetzt auch schon ihre Azubine an. »Die Frau Preller waschen!« Dann marschierte sie mit der fertig frisierten und gesprayten Frau Angermaier im Schlepptau zur Kasse, verabschiedete sie, zog ihr Päckchen Marlboro und das Feuerzeug aus der Schürzentasche und trat so bewaffnet auf die Straße.

Wirklich ein Schwachsinn, das Rauchverbot in ihrem Salon. Jetzt konnte jeder Dahergelaufene sie beim Qualmen beobachten! Aber sie konnte das andersherum auch.

Etwa den schlaksigen Kerl mit zotteligem Haar, der in dem Moment auf sie zulatschte und ein langes Etwas wie einen kleinen Baumstamm auf der Schulter trug. Renate Baumann kniff die Augen zusammen und identifizierte das Etwas nun als ein Didgeridoo, dieses australische Musikinstrument, das Laute von sich gab, die sie an Brunftschreie von riesigen Urzeittieren erinnerten.

Sie stieß verächtlich Luft aus. Was sich die Tage in der Stadt nur für ein Gesocks herumtrieb! Rocker und Haschbrüder allesamt. Und alles nur wegen dieses Bardentreffens. Barden, pah! Der Lärm war kaum auszuhalten, das ganze Wochenende wummerte und trommelte es – zumeist aus haushohen Lautsprechern. Sie konnte wahrlich ein Lied davon singen, immerhin wohnte sie an der Insel Schütt, wo das »Gwärch« bis in die tiefe Nacht ging. Ein Fenster aufmachen oder sich auf den Balkon setzen – daran war für sie während des Bardentreffens nicht zu denken.

Mit glasigem Blick stapfte der Gammler mit seinem Instrument an ihr vorbei. Renate Baumann inhalierte den Rauch ihrer Marlboro tief. Nach dem Waschen und Legen der Kundin Preller war die Steinackerin mit ihrer Dauerwelle dran, und dann waren noch zweimal Farbe und viermal Schneiden angesagt. Für einen Mittwoch in der Tat nicht schlecht.

Aus der Richtung, aus der der Didgeridoo-Bläser gekommen war, kam nun der nächste Chaot daher. Trug von oben bis unten nur Schwarz, die Kapuze verdeckte das halbe Gesicht.

Renate Baumanns Mund verzog sich höhnisch. Manche Menschen waren wirklich eine Zumutung. Faulenzer, die fleißigen Leuten wie ihr die Luft zum Atmen wegschnauften. Sie wollte ihre Kippe schon auf den Boden werfen und ausdrücken, um der Gestalt nicht zu nahe kommen zu müssen, überlegte es sich aber anders. Das wäre doch Verschwendung. Der Stummel reichte gut und gern noch für vier Züge. Also stellte sie sich dem Kerl provozierend in den Weg und blies den Rauch aus.

Sollte der doch ihr ausweichen!

Kartoffelwurfgeschosse

Mehrere Touristenbusse hatten ihre Fracht bereits in die Altstadt gekippt. Ein schier nicht enden wollender Menschenstrom zog vorbei am Albrecht-Dürer-Denkmal Richtung Kaiserburg, wobei die Italiener die stimmgewaltigste Nationalität darstellten. Ein weiterer floss dem ersten entgegengesetzt zum Schönen Brunnen am Hauptmarkt. Wieder ein anderer hatte sich zu einer Gruppe gestaut, die das Portal der Sebalduskirche belagerte, dazwischen wuselten einzelne Japaner und Koreaner mit Tablets und Selfiesticks oder bissen genüsslich in die gekauften Bratwurstweggla to go.

Ja, *»so small sausages«* gab es nur in Nürnberg.

Ihren Heimweg verband Olympia mit einer schnellen Shopping-Tour und kaufte ihr Obst und Gemüse bei den fränkischen Bäuerinnen und den Obsthändlern am Wochenmarkt, die wegen der Vorbereitungen für das Bardentreffen kurzzeitig vom Hauptmarkt in die Fußgängerzone ausgewichen waren. Die Einkaufstaschen, gefüllt mit zwei mittelgroßen Krautköpfen für einen griechischen Salat, zwei Kilo Kartoffeln und einer Tüte voller Roter Bete, zogen ihr die Arme lang und bremsten eindeutig ihren sonst so schwungvollen Gang. Noch dazu war es schwül geworden, und der Himmel hatte sich zugezogen; alles sah nach einem Gewitter aus. Vor ihrem Haus machte sie einen weiten Bogen um die Stelle, wo sie in der Nacht zuvor die verletzte Frau gefunden hatte, und bemerkte dann eine Versammlung ihrer überwiegend betagten Nachbarn.

»Haben Sie es gehört, Frau Moustakas?«, rief ihr Frau Thome, die Nachbarin aus dem zweiten Stock, zu. »Die dritte Frau! Schon die dritte!«

Olympia schlug die Hand vor den Mund und musste feststellen, dass nicht nur Nachbarn, sondern auch wildfremde Menschen sich vor dem Wohnhaus eingefunden hatten.

Was Frau Thome nicht davon abhielt, eine Erklärung hinterherzuschieben: »Die dritte Frau ist von dem Irren niedergestochen worden!«

Und damit werde ich Annikki gar nicht mehr dazu bekommen, das Haus zu verlassen, war Olympias dritter oder vierter Gedanke. Die vorherigen waren blankem Entsetzen geschuldet gewesen.

Frau Thome war unübersehbar stolz darauf, ihr erzählen zu können, was passiert war. Nach der Studentin, der Olympia und Herr Heinrich beigestanden hatten – dass sie an der Uni eingeschrieben war, hatte Frau Thome aus dem Internet erfahren –, waren mittlerweile also auch noch eine Bäckereiverkäuferin auf dem Weg zur Arbeit und eine Friseurmeisterin vor ihrem Salon brutal niedergestochen worden. Beide Angriffe hatten in unmittelbarer Nähe stattgefunden. Nicht nur die regionalen Medien berichteten mittlerweile nonstop über die Vorfälle.

Olympia bedankte sich bei Frau Thome und hastete zu ihrer Wohnung hinauf, so schnell ihre schwergewichtigen Einkäufe es zuließen. Der Fernseher lief schon, als sie sich ihre Sneakers hektisch von den Füßen trat und in eine Ecke schleuderte. In der Küche stellte sie das Radio an, damit ihr auch ja kein Detail entging, während sie die Kartoffeln und die Rote Bete in den Vorratsschrank räumte. Die Krautköpfe legte sie auf den Küchentisch. Die würde sie später hobeln.

Dass Annikki noch nicht angerufen hatte und vom Norikus-Hochhaus abgeholt werden wollte, kam vor dem Hintergrund einem Wunder gleich. Aber vielleicht wusste sie auch nur noch nicht, was seit dem Morgen passiert war. Olympia stand wieder im Wohnzimmer und zappte sich durch die Fernsehsender.

Die Opfer waren zur Behandlung ihrer Verletzungen ins Krankenhaus gebracht worden. Keine der Frauen war vernehmungsfähig, und weil es bislang keine Zeugen gab, gab es auch noch keine Täterbeschreibung. Die Polizei bat die Bevölkerung dringend um Hinweise auf den oder die Täter und mahnte zur erhöhten Vorsicht.

Was für ein seltsames Gefühl. Olympia spürte, wie in ihr ein kleines Flämmchen Angst aufflackerte. Der Messerstecher griff weiterhin an. Jede Frau in Nürnberg war in Gefahr. Noch dazu hatte sich der Kerl nicht einmal die Mühe gemacht, zu fliehen, sondern seine zwei weiteren Untaten nicht weit entfernt von der ersten begangen. Es hieß, die Polizei fahre verstärkt Streife und kontrolliere jeden Verdächtigen. Doch was, wenn sich der Täter gar nicht »verdächtig« verhielt? Wenn er sich in ein Haus geflüchtet hatte, sich dort versteckte und …? In dem Moment klingelte es, und Olympia fuhr zusammen. Ihr Herz hämmerte gegen ihre Rippen.

Wie in Zeitlupe erhob sie sich. Sie würde nicht an die Tür gehen, ganz sicher nicht. Und doch bewegte sie sich schließlich in Richtung Diele. Warf einen Blick in die Küche. Sollte sie vorsichtshalber das Brotmesser mitnehmen? Sie entschied sich dagegen. Endlich stand sie an der Wohnungstür. Hörte den Türsummer. Einer der Nachbarn hatte tatsächlich geöffnet!

»Reklameee!«, plärrte jemand, und sie entspannte sich kurz, nur um eine Sekunde später wieder in Habachtstellung zu gehen.

Und wenn der Täter ausgebuffter als erwartet war? Wahllos irgendwo klingelte, um ins Haus zu gelangen, sich im Keller zu verstecken und abzuwarten, bis die ahnungslose griechische Putzfrau herunterkam, um sie dann zu seinem vierten Opfer zu machen?

Eins stand fest: In nächster Zeit würde sie sich nur noch mit gemischten Gefühlen in den Keller trauen oder durch einsame Altstadtgassen laufen. Aber wollte sie wirklich so leben? Energisch ballte sie die Fäuste. Nein, das würde sie nicht zulassen. Sie würde sich von keinem Menschen einschränken lassen. Stattdessen würde sie ganz normal ihrer Arbeit nachgehen, wenn sie sich auch zu ihrer möglichen Verteidigung bewaffnen musste.

Wieder zog sie das Brotmesser in Erwägung. Aber das war keine Option, weil zu lang. Und das Nudelholz war viel zu groß. Sie ging in die Küche zurück und wählte die zwei größten

Kartoffeln aus. Träfen den Messerstecher diese Geschosse am Kopf, wäre er zumindest für eine Weile ausgeknockt.

Auch meine Angestellten sollten Vorsichtsmaßnahmen ergreifen, überlegte Olympia. Und sie würde die Putztouren so umplanen, dass die Frauen immer zu zweit unterwegs wären.

Weiterarbeiten würde sie jedoch auf jeden Fall, vielleicht stieße sie beim Putzen in der Altstadt ja sogar auf Hinweise auf den Täter und könnte sich bei der polizeilichen Ermittlungsarbeit hilfreich einbringen. Es würde schon einen Grund haben, dass der Messerstecher ausgerechnet hier in der Altstadt sein Unwesen trieb.

Zwei Nackerde zum Mitnehmen

Eine Breze geht immer, war Manne Egerers persönliches Motto. Manchmal verleitete ihn sein Lieblingssnack sogar zum Philosophieren, dann fragte sich der Taxifahrer, warum die Bayern, bis auf die Schwaben, Brezen oder Brezn verspeisten, während in den anderen Bundesländern in eine Brezel gebissen wurde. Was hatten die Bayern mit dem »l« gemacht?

Dass er an solch absurde Dinge seine Gedanken verschwendete, lag unter anderem an den oft langen Wartezeiten, bis der nächste Fahrgast bei ihm einstieg.

Manne fuhr gern Taxi. Er war sein eigener Herr, lernte dabei interessante Menschen kennen, hörte oft unglaubliche Geschichten, und seine Frau, die Elfi, und er hockten sich nicht dauernd auf der Pelle. Das tat keiner Beziehung gut, besonders wenn man schon so lange wie er verheiratet war, dass man sich mittlerweile sogar den Hochzeitstag merken konnte. Oder den »Hochzeitstag seiner Frau«, wie es ihm schon gelegentlich versehentlich herausgerutscht war, wenn mal wieder der obligatorische Rosenstrauß fällig war. Wobei die Elfi und er sich immer noch liebten, nur halt eben anders als vor zwanzig Jahren.

Manne war in der Ostendstraße unterwegs gewesen und steuerte jetzt den Brezen-Drive-in an.

»Zwei Nackerde zum Mitnehmen«, sagte er wie immer, und die junge Frau hinter dem Schalter packte ihm zwei Brezen in eine Tüte, ohne mit der Wimper zu zucken. Er wusste selbst nicht, ob es daran lag, dass man ihn und seine Gelüste bereits kannte, oder daran, dass nicht nur er unter »Nackerde« Brezen ohne Belag verstand, aber bis jetzt hatte sich noch nie jemand über seine Brezenbestellung beschwert.

Als der wunderbare Geruch der knusprigen Brezen aus der Tüte stieg, steuerte Manne seinen Mercedes flugs in eine Parklücke und biss gierig in das erste Gebäckstück. Das Autoradio dudelte leise im Hintergrund, dann hörte er den Nachrichtensprecher und drehte den Ton lauter. Er wusste, dass etwas passiert war, aber nicht, was, weil er heute immer, wenn er den Nachrichten hatte folgen wollen, einen Fahrgast mit Redebedarf gehabt hatte. Doch nun konnte er endlich in Ruhe zuhören.

In der Altstadt schien ein Verrückter Frauen zu überfallen und auf sie einzustechen!

Als die Straßen genannt wurden, in denen die Frauen attackiert worden waren, warf Manne die erste angebissene Breze zurück in die Papiertüte. Alle drei Tatorte befanden sich in unmittelbarer Nähe von dem Wohnhaus und dem Büro von Olympia, seiner guten Freundin. Natürlich hatte der Nachrichtensprecher keine Namen genannt, aber er musste Sicherheit haben. Manne nahm sein Smartphone und wählte Olympias Nummer. Als er ihre melodische Stimme hörte, merkte er, dass er die Luft angehalten hatte, und atmete aus.

»Gott sei Dank, du lebst. Ich dachte schon … Na, du hast ja bestimmt schon mitbekommen, dass in deiner Nähe jemand auf Frauen mit einem Messer losgeht.« Seine Hand wanderte zurück in die Brezentüte.

Olympia erzählte ihm, was sie in der letzten Nacht erlebt hatte. Mannes eingeworfene Kommentare waren auffällig knapp und undeutlich. »Döner oder Breze?«, fragte sie ihn, und er konnte ihr Schmunzeln hören.

»Breze, grade beim Drive-in gekauft«, antwortete er, ohne das Kauen einzustellen.

Olympia sah ihn direkt vor sich, wie er wie immer in bequemen Jeans, dem Baumwollhemd und der geliebten Lederjacke, über dessen Kragen sich seine braunen, immer etwas zu langen Haare lockten, hinter dem Lenkrad seines Taxis saß. Und sie sah seine lustig funkelnden Augen, während er genüsslich in eine Breze biss. So war er, ihr Manne.

»Das heißt, du bist ganz in der Nähe vom Wöhrder See? Sag mal, Manne«, flötete sie plötzlich, »könntest du mir nicht einen Gefallen tun und Annikki beim Norikus-Hochhaus abholen? Sie hat sich schon nach der ersten Aktion des Messerstechers nicht mehr alleine auf die Straße getraut und müsste gerade mit der Arbeit fertig sein. Warte einfach vor dem Eingang auf sie. Ich schreibe natürlich auch einen Kaffee auf deinem Kaffeekonto gut«, fügte sie noch hinzu und lächelte breit.

»Natürlich«, erwiderte er. Er war ja nicht so.

Nach dem Gespräch mit Manne widmete Olympia sich den Krautköpfen, indem sie sie zunächst teilte, um sie dann leichter in feine Streifen für den griechischen Krautsalat hobeln zu können.

Sie und Manne Egerer verband eine ungezwungene Freundschaft, die weder durch erotische Gedanken noch Taten getrübt wurde. Manne hatte seine Elfi, Olympia hatte ein Auge auf Hauptkommissar Carl Bernhardt geworfen. Beide waren einfach gern und häufig da, wenn der andere einen brauchte. Und wenn Manne, der unter anderem handwerklich begabt war, ihr einen Gefallen tat, revanchierte Olympia sich gern mit einem Becher Kaffee und einem Stück Gebäck.

Der Mordfall, bei dem sie sich kennengelernt hatten und an dessen Lösung sie maßgeblich beteiligt gewesen waren, lag nun schon etliche Monate zurück, dennoch konnte Olympia sich noch an den Moment erinnern, als sie nach ihrem Putzjob beim Seniorchef einer bekannten Nürnberger Lebkuchenfabrik in Mannes Taxi gestiegen war, in das unverhofft auch eine sympathische junge Frau im Engelskostüm gesprungen war. Wenige Stunden später war sie tot. Ermordet, wie sich herausstellte. Olympia ging ihr Tod derart zu Herzen, dass sie eigene Nachforschungen angestellt und eine besondere Begabung an sich entdeckt hatte: Sie war die geborene Detektivin.

Eine aufmerksame Zeugin

Die Nachbestellung der Putzmittel und das Erstellen des neuen Arbeitsplanes für ihre Angestellten gingen Olympia schneller von der Hand als gedacht, und da sie den Computer nun mal schon hochgefahren hatte, beschloss sie, zu den Messerangriffen ein bisschen im Internet zu recherchieren.

Traditionelle Bäckereien gab es in der Altstadt nur noch wenige, was sehr bedauerlich war, Friseure allerdings wie Sand am Meer. Gefühlt wurden es sogar wöchentlich mehr, lediglich Nagelstudios schienen noch schneller, wie Pilze, aus dem Boden zu schießen. Olympia studierte die Einträge der Frisiersalons und Bäcker auf Google Maps. Wo die Opfer des Messerstechers wohl gearbeitet hatten? Natürlich könnte sie einfach abwarten, denn bestimmt würden in Kürze die Namen der Frauen die Runde machen, doch wie gesagt, das mit der Geduld war so eine Sache. Sie reichte bei Olympia mehr so einen flüchtigen Moment lang. Automatisch griff sie zum Handy.

Sollte sie Carls Privat- oder Dienstnummer wählen? Nur ein kurzes Gespräch, und sie wüsste Bescheid. Oder hätte einen Anschiss kassiert. Sicher wartete er längst darauf, dass sie sich wieder bei ihm meldete, er kannte ihre Neugier doch. Vielleicht gab es ja ein Muster, nach dem der Täter seine Opfer aussuchte? Studentin, Bäckereiverkäuferin, Friseurmeisterin – Putzfrau? Sie wählte seine Handynummer.

»Nein, Olympia, ich weiß noch nicht mehr. Und selbst wenn, dürfte ich dir keine Auskunft geben«, meldete sich Carl, bevor sie auch nur ein Wort hatte sagen können.

»Hast du meinen Kontakt eigentlich mit einem Bild von mir hinterlegt?«, wollte sie spontan wissen.

»Na ja … ja«, murmelte er, und sie wusste, dass sie ihn mit ihrer Frage aus dem Konzept gebracht hatte. »Von deiner Firmenwebsite runtergeladen.«

»Ich hätte dir doch auch eins von mir schicken können, wenn du gefragt hättest«, erwiderte sie. »Alternativ könnten wir zusammen zum Bardentreffen gehen, und du kannst dabei eins machen.«

Die Allüren, darauf zu warten, dass ein Mann sie zu einem Treffen einlud, hatte Olympia längst abgelegt. Frau musste sich selbst darum kümmern, dass etwas passierte. Besonders wenn man wie sie die dreißig schon längst überschritten hatte.

»Gern, Olympia«, ging Carl auch sofort darauf ein. »Wie wäre es mit Samstag?«

»Super!«, freute sie sich, rief im Internet das Programm des Bardentreffens auf und las es Carl vor.

Sie beschlossen, ziellos durch die Stadt zu schlendern und einfach dann stehen zu bleiben, wenn eine Band oder ein Musiker sie begeisterte.

»Dann freue ich mich auf Samstag, Olympia«, machte Carl schließlich Anstalten, sich zu verabschieden. »Jetzt muss ich mich wieder um die bösen Buben kümmern.«

Sie überlegte fieberhaft. Es war höchste Zeit, auf den Grund ihres Anrufs zu sprechen zu kommen! »Sag mal, Carl, es würde doch sicher eure Ermittlungen nicht gefährden, wenn du mir etwas zu den Überfällen auf die Frauen in der Altstadt erzählen würdest. Ich erwarte ja gar keine Intimitäten oder Vertraulichkeiten, mir würden schon die Namen der Bäckerei und des Frisiersalons reichen, bei dem beide Opfer gearbeitet haben, und beides erfahre ich doch sowieso in den nächsten Tagen. Ach, was sag ich, in den nächsten Stunden.« Sie atmete tief ein und blies die Luft wieder aus, was beabsichtigterweise höchst dramatisch klang. »Weißt du, Annikki und ich, die anderen Kolleginnen und sogar die Bewohnerinnen meines Hauses, nun ja, eigentlich alle Frauen, die in der Altstadt unterwegs sind ... wir haben nach den Attacken fürchterliche Angst.«

Eigentlich hatte sie folgende logische Antwort erwartet: »Wie du schon gesagt hast, wirst du das alles sowieso in den nächsten Stunden erfahren, also gedulde dich doch bitte einfach noch.«

Aber Carl überraschte sie. »Ich verstehe dich, Olympia, aber die Polizei tut alles, um den Messerstecher so schnell wie möglich zu fassen. Im Stadtgebiet sind vermehrt Streifen unterwegs, und Kollegen in Zivil patrouillieren durch die Altstadt. Leider bisher ohne Erfolg. Unsere Hoffnungen liegen auf aufmerksamen Zeugen. So wie du eine bist – auch wenn du den Täter nicht gesehen hast.«

Olympia stiegen fast Tränen in die Augen. Er nannte sie eine aufmerksame Zeugin. Aufmerksam, nicht neugierig! Das kam einem schönen Kompliment gleich.

»Und weil du es bist: Die Opfer sind Gudrun Schlenk, Verkäuferin bei der Bäckerei Stubenrauch, und Renate Baumann, Inhaberin vom Salon Renate. Die junge Frau, die du gefunden hast, heißt Marlies Haider. Dass sie Studentin ist, solltest du aus den Medien ja schon wissen.«

»Danke, du bist ein Schatz!«

»Gern geschehen. Aber pass auf dich auf, Olympia!«

»Ehrenwort.«

Als sie aufgelegt hatte, drückte sie die Wirbelsäule durch. »Eine aufmerksame Zeugin wie du«, sagte sie leise, indem sie Carls erregend männliche Stimme nachahmte, und machte dazu ein Gesicht, über das sie wahrscheinlich schallend gelacht hätte, hätte sie es im Spiegel gesehen.

Albrecht Dürer, der eitle Pfau

Olympia musste dringend zum Friseur. Wenn sie ihre wilde Lockenpracht objektiv betrachtete, war es tatsächlich nötig, sie hier und da ein paar Zentimeter zu kürzen, und mit einem Friseurbesuch würde sie zwei Fliegen mit einer Klappe schlagen. Und wenn sie schon unterwegs war, würde sie in der Bäckerei Stubenrauch einige süße Teilchen für Manne besorgen, sollte er, wie von ihr erwartet, später am Nachmittag auf einen Kaffee zum gegenseitigen Informationsaustausch vorbeikommen. Manne war, noch mehr als sie, das Ohr zur Welt. Worüber seine Fahrgäste sich alles mit ihm unterhielten! Wobei die Themen häufig international waren. Olympia hingegen erfuhr beim Putzen eher, was die Nürnberger bewegte. Kurz entschlossen packte sie ihre Handtasche und machte sich auf den Weg.

Als sie in sichtbarer Nähe des Salons Renate war, wurde ihr bewusst, wie oft sie schon an ihm vorbeigekommen war, ohne ihn bewusst wahrzunehmen. Davor stand ein Großaufgebot an Streifenwagen und Polizisten, die über ihren Uniformen gelbe Warnwesten trugen. Mehrere Beamte durchsuchten die Gebüsche mit langen Stangen, anscheinend hielten sie Ausschau nach der Tatwaffe. Mit so einem großen Tamtam hatte Olympia nicht gerechnet, sogar das Fernsehen war da, und jede Menge Schaulustige standen auf der gegenüberliegenden Straßenseite. Auf dem Gehsteig direkt vor ihrer Fußspitze entdeckte sie einen getrockneten bräunlichen Fleck, der Blut, aber auch alles andere sein konnte. Hatte es nicht geheißen, die attackierte Frau habe sich noch verletzt in den Laden geschleppt? Ach nein, das war ja die Bäckereiverkäuferin gewesen.

Olympia überquerte die Straße, um sich selbst ein Bild von dem Geschehen zu machen. Nicht aus niederer Sensationslust, vielmehr wollte sie eine Bestätigung dafür haben, dass die Polizei wirklich aktiv nach dem Täter suchte. Ihre Phantasie war so groß, dass das, was in der vergangenen Nacht passiert war, in ihrer Erinnerung immer schrecklicher wurde, und dagegen musste etwas getan werden.

Der Salon schien ein Relikt der späten achtziger Jahre zu sein. Schon die Leuchtreklame »Salon Renate« gehörte eigentlich für die Nachwelt im Museum ausgestellt. Das ehemalige Zartrosa der Markisen hatte sich in gesprenkeltes Altrosa verwandelt, im Schaufenster hingen vergilbte Fotos von frisierten Damenköpfen, und aus dem hinteren Teil des Ladens schimmerte Licht. Von den Kolleginnen der verletzten Chefin oder gar Kundinnen war nichts zu sehen. Olympia würde wohl auf ihren Haarschnitt verzichten müssen.

Als sie genug gesehen und sich unter den Schaulustigen, die ungeniert ihre Smartphones hochhielten, nicht länger wohlfühlte, entfernte sie sich ein paar Schritte und entdeckte eine Frau mit einer ungesunden Gesichtsfarbe, die sich gegen die Hauswand lehnte. Immer wieder zog sie die Nase hoch und sah verdächtig danach aus, als würde sie gleich umkippen.

»Geht es Ihnen nicht gut? Kann ich Ihnen helfen?«, fragte Olympia, weil es eine Angewohnheit von ihr war, jedem helfen zu wollen.

»Ich glaube nicht.« Die andere schniefte und sah Olympia mit großen geröteten Augen an. »Ich weiß gar nicht, wie es jetzt weitergehen soll. Die Chefin ist mit einem Messer angegriffen worden und ist im Krankenhaus.«

Olympias Blick wanderte automatisch zum Salon Renate.

»Ach herrje, wirklich?«, fragte sie wie aus der Pistole geschossen und bot damit der Angestellten von Renate Baumann genau das, was sie in dieser Situation am dringendsten brauchte: ein offenes Ohr.

»Die Renate ist bloß raus, um eine Zigarette zu rauchen«, erzählte die Frau und holte kurz Luft. »Wie oft haben wir, ich und meine Kolleginnen, die Gaby, die Mandy und unsere Azubine, ihr gesagt, wie gefährlich das Rauchen ist. Aber dass eine von ihren Raucherpausen so endet, hätten wir doch nie gedacht.« Sie schnäuzte sich in ein Papiertaschentuch, das sie aus ihrer Hosentasche herausgezogen hatte. »Damit die Kundinnen sie nicht sehen, hat sie sich immer ein paar Schritte neben das Schaufenster gestellt. Als es geschehen ist, habe ich zwar einen Schrei gehört, aber auf der Straße wird doch dauernd herumgeschrien, oder?« Sie blickte Olympia an, die bestätigend nickte. »Außerdem waren mein Föhn und eine Trockenhaube an. Das ahnt doch keiner, dass da plötzlich einer ein Messer zückt und auf die Renate einsticht.«

Wieder nickte Olympia und ließ die Frau, die mit ihren Nerven sichtbar am Ende war, einfach weiterreden.

»Aber plötzlich ist eine Kundin in den Salon gestürzt gekommen, die Frau … Na, jetzt will mir auch noch ihr Name nicht einfallen.« Die Friseurin schaute Olympia ratlos an. »Ach ja, jetzt weiß ich ihn wieder. Also, die Frau Stelzer, die heute neue Farbe bekommen hätte, ist reingestürzt und hat geschrien: ›Die Frau Baumann liegt auf der Straße! Und alles ist voller Blut!‹«

Olympia sog laut Luft ein. Sie konnte sich lebhaft den Schock der Dame vorstellen.

»Die Mandy ist sofort raus und hat sich wohl auch gleich um die Renate gekümmert. Wir anderen haben ein bisschen gebraucht, um zu checken, was passiert ist. Aber dann habe ich gleich den Notarzt gerufen. Die Polizei stand auch nicht lange danach vor der Tür, und dann haben die Beamten gesagt, dass es ganz danach aussieht, als hätte der Messerstecher wieder zugeschlagen.« Ihr Blick wurde starr. »Vielmehr zugestochen.«

Olympia strich ihr beruhigend über den Arm. »Soll ich Sie nach Hause begleiten?«

»Geht schon.« Die Friseurin seufzte dennoch tief. »Ich hab's nicht weit. Aber vielen Dank, es war sehr nett von Ihnen, mir zuzuhören.«

»Ich wünsche Ihnen und Ihrer Chefin alles Gute!« Olympia schaute ihr noch kurz hinterher und drückte sich dann an ein paar »ganz Gescheiten« vorbei, die zwar bei der Messerattacke nicht dabei gewesen waren, aber den Beamten dennoch ganz genau den Tathergang schildern konnten. Als Olympia kurz lauschte, kam ihr deren Wortlaut bereits von den Berichterstattungen im Fernsehen vertraut vor.

Mit wild um die schreckliche Tat kreisenden Gedanken ging Olympia weiter zur Bäckerei Stubenrauch. Die Bäckerei war allseits bekannt, am liebsten mochte Olympia den Zwetschgenkuchen und die Hefenudeln – natürlich beides wie alles noch in der Backstube selbst gemacht. Doch heute schien sie sich einen Einkauf abschminken zu müssen. Das Tohuwabohu vor der Bäckerei schien noch größer als das vor dem Salon Renate. Auf der abgesperrten Straße standen die Streifenwagen kreuz und quer. Aus einem Van kletterten skurrile Wesen, die Olympia an mittelalterliche Ritterspiele erinnerten, und jagten ihr einen Schauder über den Rücken. Sie trugen Kettenanzüge, eine Spezialkleidung der Polizei, eindeutig zum Schutz vor dem unberechenbaren Täter, und führten Lanzen mit sich, um in Büschen und unter Laub in Grünanlagen nach vermeintlichen Spuren zu suchen.

Vor der Bäckerei hatte sich bereits eine Gruppe Menschen mit fassungslosen Mienen versammelt, die ihre Beklemmung durch Reden und Kopfschütteln zu verdrängen versuchten. Unter ihnen erblickte Olympia die Kassiererin ihres Stammdrogeriemarktes, mit der sie gelegentlich ein paar Worte wechselte. Sie wollte nur ungern als Gaffer dastehen, aber die Chance darauf, vor Ort Neuigkeiten zu erfahren, auch nicht vergeben.

»Hat man denn jetzt schon eine Täterbeschreibung?«, begrüßte sie deshalb die Kassiererin, die statt ihres typisch weißen Kittels heute ein geblümtes Sommerkleid trug.

»Hallo!« Sie nickte ihr zur Begrüßung zu. »Nur eine vage: Die Person soll sehr groß sein und ein sehr jugendliches Gesicht haben.«

»Also wirklich ein Mann«, stellte Olympia fest, doch die Kassiererin winkte ab.

»So sicher bin ich mir nicht. Hier unter den Leuten ist eine Frau, die gehört haben will, dass die niedergestochene Friseuse, bevor sie ohnmächtig wurde, gesagt haben soll, dass die Person aussah wie ein Milchreisbubi. Wenn sie unter Schock gestanden hat, könnte es vielleicht doch eine Frau gewesen sein.« Die Kassiererin holte Luft und sah Olympia überlegen an.

»Donnerwetter«, sagte sie. »Aber wäre das nicht doch etwas seltsam? Eine Frau, die andere Frauen absticht?«

»Eine Sauerei wäre das«, fand die Kassiererin. »Zwei der Opfer schweben immer noch in Lebensgefahr, habe ich gehört. Obwohl, ich kenn die Renate, die ist ein zäher Brocken, die überlebt bestimmt.«

»Und wie ist sie sonst noch so, die Friseurin?«, nutzte Olympia die Möglichkeit, mehr über das dritte Opfer herauszubekommen.

»Die Renate? Ach!«, lachte die Drogeriemitarbeiterin. »Schon sehr speziell. Wenn der was nicht in den Kram passt, spuckt die Gift und Galle! Ein bitterböses Weib ist das, darum halten es die meisten ihrer Angestellten nie lange bei ihr aus. Deshalb, also wegen ihrer Art, bin ich damals auch zu einem anderen Salon gewechselt.«

Mittlerweile hatten sich die beiden Frauen von der Bäckerei entfernt und schlenderten plaudernd auf den Hauptmarkt. Vor dem Rathaus stand eine riesige Bühne, an der sich Techniker zu schaffen machten.

»Und die Kunden lassen sich das gefallen?«

»Die meisten tun so, als wären sie immer schön einer Meinung mit der Renate, dann ist die ganz handzahm. Mittlerweile wissen die Stammkundinnen, wie sie sie zu nehmen haben. Und der Preis ist halt unschlagbar …« Die Kassiererin rieb Daumen und Zeigefinger ihrer linken Hand aneinander.

Olympia machte sich eine geistige Notiz, den Salon als Kundin zu meiden. Schließlich hatte sie selbst auch ein loses Mundwerk, und die Gefahr war groß, dass sie der Besitzerin, wenn sie denn wieder genesen wäre, womöglich Widerworte gäbe, wofür diese dann am Ende noch mit einem Meckischnitt an ihr Rache nehmen würde. War das vielleicht das Motiv für den Messerangriff? Ein Frisurenpfusch?

Aber warum dann die zwei andere Frauen attackieren?

Oder nahm der Täter einfach wahllos an Frauen Rache, eben weil sie Frauen waren? Man hörte doch immer wieder Geschichten, dass aus von Frauen gedemütigten Männern oder in der Kindheit von der Mutter schikanierten Söhnen die brutalsten Psychopathen wurden. Schnell verabschiedete sich Olympia und ging ihres Weges, um bei einer anderen Bäckerei endlich etwas Süßes für Manne zu besorgen.

Die Geldbörse bereits in der Hand eilte sie kurz darauf durch die Engelsgasse, als sie aufsah und einen Mann erblickte, der ihr entgegenkam. Er war groß wie ein Bär und von oben bis unten in schwarze Klamotten gehüllt. Olympia konnte nur hoffen, dass er so aussah, weil er Fan einer auf dem Bardentreffen spielenden Rockband war.

Ihr erster Impuls war, sich umzudrehen und wegzurennen. Dann dachte sie bedauernd daran, dass sie das Nudelholz und das Brotmesser zu Hause hatte liegen lassen.

Der Mann kam zügig auf sie zu. Noch gestern um die gleiche Zeit hätte sie ihn wahrscheinlich nicht einmal wahrgenommen, aber jetzt schlug ihr Herz ihr bis zum Hals.

Olympia straffte die Schultern und wappnete sich innerlich bereits gegen einen Angriff, da erkannte sie in dem vermeintlichen Messerstecher einen Pfarrer im schwarzen Talar.

Schweigend nickte sie ihm zu, und er ging an ihr vorüber, ohne dass etwas Nennenswertes geschah. Dann durchfuhr sie der Gedanke wie ein Blitz: Und wenn er doch der Täter war? Dass er ein Kirchengewand trug, hieß doch noch lange nichts. Sie drehte sich um und sah nur noch, wie der Mann um die nächste Ecke bog.

Als sie erneut nach vorn schaute, kam schon wieder eine seltsame Person auf sie zu. Natürlich, es war Bardentreffen, da bevölkerten alle möglichen Freaks die Stadt. Aber was war das?

Die Frau schien direkt dem Mittelalter entsprungen zu sein. Sie trug eine weiße Haube und ein nachtblaues langes Kleid über einer weißen Bluse mit Kragen und war noch sehr jung. Und bildschön. Und groß wie ein Fotomodell. »Hallo«, sagte sie und lächelte Olympia an. »Ich bin die Agnes.«

»Hallo«, erwiderte Olympia.

»Ach«, seufzte Agnes und meinte dann wie selbstverständlich, »heut hab ich mich schon wieder so über meinen Albrecht ärgern müssen. Ich bin wirklich ein armes Ding, ich hab es nicht leicht mit ihm.«

Agnes? Albrecht? Olympia schürzte die Lippen, sah sich um. War sie Opfer der »Versteckten Kamera« geworden?

»Bist du auch verheiratet?«, fuhr Agnes fort. »Aber wenn, dann bestimmt mit keinem Maler, oder?«

Immer noch perplex schüttelte Olympia nur leicht den Kopf.

»Weißt du, der Albrecht schaut immer andern Weiberleut nach und meint, ich merk es nicht. Aber natürlich merk ich das sehr wohl! Ich hab ja Augen im Kopf.«

Eindeutig »Versteckte Kamera«, war sich Olympia sicher. Oder das Mädel rauchte ein Kraut, das ihr nicht bekam.

»Dann ist dein Mann also der berühmte Albrecht Dürer?«, stieg Olympia auf das Späßchen ein.

»Das hab ich doch schon gesagt! Weißt du, wenn der mich nicht hätte, könnte er es sich abschminken, den ganzen Tag sorglos zu malen. Schließlich bin ich die, die unten am Marktplatz steht und seine Bilder verkauft, wenn das Geld wieder mal recht knapp wird.«

»Ach?«, machte Olympia. Mehr wusste sie wirklich nicht zu sagen.

»Und dabei ist der Albrecht so eitel! Eitel wie ein Pfau! Manchmal ist es kaum zum Aushalten.« Agnes verdrehte übertrieben die Augen. »Aber jetzt muss ich wirklich weiter.« Sagte sie und ging mit schwingendem Rock dem Pfarrer hinterher.

Olympia blickte auch ihr nach. Hoffentlich lief die junge Frau dem Messerstecher nicht direkt in die Arme. Aber Kinder und Verrückte hatten ja bekanntlich einen besonders aufmerksamen Schutzengel.

Vamos a la playa

Olympia hatte gerade aufgeschlossen und schob ihre Wohnungstür auf, da wusste sie bereits, dass in ihrer Wohnung etwas nicht stimmte. Es roch nach Toast. Nach angebranntem Toast. Und ein leises Summen war zu hören. Gänsehaut überzog ihre Arme, und sie wollte die Wohnung schon wieder verlassen und die Tür vorsichtig hinter sich zuziehen, da ermahnte sie sich dazu, logisch zu denken. Wäre der Messerstecher in ihrer Wohnung, würde der sich doch kaum ein Brot toasten und leise summend auf sie warten. Trotzdem hielt sie noch immer die Türklinke umklammert und bewegte sich weder vor noch zurück. Aber wer sonst sollte in ihrer Wohnung sein, wenn nicht der Täter?

Jetzt wurde das Summen lauter und reichlich schräg, dennoch erkannte Olympia die Melodie des einstigen spanischen Sommerhits »Vamos a la playa«.

»Annikki!«, rief Olympia und betrat endlich den Flur ihrer Wohnung.

Die Finnin lag mit geschlossenen Augen und Kopfhörern im Ohr auf Olympias Sofa und hörte Musik von ihrem Smartphone. Auf dem Wohnzimmertisch stand der Toaster, der sonst seinen Platz auf dem Küchenbüfett hatte, auf einem Teller daneben lagen verkohlte Brotreste.

»Annikki!«, rief Olympia noch einmal und schon etwas wütender. Das war doch echt die Höhe! Ihre Angestellte hielt gemütlich Siesta, und sie starb fast vor Schreck. Das hatte man davon, wenn man Hinz und Kunz verriet, dass man den Zweitschlüssel unter dem Blumentopf auf ihrer Etage im Treppenhaus deponierte.

Sie stürmte auf die Finnin zu und riss ihr die Stöpsel aus den Ohren.

Erwartungsgemäß fuhr die zart gebaute Blondine in die Senkrechte. »Spinnst du, Olympia? Mich so zu erschrecken!«

»Ich? Dich? Nun mach aber mal ’nen Punkt! Ich komme ahnungslos nach Hause, öffne die Tür, und die Wohnung stinkt wie nach einem Großbrand!« Sie nickte in Richtung der verkokelten Brotüberreste. »Was machst du hier eigentlich?«

Augenblicklich setzte Annikki ihre »Siehst du nicht, was ich für ein armes Häschen bin?«-Miene auf. Die schnelle Änderung ihres Gesichtsausdrucks war beeindruckend. »Ich fürchte mich.«

Jetzt entdeckte Olympia auch die große Reisetasche, die nicht nach einer Übernachtung bei einer Freundin, sondern nach mindestens vierzehn Tage Mallorca aussah. »Du willst hier einziehen?«

»Solange den Messerstecher nicht im Gefängnis ist ... Ja.« Annikkis Miene wurde noch ein bisschen bittender.

»Du weißt aber schon, dass der Täter bisher nur hier in der Nähe zugeschlagen hat, oder? Bei dir in Fürth hättest du ziemlich wahrscheinlich gar nichts zu befürchten – ist viel zu weit weg.«

Annikki tat so, als würde sie überlegen. »Mir wäre trotzdem wohler dabei, wenn ich bei dir bleiben könnte«, entschied sie und machte wieder diese hilflosen Häschenaugen.

»Hm!«, sagte Olympia bloß und ließ sich neben ihre Freundin auf das Sofa fallen. Annikki auf die Straße setzen konnte sie ja schlecht. Kurz blitzte ein absurder Gedanke in ihr auf. Sie hatte ihren Angestellten zwar einen neuen Arbeitsplan gemailt, gemäß dem vorläufig keine einen Putzauftrag allein erledigen musste. Was aber, wenn die auch schon mit Reisegepäck unterwegs zu ihr waren?

Darth Vader fährt Taxi

Manne hielt im Nürnberger Stadtteil Werderau. Die ältere Dame, sein nächster Fahrgast, wartete bereits vor dem Haus auf ihn. Um sich und ihren Rollator herum hatte sie einen

Halbkreis aus Einkaufstüten, einem Gartenrechen und einer Gießkanne aufgebaut.

Manne stieg aus, klappte die sperrige Gehhilfe routiniert zusammen und verstaute diese sowie das weitere Hab und Gut der grauhaarigen Seniorin im Kofferraum. Dann half er seinem Fahrgast beim Einsteigen ins Taxi.

Die Fahrt endete am Johannisfriedhof im fast gleichnamigen Stadtteil St. Johannis, wo Manne das ganze Gelumpe wieder auspacken musste. Aber das Trinkgeld war ordentlich, wie so häufig bei älteren Damen, obwohl die meist selbst bloß eine kleine Rente bezogen. Die Fahrgäste mit dem prallen Portemonnaie saßen hingegen meist auf ihrer Kohle.

Als die Ampel am Kirchenweg auf Rot sprang und Manne anhalten musste, überlegte er, geschwind auf ein Tässchen Kaffee bei Olympia vorbeizufahren. Eine Pause könnte er gerade gut gebrauchen. Als Vorbereitung schüttelte er sich schon einen Pfefferminzkaugummi aus einem Döschen in die Hand und warf ihn sich in den Mund, da wurde die Autotür hinter dem Beifahrersitz aufgerissen, und ein Typ schwang sich grußlos in den Wagen. Manne hustete. Um ein Haar hätte er den Kaugummi verschluckt. Solche Leute hatte er gefressen! Die ohne anzuklopfen auf rüpelhafte Weise ein Taxi enterten. Am liebsten hätte er den ungehobelten Burschen wieder rausgeschmissen – sollte der doch zu Fuß gehen, bis er Manieren gelernt hatte!

Als Manne, die Augenbrauen missgelaunt fast bis zur Nasenwurzel zusammengezogen, den Taxipiraten im Rückspiegel musterte, gefror ihm bei dessen Anblick schier das Blut in den Adern. Unter dieser seltsamen und übertrieben großen Kapuze schien der Mann kein Gesicht zu haben. Dem sonst so hartgesottenen Taxifahrer lief es eiskalt die Wirbelsäule hinunter. Er drehte Boney M.s »Daddy Cool« im Autoradio leiser.

»Hauptbahnhof«, sagte der Gesichtslose mit einer Stimme, als käme sie direkt aus dem Grab, und Manne fuhr los.

Alle paar Sekunden schaute er in den Rückspiegel. Beim Atmen gab die unheimliche Gestalt Geräusche von sich, die ihn an Darth Vader erinnerten. Gesund war der Galgenvogel aber auch nicht. Und dabei umgab ihn eine so böse Aura, dass Manne sein Taxi am liebsten am Straßenrand abgestellt und sich aus dem Staub gemacht hätte. Nicht bei einer einzigen seiner vielen bisherigen Nachtfahrten mit Besoffenen und Streitsüchtigen war ihm auch nur halb so unwohl gewesen. Er richtete seinen Blick wieder auf die Straße und riss versehentlich das Lenkrad nach rechts. Obacht, parkende Autos! Schnell korrigierte er nach links. Erneuter kurzer Blick in den Rückspiegel. Der Gesichtslose schwankte mit. Manne fürchtete schon einen bissigen Kommentar, aber der Kerl blieb stumm.

Nachmittags um halb fünf staute es sich natürlich überall, sodass die Fahrt kein Ende nehmen wollte. Normalerweise begann Manne mit jedem Fahrgast eine lockere Plauderei, ließ ihn aber sofort in Ruhe, wenn er merkte, dass ihm nicht nach Reden zumute war. Aber beim Gesichtslosen wäre ihm ums Verrecken kein Gesprächsstoff eingefallen, außer vielleicht Horrorfilme oder Geisterbahnen. Und mit jeder Sekunde, die sein Gast hinter ihm auf der Rückbank saß, wurde Mannes Gewissheit stärker: Nur er konnte der gefährliche Messerstecher sein!

Manne verspürte eine enorme Erleichterung, als sie endlich das Fahrziel erreichten. Nach bevor er den Fahrpreis nennen konnte, schoben sich von hinten lange blässliche Finger mit Trauerrändern unter den Nägeln nach vorn. In seiner Phantasie hatte der Taxerer eine skelettierte Hand erwartet, die ihm das Geld reichen würde. Schnell schnappte sich Manne den Geldschein und kramte das Wechselgeld von über fünf Euro aus seinem Geldbeutel. Mit einem Trinkgeld rechnete er nicht. Noch nie hatte sich für ihn eine Fahrt von der Nordstadt bis zum Hauptbahnhof so lang angefühlt. Bestimmt zwanzig Mal hatte er gedacht, in der nächsten Sekunde ein Messer oder gar die Reißzähne eines Monsters im Nacken zu spüren. Sonst war er bestimmt kein Schisser, aber es schien, als hätte ihn die Dauerbeschallung mit Berichten über den Attentäter im Autoradio ganz plemplem gemacht. Nicht zu vergessen Olympias überdrehte Putzkollegin, die er erst vom Norikus-Hochhaus zu ihrer Wohnung nach Fürth gefahren hatte. Danach hatte er – aber nur, weil er so eine gute Sau war – wie von ihr aufgetragen eine Viertelstunde vor dem Haus auf sie gewartet, ohne das Taxameter laufen zu lassen, bis Annikki mit einer sich ausbeulenden Reisetasche zurückgekehrt war. Manne hatte sich schon auf eine Weiterfahrt zum Flughafen eingestellt, doch die junge Frau wollte nur zu Olympias Wohnung gebracht werden. Dort hatte sie ihn zum Aussteigen überredet, sich ins Haus geklingelt, den Ersatzwohnungsschlüssel unter einem Topf mit einer halb vertrockneten Palme im Treppenhaus gefunden und schließlich den Taxerer auch noch dazu gezwungen, in alle Zimmer und unters Bett zu schauen. Er fand die Finnin zwar süß, aber einen nicht gerade kleinen »Batscher« hatte sie schon! Das hatte diese Aktion nur wieder bestätigt.

»Stimmt so!«, wurde Manne plötzlich von dem Kapuzenmann aus seinen Gedanken gerissen. »Und gute und sichere Fahrt weiterhin.« Der Gesichtslose stieg aus und ließ die Autotür hinter sich zufallen.

Manne schluckte geräuschvoll und krampfte die Hand um den Schein und die Münzen, die er schon herausgeholt hatte. Der Typ hatte ihm tatsächlich ein Trinkgeld gegeben, noch dazu ein fürstliches. Selbst nach fast zwanzig Jahren im Taxi brachten ihn die Menschen noch zum Staunen.

Dennoch überlegte er, die Polizei zu verständigen. Vielleicht war er dem Messer im Rücken ja nur entgangen, weil er keine Frau war?

Mit Manne stimmt heute etwas nicht, dachte Olympia, während sie beobachtete, wie er gedankenverloren an seiner Tasse nippte und die süßen Teilchen ignorierte, die sie vorhin noch beim Bäcker besorgt hatte. War er etwa nur bei ihr vorbeigefahren, um einen schweigsamen Nachmittagskaffee zu trinken? Aber schweigen war doch nun wirklich nicht seine Art.

Okay, Männer redeten generell viel weniger als Frauen, das war genetisch bedingt, aber bei Manne kam schon manchmal seine weibliche Seite durch. Was Olympia wiederum zu dem Schluss führte, dass seine schon verdächtige Wortkargheit einen ernsten Hintergrund haben musste.

»Hast du was, Manne?«, fragte sie ihn, als die Stille schließlich kaum noch zu überhören war.

Manne blickte zu Annikki, die mit Kopfhörern in den Ohren auf dem Sofa abhing und ganz in die Musik, der sie lauschte, versunken schien. »Auch wenn sie uns anscheinend gar nicht wahrnimmt, sollten wir besser in die Küche gehen.«

Also standen sie auf, griffen ihre Kaffeetassen und verzogen sich unbemerkt von der Finnin nach drüben.

Manne lehnte sich gegen den Küchenschrank und sah Olympia ernst an. »Ich glaube, vorhin ist bei mir im Taxi der Messerstecher mitgefahren!«

»Nein!«, rutschte es Olympia heraus.

»Pst!«, macht Manne. »Annikki flippt doch aus, wenn sie das mitbekommt.« Er senkte die Stimme noch mehr. »Als ich sie vorhin hier abgeliefert hatte, wollte sie mich aus Angst gar nicht mehr gehen lassen. Aber bei aller Freundschaft, ich kann nicht rund um die Uhr ihr Kindermädchen spielen, das Geschäft läuft in letzter Zeit schlecht genug.«

»Um Himmels willen, natürlich nicht!«, beeilte sich Olympia, ihm zu versichern. »Aber nun sag schon, wie bist du darauf gekommen, dass es der Messerstecher war? Und wie hat er ausgeschaut?«

»Ein Kerl wie ein Schrank, dunkel gekleidet. Sein Gesicht hatte er unter einer großen Kapuze versteckt. Und die ganze Zeit hat er seltsame Laute von sich gegeben.«

»Was denn für Laute?« Olympia verzog das Gesicht.

»Er hat geröchelt und gezischt.« Manne imitierte die Geräusche.

»Du klingst wie Darth Vader, Manne.« Jetzt musste sie doch ein bisschen grinsen.

»Aber genau so hat er sich angehört.«

»Der Messerstecher ist also ein Cyborg und dient dem Imperium? So ein Typ mit schwarzer Maske, Kutte und Lichtschwert, so einer wie Luke Skywalkers Vater?«, stellte Olympia fest, konnte ein amüsiertes Zucken um die Mundwinkel aber nicht verhindern. Der Manne und seine Geschichten!

»Endlich outest du dich als Star-Wars-Fan. Aber im Ernst, ganz knusprig war der Mann nicht. Ich habe kurz überlegt und dann wirklich bei der Polizei angerufen. Aber der Beamte, den ich dranhatte, erklärte mir, Menschen könne man nicht nur aufgrund ihres merkwürdigen Aussehens verdächtigen. Und weil der Typ kein Messer gezogen hat und durch sein Verhalten in meinem Taxi auch nicht auf die Tat geschlossen werden kann, wird meine Beschreibung von ihm nicht als Täterbeschreibung an die Bevölkerung herausgegeben.« Manne nickte nachdenklich vor sich hin. »Und natürlich hat der Polizist damit nicht unrecht. Ginge es allein nach seltsamem Aussehen, wären locker dreißig Prozent aller Leute verdächtig.«

Olympia lachte nun wirklich. »Und während des Bardentreffens sogar fünfzig Prozent oder mehr!« Wahrscheinlich wäre dann auch sie mit ihrer gepunkteten Leggings, der bunt gebatikten Tunika und dem grellgelben Tuch, mit dem sie sich die Locken aus dem Gesicht gebunden hatte, verdächtig.

Sobald Manne sich verabschiedet hatte, schlüpfte Olympia aus ihren Leggings und in ihre luftigeren Shorts.

Annikki hatte währenddessen die Kopfhörer herausgenommen, saß jetzt im Schneidersitz vor dem Fernseher und zappte zwischen Bayerischem Rundfunk und Franken Fernsehen hin und her, während sie immer wieder auf ihr Smartphone starrte. Olympia hatte das dumpfe Gefühl, dass sie so viele Details wie möglich über den Messerstecher von Nürnberg herausfinden wollte. Ob dies ihrer Angst entgegenwirken würde, war mehr als fraglich.

»Ich springe schnell mal rüber«, sagte Olympia, weil sie keinen großen Umstand daraus machen wollte, dass sie das Haus noch einmal verließ. Schnell zog sie ihre Sneakers an und nahm mit einer Bewegung ihr Handy und die Hausschlüssel von der Ablage in der Diele.

»Wo springst du hin?«

Olympia zuckte ertappt zusammen. Erstaunlich, dass Annikki bei dem Input noch reagierte. »Ich muss ins Institut, putzen, wie immer«, erklärte sie so ruhig wie möglich.

Den Putzauftrag des Instituts für Selbstbewusstseinscoaching am Weinmarkt hatte Olympia vor drei Monaten an Land gezogen und sich riesig darüber gefreut. Ein phantastischer Erfolg für ihre Reinigungsfirma »Putz-Frisch«, die sich, seit Olympia sie führte, stetig vergrößerte. Ihr Vater Jochen Hufnagel hatte sich in den letzten Jahren immer mehr aus dem Geschäft zurückgezogen. Sein derzeitiger Status war: Frührentner auf Probe bei der hellenischen Verwandtschaft auf Mykonos, wo Olympias griechische Mutter schon längst den Großteil des Jahres lebte.

Eine Zeit lang hatte Olympia versucht, nebenher auch noch einen Catering-Service für fränkisches und griechisches Fingerfood aufzubauen. Aber das kleine Unternehmen hatte nie Fahrt aufgenommen, sodass sie aktuell wohl oder übel nur noch für den Hausgebrauch kochte und sich berufstechnisch ausschließlich darauf konzentrierte, den Schrubber zu schwingen und für Sauberkeit zu sorgen.

Normalerweise wechselten Annikki und sie sich mit dem Putzen des Instituts ab. Dabei mussten die Waschräume und die Cafeteria täglich gereinigt werden, einzelne Seminarräume und die Büros nur bei Bedarf.

Völlig unerwartet sprang Annikki hoch, um sich sofort wieder auf die Knie fallen zu lassen und nach ihren Schuhen unter dem Sofa zu angeln. »Warte, Olympia, ich komme mit. Du kannst doch unmöglich alleine rausgehen«, sagte sie und tauchte mit rotem Kopf wieder auf. »Sag mal, hast du meine Socken gesehen?«

Fast rührte Olympia Annikkis Sorge. »Das musst du wirklich nicht«, beruhigte sie sie. »Bleib hier, dann kannst du auch die Nachrichten verfolgen.« Olympia zwinkerte ihr zu, und tatsächlich ließ ihre Freundin sofort wieder ihre Schuhe fallen.

»Aber du rufst gleich an, damit ich weiß, dass du im Institut gut angekommen bist. Und später auch, wenn du von dort losgehst, damit ich weiß, wann du –«

»Wann ich durch das Gefahrengebiet laufe?«, beendete Olympia den Satz lächelnd, obwohl auch ihr jetzt etwas mulmig zumute war. Und das, obwohl der Weinmarkt gleich um die Ecke lag. Und doch mitten in der Gegend, in der der Messerstecher bisher sein Unwesen getrieben hatte.

»Wirklich, mir passiert schon nichts«, sagte sie und versuchte, sich selbst zu glauben. Man durfte sich von seiner Angst nicht bestimmen lassen.

Und mit diesem Entschluss zog Olympia die Wohnungstür hinter sich zu.

Intensivstation

Auf der Station der Intensiv- und Notfallmedizin des Nordklinikums Nürnberg hatte das Ärzteteam stundenlang um das Leben der Studentin gekämpft.

Aber jetzt schüttelte Dr. Brucker, der erfahrene Oberarzt, bedauernd den Kopf. »Wir haben alles getan, Kollegen.«

Der Assistenzarzt Sven nahm die Hand seiner jungen Kollegin, der Tränen in die Augen stiegen. Jetzt ist der Messerstecher ein Mörder, dachte er.

C-Promi mit Mundwerk

Olympia hatte den Seminarraum, in dem bis vor einer halben Stunde der Kurs »Nutze deine Stärken« stattgefunden hatte, bereits gereinigt und schob nun den Putzwagen mit ihrem Equipment, das sie aus dem dafür vorgesehenen Abstellraum geholt hatte, in die Cafeteria. Einige der Teilnehmer hatten sich nach dem Kurs noch auf dem Gang unterhalten, aber unterdessen war es ringsum still geworden.

Hauptsächlich fanden die Coachings und Seminare untertags statt, aber es gab auch einige Kurse und Workshops, die abends oder am Wochenende veranstaltet wurden. Dass es in ihnen nicht um Makramee oder das Erlernen eines chinesischen Dialektes ging, wusste Olympia, das hatte sie im Internet recherchiert, bevor sie den Reinigungsvertrag mit dem Institut abgeschlossen hatte. Sie war auf interessante Kursnamen gestoßen, von »Abnehmen wie im Schlaf« über »Wehre dich gegen Mobbing« bis hin zu »Trainiere deine Schlagfertigkeit« war alles dabei. Bekannt war das Institut aber vor allem für das angebotene Selbstbewusstseinscoaching der außergewöhnlichen Annette von Unglaub, die zusammen mit ihrem Mann das kleine, aber überaus erfolgreiche Unternehmen leitete.

Olympia hatte bereits den Wasserspender und den Kaffeeautomaten gereinigt und die Abfalleimer für Glas, Papier und Restmüll geleert und begann gerade damit, den Boden zu wischen, der in Weiß und Mint gehalten war, als eine Frauenstimme sie aufhorchen ließ. Sie war unüberhörbar aufgebracht. Sofort war die Erinnerung an die vergangene Nacht wieder da. Aber dieses Mal würde Olympia nicht zu spät kommen! Sie würde eingreifen, *bevor* Blut floss. Sie lehnte den Schrubber gegen die Wand, zog die Gummihandschuhe bis zu den Ellenbogen hoch, wie um sich auf einen Nahkampf vorzubereiten, und verließ die Cafeteria. Sie war wild entschlossen, der Gefahr ins Auge zu blicken.

Kurz darauf stand sie vor einer Bürotür, hinter der der Streit tobte, und stellte mehr oder weniger erleichtert fest, dass die zur Stimme gehörende Frau keine Hilfe benötigte. Sie schien sehr genau zu wissen, was sie wollte.

Vielmehr war es ihr Gesprächspartner, der dringend verbaler Unterstützung bedurfte, wobei von Gespräch keine Rede sein konnte. Er kam kaum zu Wort, aber wenn doch, folgte eine von Mal zu Mal hitzigere Reaktion.

Olympia horchte genauer hin und erkannte die Stimmen von Annette von Unglaub und ihrem Mann Wickart, der wie sie ein bekannter Motivationstrainer war, sich aber auf Abnehmkurse konzentrierte.

Ein erneuter Schlagabtausch drang durch die geschlossene Tür, hinter der sich, wie Olympia als Institutsputzfrau wusste, das modern eingerichtete Büro des Institutsleiters befand.

Gerade war von Fernsehauftritt, Eitelkeit und Wehmut die Rede. Olympia wollte schon ihr Ohr direkt an die Bürotür legen, um genauere Zusammenhänge zu verstehen, da näherten sich von drinnen Schritte. Schnell sprang sie zur Seite, dann wurde die Tür auch schon aufgerissen beziehungsweise aufgestoßen. Hätte Olympia nicht geistesgegenwärtig die Arme nach vorn gerissen, sie wäre wie eine Stubenfliege an der Wand zermatscht worden. Regungslos blieb sie stehen, peinlich berührt, beinahe beim Lauschen erwischt worden zu sein. Es wäre nicht das erste Mal gewesen.

Sie hörte Geklimper wie von Armreifen und das Klappern von Schuhabsätzen, dann streichelte der Hauch eines würzigholzigen Parfüms ihre Nase, und schließlich fiel die Eingangstür des Instituts, das die dritte Etage des Gebäudes einnahm, mit einem Krachen ins Schloss.

Wie von Geisterhand wurde wiederum die Tür, hinter der Olympia sich noch immer an die Wand presste, zugezogen, dann drang kein Wort mehr aus dem Büro.

Annikkis Bettzeug türmte sich auf Olympias Sofa. Zu gerne hätte sich die Finnin darin vergraben wie ein Igel in einem Laubhaufen, aber Olympia war noch immer nicht vom Putzen im Institut zurück und ging auch nicht an ihr Handy.

Dabei war es schon halb elf, und die Nacht hatte sich auf die Stadt gelegt. Die Angst um sich selbst war wie weggeblasen, die Sorge um ihre Freundin und Chefin hatte jedes andere Gefühl verdrängt. Von Müdigkeit keine Spur, Annikki war hellwach.

Wo blieb Olympia nur? Und warum rief sie nicht an, geschweige denn zurück?

Natürlich könnte sie einfach ihrer Chefin entgegenlaufen oder, wenn sie sie dabei nicht traf, im Institut nachsehen, ob sie womöglich dort noch zugange war. Aber nichts daran war »einfach« für Annikki. Es erschien ihr sogar unmöglich, das Haus zu verlassen, denn so würde sie sich dem Messerstecher doch wie ein leckerer Cupcake auf dem silbernen Serviertablett präsentieren.

Und wenn sie die Polizei alarmierte? Oder den hübschen Hauptkommissar? Aber wenn dann doch nichts war, würde Olympia nur wieder ihre Augenbrauen hochziehen, den Kopf schütteln und »Ts, ts, ts, ach, Annikki!« machen, und das konnte sie auf den Tod nicht ausstehen.

Diese Situation war aber auch verzwickt. Hörte sie auf ihren Bauch, dann war sie sich sicher, dass etwas Schreckliches vorgefallen war. Hörte sie auf ihren Kopf, sagte der nur: Bleib ruhig, Olympia wird schon nichts passiert sein. Verflixt.

Olympia schaltete das Licht der Cafeteria aus und stellte den Schrubber und den Putzeimer in die Abstellkammer, wo sie bei ihrem Eintreffen ihre Handtasche abgelegt hatte. Schnell nahm sie ihr Handy heraus und wischte es ins Leben. Fünf entgangene Anrufe von Annikki. Der letzte vor zehn Minuten. Der kleine Angsthase war wirklich recht hartnäckig, was seine Fürsorge betraf. Natürlich, es war etwas später als normal geworden, aber doch nur unwesentlich.

Nach dem Zwischenfall hatte sie weitergeputzt, war aber dann noch dem Institutsleiter über den Weg gelaufen, der sie in ein Gespräch verwickelt hatte, sodass sie dabei glatt die Zeit vergessen hatte.

Selbstredend hatte sie ihn nicht auf den belauschten Streit mit seiner Frau angesprochen. Aber der Selbstbewusstseinstrainerin eilte sowieso der Ruf voraus, enorm launisch und aufbrausend zu sein, vielleicht also war der Disput nichts Besonderes gewesen. Außerdem war sie halt ein Star, und Stars zickten rum, da war die von Unglaub bestimmt keine Ausnahme. Irgendwo hatte Olympia letztens sogar gelesen, dass sie als Teilnehmerin einer der beliebten Trash-Shows im Gespräch war.

Jedenfalls hatte Wickart von Unglaub sich ganz ausdrücklich für ihre gute Arbeit bedankt und mehrmals betont, wie zufrieden er mit seiner Entscheidung war, Putz-Frisch engagiert zu haben. Der smarte Erfolgstrainer schien sich gerne selbst reden zu hören, was ihm in Gesellschaft seiner Gattin vermutlich nicht besonders häufig vergönnt war. Währenddessen hatte Olympia genügend Zeit, ihn zu mustern.

Was für ein extrem anziehender Mann. Mit seinem Aussehen hätte er Schauspieler werden können! Sie kam nicht umhin, ein, zwei Blicke mehr als nötig zu riskieren. Er hatte wirklich eine sagenhaft gute Figur, wahrscheinlich verbrachte er unzählige Stunden im Fitnessstudio, auf dem Fahrrad oder im Pool. Und dazu die natürliche Bräune und das schwarze Haar, dessen Schnitt bestimmt nicht vom Salon Renate stammte, ein markantes Gesicht mit geschwungenen Lippen, an das nur ganz vielleicht schon mal der Schönheitschirurg Hand angelegt hatte, und – der Hammer – strahlend blaue Augen, die einfach nicht von dieser Welt sein konnten.

Keine Frage, Carl Bernhardt sah auch bombig aus, war aber eher von der realen Art. Wickart von Unglaub, den Olympia auf Mitte vierzig schätzte, kickte hingegen ganz eindeutig in einer anderen Liga. Das wurde schon allein daran deutlich, wie selbstverständlich er von seiner Yacht im Mittelmeer und vom Treffen mit dem Oberbürgermeister sprach. Leider war Olympia sich nur allzu deutlich bewusst, dass sie in seinem Universum nie eine Rolle spielen würde. Noch nicht einmal eine Nebenrolle.

Und doch hatte er mit ihr, der Putzfrau, geredet, als könnte er sich in dem Moment nichts Schöneres vorstellen.

Wie charmant!

Fünf Minuten

Annikki gab sich noch fünf Minuten. Fünf Minuten, dann würde sie ihre Schuhe anziehen.

Oder doch die Polizei anrufen.

Das nächste Opfer

Er hatte eine Aufgabe zu erfüllen. Die Stimmen in seinem Kopf wollten einfach nicht schweigen. Schon vor Wochen hatte er die Tabletten in den Müll geworfen, wofür sollten die auch gut sein?

Im Fernsehen hieß es, er würde wahllos Frauen angreifen, aber das war erstunken und erlogen! Sie waren keine Opfer. Sie waren Auserwählte.

Dann überkam ihn wieder diese übermächtige Gier, der er sich nicht widersetzen konnte.

Auf der Straße zog er langsam das Messer aus seiner Jackentasche und wartete.

Kirchliche Bierschenke

Noch immer hatte Olympia das Institut nicht verlassen. Beim Hinausgehen fing Wickart von Unglaub sie noch einmal ab, und sie kamen auf den Messerstecher zu sprechen. Der Institutsleiter erzählte, er habe seine Workshop-Teilnehmerinnen ausdrücklich zu äußerster Vorsicht auf dem Nachhauseweg angehalten. Die drei männlichen von insgesamt zwölf Teilnehmern hätten ritterlich angeboten, die Damen zu ihren Autos zu begleiten. Zwei Frauen hätten zur U-Bahn gemusst und sich zusammengeschlossen, vier den Begleitschutz angenommen, die anderen drei dankend abgelehnt.

»Der Täter muss ein Mensch mit sadistischen Neigungen sein, meinen Sie nicht auch?«, fragte Olympia den Lebensberater.

»Das muss er, wenn er so etwas tut«, antwortete der. »Aber was genau einen Menschen dazu bringt, solche Taten zu begehen, ist schwer zu sagen. Hass auf Frauen?« Wickart von Unglaubs Blick wurde so starr, als würde er sich an den heftigen Disput mit seiner Frau von vorhin erinnern.

Olympia nutzte seine momentane geistige Abwesenheit dazu, selbst nachzudenken. Warum stellte sie sich den Täter eigentlich als ein schielendes Monster mit Buckel vor? Könnte er nicht stattdessen ein höchst attraktiver und gebildeter Mann sein? Einer wie der, der vor ihr stand? Ein kalter Schauer rieselte ihr durch und durch.

Endlich verabschiedete sich Wickart von Unglaub von ihr, blieb aber selbst noch im Institut zurück. Kurz kam Olympia in den Sinn, dass sie wie die Kursteilnehmerinnen gerne einen männlichen Begleiter gehabt hätte, was bei näherer Überlegung aber wirklich lächerlich war. Es war doch nur ein größerer Katzensprung bis zu ihrer Wohnung.

Bereits auf der Straße begann sie, in ihrer Handtasche nach dem Wohnungsschlüssel zu wühlen, wurde aber nicht fündig. Leise stöhnte sie auf. Sonst vergaß sie doch nie, den Schlüssel mitzunehmen. Langsam ging sie weiter, den Kopf geneigt, die Hand tastend in der Tasche. Dann spürte sie etwas. Da war jemand hinter ihr, der sie, da sie selbst langsam ging, locker hätte überholen können. Warum tat er das nicht?

Olympia spannte die Muskeln an. Sie war entschlossen, zu schreien, zu treten und zu beißen. Alles gleichzeitig. Sofern er sein Messer nicht schon in der Hand hielt, würde er kein leichtes Spiel mit ihr haben. Ihr Herz raste, dann fuhr sie herum.

Und stieß einen Seufzer der Erleichterung aus. Sie stand Agnes gegenüber, die dasselbe mittelalterliche Gewand wie bei ihrer Begegnung am frühen Nachmittag trug.

»Was tust du denn schon wieder hier?«, fuhr sie die junge Frau an, wütend, weil sie ihretwegen gerade Todesängste ausgestanden hatte.

»Ich hol dem Albrecht sein Bier aus der Schenke.«

Olympia blies die Backen auf. Gab es denn nur noch Verrückte in dieser Stadt?

»Du weißt aber schon, dass das momentan gefährlich ist. In der Altstadt ist ein Mann unterwegs, der mit einem Messer auf Frauen losgeht.«

Agnes riss kurz die Augen weit auf, winkte dann aber ab. »Der wird mir schon nichts tun.« Der warme Schein der Straßenlaterne fiel auf ihr Gesicht.

Olympia konnte nicht umhin, zu bemerken, wie schön sie doch war. Die Haut eben wie aus Porzellan, ihre Lippen entzückend geschwungen. Kein Wunder, dass Albrecht Dürer sich in sie verliebt hatte. Schnell schüttelte Olympia den Kopf. Was hatte sie nur für schräge Gedanken!

»Der Albrecht trinkt jeden Abend sein Bier, und weil ich ein gutes Eheweib bin, hol ich es ihm. Die andern Weiberleut täten das bestimmt nicht. Die scharwenzeln nur um ihn herum, um sich in seiner Aufmerksamkeit zu sonnen.« Agnes spuckte aus. »Der Teufel soll sie holen!« Von ihrem Liebreiz war nichts mehr übrig.

Wo nur dieser Hass auf Frauen herkam?, überlegte Olympia. War die junge Frau wirklich so eifersüchtig? Aber warum war sie dann so nett zu ihr? Und in welcher Phantasiewelt lebte sie? Sollte Olympia sich vielleicht eher vor ihr fürchten, statt sie zu bemitleiden? Versetzte vielleicht ein*e* Messerstecher*in* Nürnberg in Angst und Schrecken?

Plötzlich kicherte Agnes, ihre Wut war anscheinend verflogen. »Holst du auch Bier?«

Nein, entschied Olympia, Agnes war keine Gewalttäterin, sie hatte schlichtweg nicht alle Latten am Zaun. Ihr Bedürfnis, die junge Frau vor den Gefahren außerhalb ihres Taka-Tuka-Landes zu beschützen, wurde immer größer.

»Wo ist denn die Schenke? Soll ich dich begleiten?« Olympia konnte keinesfalls zulassen, dass das leichtsinnige Mädchen das nächste Opfer des Psychopathen wurde.

Agnes deutete zur Sebalduskirche. »Da!«

Oje, oje, oje, dachte Olympia, die Kleine ist ja noch viel verwirrter, als ich befürchtet habe. »Aber das ist doch eine Kirche, Agnes, da bekommst du bestimmt kein Bier für deinen Albrecht. Komm lieber mit mir mit.« Vorsichtig griff sie sie am Ellbogen.

»Aber die Kirche meinte ich doch gar nicht«, kicherte Agnes. »Ich hol das Bier in dem Wirtshaus dahinter.«

»Beim ›Bratwursthäusle‹?« Das wäre natürlich eine Möglichkeit, dass die junge Frau in einer der berühmtesten Bratwurstküchen Nürnbergs am Ausschank eine Flasche Bier kaufen wollte – sofern die noch geöffnet hatte. Und vielleicht wartete ja auch tatsächlich ein Albrecht daheim auf sie. Aber nein, verwarf Olympia die Möglichkeit sofort. Sie hatte ja bereits gesagt, dass sie mit dem Maler Albrecht Dürer verheiratet sei.

Je länger Olympia darüber nachdachte, desto weniger sah sie klar. »So spät braucht dein Albrecht doch kein Bier mehr«, versuchte sie schließlich, Agnes von ihrem Vorhaben abzubringen. »Ich begleite dich jetzt besser zu ihm, und dann geht ihr schön brav in euer Bett.«

Aber Agnes schwang den Rock und setzte sich wieder in Bewegung. »Schon gut, mein Zuhause finde ich auch noch ohne dich.« Und damit ließ sie Olympia einfach stehen und eilte in die Richtung zurück, aus der sie gekommen war.

Wo sie wohl wohnen, die Agnes und ihr Albrecht?, überlegte Olympia. Vielleicht droben im Albrecht-Dürer-Haus? Ein Lächeln stahl sich auf ihre Lippen.

Als ihr Handy klingelte, zog Olympia es aus ihrer Handtasche und nahm den Anruf, abgelenkt davon, dass sie plötzlich mit der anderen Hand ihre Schlüssel ertastete, blind entgegen. Das Keuchen, das aus dem Lautsprecher drang, ließ sie Agnes, Albrecht Dürer und den Messerstecher völlig vergessen. Blutige Szenen tauchten vor ihrem geistigen Auge auf.

»Hallo?«, japste plötzlich Annikki, die, wie Olympia erst jetzt begriff, vor Aufregung fast keine Luft mehr bekam. »Ich wollte schon den Polizei rufen! Wo bist du?«

»Gleich zu Hause.«

»Beeil dich! Ich sterbe vor dem Angst!«

Als Olympia kurz darauf ihre Wohnung betrat, bemerkte sie als Erstes, dass alle Fenster sperrangelweit offen standen, was bei der lauen Nacht nicht unangenehm war. Sogar sämtliche Topfpflanzen vor dem Blumenfenster hatte Annikki auf den Fußboden gestellt, damit sie auch wirklich von überallher die Straße im Blick hatte. Das schmale Toilettenfenster war ebenfalls aufgerissen, und die Gardine neben dem Küchenfenster bauschte sich in einem lauen Lüftchen.

»Warum hast du nicht zurückgerufen?«, maulte sie vorwurfsvoll.

Olympia schubste ihre Sneakers von den Füßen und holte sich eine Flasche Wasser aus dem Kühlschrank. »Tut mir wirklich leid«, sagte sie zerknirscht. »Aber der Leiter des Instituts war heute sehr gesprächig und wollte sich mit mir gleich mehrmals unterhalten.« Olympia grinste breit. »Wie du weißt, ist er ein seeehr gut aussehender Mann.«

Sogar Annikkis Lippen verzogen sich jetzt zu einem winzigen Lächeln.

»Und dann bin ich gerade eben wieder Agnes begegnet. Zum zweiten Mal heute.« Olympia biss sich auf die Unterlippe. Von der seltsamen jungen Frau hätte sie Annikki vielleicht besser nicht erzählen sollen.

»Welche Agnes? Kenne ich ihm?«

Olympia machte eine vage Geste. »Ist nur 'ne Nachbarin«, erwiderte sie lapidar, was wahrscheinlich nicht mal gelogen war.

»Die nachts ganz alleine durch den Gegend läuft?«

»Deshalb habe ich sie ja auch ein Stück begleitet«, erwiderte Olympia wie selbstverständlich.

Annikki nickte, obwohl ihr anzusehen war, dass ihr diese

edle Tat nicht sinnvoll erschien. Ihre Miene veränderte sich erneut. »Ich habe schlimme Nachrichten für dich. Besser, du setzt dich hin.«

Olympia wurden die Knie weich. Noch mehr schlimme Nachrichten würde sie an diesem Tag wirklich nicht verkraften.

»Die Studentin, den du letzte Nacht gefunden hast, das erste Opfer des Messerstechers, ist vorhin im Krankenhaus gestorben.«

Olympia sank auf Annikkis Bettzeug, dann starrten die beiden Frauen schweigend vor sich hin und gaben sich ihren eigenen traurigen Gedanken hin.

Im Hintergrund hörten sie das Jaulen eines Martinshorns.

Bananen-Bampf

Wie ein Gaul seinen Stall, so schien Mannes Taxi den Brezen-Drive-in von selbst zu finden – so kam es dem Taxerer jedenfalls vor. Denn ohne groß darüber nachgedacht zu haben, stand er just in der Reihe vor dem Drive-in-Schalter. Es war kurz vor acht Uhr morgens, und vor ihm warteten noch drei weitere Brezen-Hungrige in ihren Fahrzeugen. Aber die Servicekraft war flink, weshalb Manne seine Bestellung nach wenigen Minuten aufgeben konnte: »Einen Kaffee und zwei Nackerde, bitte.«

Normalerweise, wenn er keine Nachtschicht gefahren war, frühstückte er mit der Elfi, aber heute war seine Frau früher als sonst aufgebrochen, um eine Freundin in Bamberg zu besuchen. Die Freundin war frisch aus dem Krankenhaus entlassen worden, irgendein Organ, über das Männer nicht verfügten, war ihr herausgeschnitten worden, Manne hatte nicht genauer nachgefragt. Jedenfalls wollte sich seine Frau um die Patientin kümmern.

Als Transportmittel nach Oberfranken hatte die Elfi die Bahn gewählt. Selbst bei dieser wenig spektakulären Reise litt sie ein wenig unter Reisefieber, weshalb sie jegliche Nahrungsaufnahme am Morgen verweigert hatte. Und der Aufwand, für sich selbst einen Kaffee aufzubrühen, eine Brotscheibe abzusäbeln und mit etwas zu belegen oder zu bestreichen, war ihm zu groß gewesen. Seine zwei obligatorischen Brezen genügten ihm allemal für einen gelungenen Start in den Tag.

Manne suchte sich einen schattigen Parkplatz vor dem Drive-in, biss in die erste Breze und nahm einen genüsslichen Schluck vom Kaffee to go. Dann schlug er die abonnierte Tageszeitung auf, die er vor Schichtantritt daheim aus dem Briefkasten gezogen hatte. Vom Tod des Mädchens hatte er bereits gestern Abend in den Nachrichten gehört, dennoch versetzte ihm der Artikel erneut einen Stich in die Eingeweide. Er blätterte weiter zum Sportteil. Trotz aller Katastrophen in den letzten Jahren war er immer noch treuer Club-Fan. Irgendwann würde der 1. FCN schon mal wieder was reißen, dennoch überflog er die Berichterstattung über die letzte Niederlage nur, um seiner bereits gedrückten Stimmung nicht den Todesstoß zu versetzen.

Er nippte noch einmal an seinem Becher, konnte, als er umgeblättert hatte, den Kaffee aber nur noch mit Mühe bei sich behalten. Auf der nächsten Seite prangte ein Foto von dem schrägen Typen von gestern in seinem Taxi, von Darth Vader. Hatte die Polizei etwa den Messerstecher geschnappt? Schnell las Manne die Bildunterschrift, aus der jedoch hervorging, dass der Kerl aus der Geisterbahn tatsächlich beim Bardentreffen auftrat. Er war Musiker! Ein ziemlich bekannter noch dazu, spielte Punkrock. Na gut, den hatte Manne freilich nicht auf seiner Rückbank erkennen können, er stand eigentlich mehr auf Schlager. Von der Helene Fischer war er ein besonders großer Fan, da konnten die Boulevardjournalisten über sie herziehen, wie sie wollten. Er war nun mal von Natur aus treu, und wenn er von jemandem ein Anhänger war, dann *forever*, so wie von seinem geliebten »Clubb«.

Manne kratzte sich über sein stoppeliges Kinn, während er ungläubig den Kopf schüttelte. Und er hatte den Musiker ernsthaft für den Messerstecher gehalten. Einen Künstler!

Olympia kippte drei Löffel Kaffeepulver mehr als normalerweise in die Filtertüte. Annikki sah aus wie die Karikatur einer Eule. Nur mühsam konnte sie die Augen offen halten. Wie in Trance rührte sie sich ein Müsli aus Haferflocken, einer Banane, Nüssen und Mandelmilch zusammen und setzte sich damit an den Küchentisch.

Während Olympia sie amüsiert beobachtete, wartete sie genauso süchtig wie sehnsüchtig auf das typisch gurgelnde Geräusch, das signalisierte, dass der Kaffee fertig war. Als die Kanne endlich gefüllt war, stellte sie das Radio an in der Hoffnung, dass leichte Musik sie beschwingter in den Tag starten lassen würde. Aber es liefen die Nachrichten.

»Nürnberg«, sagte eine männliche Stimme ernst. »In den frühen Morgenstunden hat die Polizei einen vierzigjährigen Mann festgenommen, der unter dem Verdacht steht, seit vorgestern Nacht drei Frauen mit einem Messer attackiert und lebensgefährlich verletzt zu haben. Eines der Opfer, eine junge Frau, erlag gestern im Klinikum Nürnberg seinen Verletzungen, die anderen beiden sind mittlerweile außer Lebensgefahr. Der mutmaßliche Täter wird im Laufe des Tages einem Haftrichter vorgeführt.«

Synchron stießen Olympia und Annikki Freudenschreie aus.

»Unseren Polizei ist spitze!«, rief die Finnin und sah mit einem Mal regelrecht ausgeschlafen aus.

»Das kannst du laut sagen«, erwiderte Olympia. »Bin ich froh, dass sie den Kerl geschnappt haben.« Endlich konnte sie sich in der Stadt wieder ohne Angst bewegen. Sie fischte sich ihren Laptop von der Küchenanrichte, klappte ihn auf, schaltete ihn an und ging auf die Website der »Nürnberger Nachrichten«.

Messerstecher von Nürnberg ist gefasst

Tage des Grauens in Nürnberg. In der Dienstagnacht und am Mittwoch hat ein Mann drei Frauen mit einem Messer angegriffen. Ohne seine Opfer vorher angesprochen zu haben, stach der mutmaßliche Täter sofort auf sie ein. Sein erstes Opfer, eine zwanzigjährige Studentin, erlag später im Nordklinikum ihren Verletzungen. Zeitweise schwebten auch die beiden weiteren Opfer im Alter von vierundsechzig und neunundfünfzig Jahren in Lebensgefahr, ihr aktueller Zustand ist jedoch stabil.
Mit einem Großaufgebot von Hunderten Beamten war die Polizei nach den Angriffen im Einsatz. Stundenlang kreiste ein Hubschrauber in der Dienstagnacht über der Nürnberger Altstadt.
Nun sitzt ein Tatverdächtiger in Haft. Bis jetzt scheint nur klar zu sein, dass er seine Opfer nicht kannte. Gegen ihn wird wegen Mordes und in zwei Fällen wegen versuchten Mordes ermittelt.

Olympia fröstelte innerlich und rief – beides klare Übersprunghandlungen – schnell ihre favorisierte Wetterwebsite auf, bevor sie Wickart von Unglaub googelte. Doch kaum hatte sie den Namen »von Unglaub« in die Suchmaske eingegeben, schob sich die Institutsleiterin digital in den Vordergrund. Nun gut, Olympia klickte sich zu der Website des Instituts durch, dessen Hauptaugenmerk auf Coaching für Führungskräfte, Einzeltraining, Seminaren und Workshops zur Erlangung eines starken Selbstbewusstseins und Abnehmkursen lag.

Auf der Seite wurde mit den Slogans geworben: Verwandle Angst in Mut und Stärke! Steigere dein Selbstbewusstsein! Führe ein selbstbestimmtes Leben!

Olympia musterte ein Porträt von Annette von Unglaub genauer. Selbst auf dem Foto hatte sie eine Ausstrahlung, der man sich kaum entziehen konnte.

Sie klickte sich zurück zu den Google-Bewertungen. Eine

ehemalige Seminarteilnehmerin behauptete dort, die »unglaubliche« Annette von Unglaub habe ihr Leben von Grund auf positiv verändert und würde tatsächlich noch aus jedem »Drudscherla« eine Dame von Welt machen, so wie schon von der Presse behauptet. Eine andere bezeichnete sie hingegen als gift- und gallespeienden Drachen, der auf jeden anderen Minirock eifersüchtig sei. Würde man sich Madame nicht zu Füßen werfen, behandele die einen wie den letzten Dreck.

Hört, hört!, dachte Olympia. Das war ja nun wirklich interessant. »Annikki? Weißt du eigentlich, was ein Drudscherla ist?«, fragte sie nebenbei, weil sie wusste, dass es die Finnin nicht so mit dem Fränkischen hatte, auch wenn sie sich redlich Mühe gab.

»Es klingt, als könnte ich ihn nicht einmal mit viel Ketchup essen«, erwiderte sie denn auch und kaute mit wenig Begeisterung auf ihrem dicken Frühstücksbrei herum.

»Drudscherla kommt von trutschig. Synonyme dafür sind bieder, plump, altmodisch und hausbacken«, erklärte Olympia.

»Dann ist es ja logisch, dass ich dem Wort nicht kenne. Nichts davon trifft auf uns zu«, reagierte Annikki prompt, und beide mussten lachen.

»Aber wie bist du darauf gekommen? Ich meine, auf den Drudscherla?«, wollte sie anschließend wissen.

»Och«, druckste Olympia herum, weil es ihr etwas peinlich war, die von Unglaubs gegoogelt zu haben. Schließlich war sie keine Voyeuristin. Eigentlich. »Ich habe mich gerade etwas näher über die Chefs des Instituts am Weinmarkt informiert«, sagte sie schließlich. »Die bieten wirklich recht interessante Kurse an.«

Annikki zuckte desinteressiert mit den Schultern. »Auf Lernen hab ich keine Böcke, viel zu anstrengend. Ich mach mich jetzt lieber ausgehfertig und gehe los, damit ich nicht den Schimpfe von meiner Chefin kriege, weil ich nicht pünktlich bei meiner Putzstelle erscheine.«

Keinen Bock, verkniff sich Olympia einen Kommentar.

Sie wollte ihre Angestellte schließlich nicht von der Arbeit abhalten.

Nur die Spitzen!

Trotz der beruhigenden Neuigkeiten wollte sich die Furcht einfach nicht verziehen. Olympia lief durch die Fußgängerzone Richtung Weißer Turm zu ihrer Putzstelle am Vormittag, als ihr ein großer Kerl entgegenkam. Er trug einen bodenlangen schwarzen Ledermantel und einen Geigenkasten in der Hand. Mit aufgestelltem Flaum auf ihren Armen ging sie an ihm vorbei, drehte sich dann um und sah ihm nach. Am Ehekarussell-Brunnen blieb er stehen, holte eine Geige aus dem Kasten und begann, Beethovens »Für Elise« zu spielen.

Erleichtert atmete sie auf, lief weiter und betrachtete sich dabei in den spiegelnden Schaufenstern der Breiten Gasse. Wie würde diese Person wohl mit einem radikalen Kurzhaarschnitt oder einer glatten Pferdemähne aussehen?, überlegte sie. Mal wieder drifteten ihre Gedanken zum Salon Renate, obwohl der für eine Typveränderung ganz bestimmt nicht in Frage kam, selbst wenn die brummige Chefin nicht selbst Hand anlegte. Aber vielleicht würde sie später trotzdem mal bei deren verzweifelter Angestellter vorbeisehen, nur auf einen Plausch.

Es war bereits Nachmittag, als Olympia vor dem Salon Renate stand. Drinnen brannte Licht, aber es waren keine Kundinnen zu sehen. Die ihr bereits bekannte Friseurin fegte gerade um die Frisierstühle herum. Als sie kurz aufsah, entdeckte sie Olympia und kam zur Tür. Sie ließ sie in den Salon, schloss hinter ihr aber gleich wieder ab.

»Die Chefin hat mir gerade über WhatsApp Bescheid gegeben, dass ich ordentlich rauswischen soll«, sagte sie angefressen. »Als ob der Hinweis nötig gewesen wäre, bei uns wird immer geputzt!«

»Falls Sie trotzdem mal professionelle Hilfe brauchen.« Olympia zückte eine beidseitig bedruckte Visitenkarte und reichte sie ihr. »Nicht nur beim Putzen. Wie Sie sehen, habe ich auch einen kleine Catering-Firma.« Dass die mangels Aufträgen derzeit ruhte, musste sie ihr ja nicht auf die Nase binden.

Die Friseurin überflog die Karte, bevor sie sie in ihre Schürzentasche gleiten ließ. »Gestern bei der Einlieferung ins Krankenhaus ging es der Renate sehr schlecht, aber jetzt ist sie schon auf der normalen Station. Sie hat wirklich die Konstitution eines Ackergauls. Wenn es nach ihr ginge, würde sie am Samstag schon wieder im Salon stehen. Ich bin ja so erleichtert, dass man den Messerstecher verhaftet hat«, sagte sie, dann bog sie ihren Oberkörper nach rechts und links, sodass sie Olympia von allen Seiten betrachten konnte. »Ein paar Zentimeter weg, und Ihre Haare würden viel schöner fallen.« Und damit drückte sie sie sanft in einen Frisierstuhl.

»Aber wirklich nur die Spitzen!«, protestierte Olympia nicht gerade überzeugend. »Ich habe am Samstag nämlich ein Date«, fügte sie noch hinzu, »da will ich mit keiner Kurzhaarfrisur auftauchen.«

»Dann ist ein Schnitt erst recht nötig! Ich bin übrigens die Ida«, sagte die Friseurin spitzbübisch lächelnd, zog wie ein Zauberer einen Schutzumhang hervor und legte ihn Olympia um. »Als kleines Dankeschön, weil Sie mir gestern zugehört haben. Sie werden sehen, hinterher schauen Sie richtig flott aus.«

Und während die funkelnde Schere durch Olympias Haar schnippte, brachte Ida sie in Sachen Messerstecher auf den neuesten Stand. Der Festgenommene Hannes T. – das T stand für »Tücher«, das war nun öffentlich bekannt – sei Nürnberger, in der Altstadt aufgewachsen und dort auch zur Schule gegangen. Er sei gelernter Dachdecker und seine Eltern brave und unauffällige Leute. Aber von Kindesbeinen an sei Tücher von dem anderen Geschlecht ausgelacht und gemieden worden – weil er schon immer etwas »seltsam« und »schräg« gewesen sei.

»Das weiß ich von der Frau Gerlspech, einer Kundin, die ich heute zufällig vor dem Salon getroffen habe und die mit dem Hannes Tücher auf derselben Schule war, allerdings in einem anderen Jahrgang«, erklärte Ida. Und fügte verschwörerisch hinzu: »Mittlerweile hat er ausgesagt, Stimmen hätten ihm befohlen, die Frauen zu töten.«

Nachdem die Friseurin ihr Werk vollbracht hatte, zahlte Olympia, verabschiedete sich von ihr und fühlte sich grandios. Strahlend machte sie sich auf den Weg nach Hause. Ihre Locken wippten und ringelten sich wie schon lange nicht mehr, und der fehlende Zentimeter fiel fast gar nicht auf.

Der Anruf von ihrem siebzehnjährigen Neffen Achill erreichte sie, als sie die Wohnung aufsperrte.

»Ich habe tolle Neuigkeiten, Tantchen!«, schäumte er über.

»Warum bist du nicht in der Schule?«, versuchte sie, ihn rasch abzulenken, während sie in den Flur trat und sich auf seine »tolle Neuigkeit« gefasst machte.

»Och, Tante Olympia, schon mal was von Sommerferien gehört? Morgen ist letzter Schultag. Und heute war mittags Schluss. Aber jetzt hör mir doch mal zu!«

»Okay, ich höre.«

»Du wirst nie erraten, was ich dir erzählen will!«

»Bestimmt nicht«, erwiderte sie, während sie bemerkte, dass Annikkis Sachen verschwunden waren, und sich unter Verrenkungen das zu warme Oberteil über den Kopf zog.

Achill, zwischen Ohr und Schulter geklemmt, machte eine dramaturgische Pause, bevor er rausrückte: »Ich werde Influencer!«

Olympia rollte mit den Augen. Das hatte ja irgendwann kommen müssen, eigentlich hatte sie damit schon viel früher gerechnet. Viele Mädels und auch Jungs gaben ja heutzutage als Berufswunsch Influencer an oder hielten sich nach ein paar Posts und Followern bereits dafür. Doch Achill konnte Olympia sich tatsächlich als Influencer vorstellen. Im Prinzip war er ein Mädchen. Er liebte Shoppen, bunte Klamotten, Schuhe und Handtaschen über alles und schminkte sich sogar manchmal. In welche Richtung er sich sexuell orientieren würde, schien noch offen zu sein. Momentan war er noch viel zu sehr mit sich selbst beschäftigt. Und dennoch besaß er ein unendlich großes Herz und wollte für jeden da sein und sich um jeden kümmern. In dem Punkt ist er ganz nach seiner Tante geraten, dachte Olympia und lächelte.

»Youtuber?«, fragte sie.

»Und Instagramer natürlich.«

»Natürlich! Lass mich raten: Du willst dich auf Mode spezialisieren?«

»Und auf Make-up natürlich.«

»Natürlich!«, wiederholte sie.

»Tante Olympia, du nimmst mich nicht ernst!«

»Aber ich nehme dich doch immer ernst, Achill.« Wie bei all deinen gefühlt hundert verrückten Jobideen vorher auch, dachte sie und grinste jetzt.

Später, als sie längst aufgelegt hatten, ließ sich Olympia auf das Sofa plumpsen, das wieder ihr gehörte, und legte die Füße hoch. Sie schloss die Augen und träumte von dem hoffentlich perfekten Wochenende, das vor ihr lag. Die Wetterfrösche versprachen ungetrübtes Hochsommerwetter, und sie hatte ein Date mit Carl. Und die Haare schön.

Botschaft aus der Hölle

Marie Hampe, die Gästebetreuerin des Funkhauses, ließ sich auf den nächstbesten Stuhl sinken. »Was für eine Zicke!«, stieß sie genervt aus, und es war ihr egal, ob die von Unglaub sie hörte. Drei Stunden lang hatte die Frau sie wie ihre Leibeigene schikaniert. Aufgedonnert bis zu den Haarspitzen und wie ein Wirbelsturm war sie ihr im Empfangsbereich mit knapper Begrüßung entgegengestürzt und hatte nicht ihre Wünsche geäußert, sondern befohlen: nur leicht gekühltes Quellwasser und veganen Kaffee, die Fenster geschlossen halten, keine Klimaanlage, aber auf keinen Fall zu warm. Die Maske durfte nur von Unglaubs eigenes Make-up verwenden, und an ihre Haare kamen nur das von ihr mitgebrachte Shampoo, die Spülung und das Spray. Sie ließ doch keine Billigprodukte an ihre Frisur!

Und das, obwohl das aufgetürmte Haarkunstwerk nie und nimmer ihr eigenes war. Ihren, das musste ihr der Neid lassen, verdammt gut erhaltenen Körper hatte die von Unglaub in einen Overall aus braunem Lackleder gezwängt und sich über die Schulter ein riesiges Tuch mit Ethnomuster geworfen, um den Hals baumelten lange Ketten mit Holzanhängern. Sie sah aus wie eine irritierende Mischung aus Voodoopriesterin und Transvestit.

Aber der heiligen von Unglaub verzieh die Öffentlichkeit nicht nur die schlimmste Geschmacksverirrung, vielmehr galten ihre modischen Entgleisungen als gewagt und extravagant, und sie wurde dafür noch bewundert.

Sie war ein Star – sie durfte das.

Und zicken durfte sie auch!

Sogar zu kichern war verboten, ganz zu schweigen von Musik im Hintergrund. Frau von Unglaub musste sich schließlich auf das Interview vorbereiten, das für einen Sendetermin im Vorabendprogramm aufgezeichnet wurde.

Madame hatte nämlich jetzt auch noch ein Buch geschrieben! Der Ratgeber mit Anekdoten aus dem Leben der Selbstbewusstseinsqueen, die derzeit in aller Munde war, würde sich verkaufen wie warme Semmeln, so viel stand fest. Vor allem deshalb, weil die von Unglaub seit einiger Zeit ungeniert Andeutungen über ihre – angeblich – recht zahlreichen Affären mit prominenten Herren aus der Filmbranche und der regionalen Politik machte, sich aber mit konkreten Namen zurückhielt. Wirklich erstaunlich, wenn man bedachte, dass ihr Eheleben doch – angeblich – so glücklich war. Gehörte Fremdgehen ihrer Meinung nach etwa dazu?

Den Hype um die Selbstbewusstseinsfindung und um ihre eigene Person, den die von Unglaub mit ihren medienwirksamen Auftritten ausgelöst hatte, konnte Marie Hampe nicht nachvollziehen, was wohl hauptsächlich daran lag, dass sie die affektierte Frau einfach nicht verknusen konnte.

»Was für eine Zicke!«, hörte Annette von Unglaub die Mitarbeiterin des Funkhauses, wahrscheinlich nur eine Praktikantin, stöhnen und lächelte zufrieden. Die jungen Dinger mussten noch viel lernen. Nur weil sie bei einem Fernsehsender arbeiteten und sich um Kaffee und Kekse für sie kümmern durften, waren sie noch lange nichts. Auch wenn sie anderes glaubten.

Die Motivationstrainerin stöckelte durch den schattigen Garten des Rundfunksenders. Sat.1, ProSieben, Franken Fernsehen und jetzt der Bayerische Rundfunk umwarben sie bereits, sogar RTL hatte schon angefragt. Kein Zweifel, ihr Absprung stand kurz bevor. Dann würde sie Nürnberg hinter sich lassen. Und höchste Eisenbahn wurde es, sie war schließlich nicht mehr die Jüngste, wenn auch nur auf dem Papier. Und trotzdem stach sie noch jede Fünfundzwanzigjährige aus!

Sollte Wickart doch in seinem Frankenland versauern. Nur ihm zuliebe war sie nach dem Studium in Nürnberg geblieben. Wenigstens die Gründung des Instituts war ein richtiger Schritt gewesen. Aber dort herrschte seit Jahren Stillstand, also war es doch nur nachvollziehbar, dass sie ihre erlahmte Karriere wieder in Schwung hatte bringen wollen. Hindernisse waren dafür da, überwunden zu werden – das war eins ihrer Credos.

Als Annette von Unglaub nach der Aufzeichnung die Pforte des Senders in der Wallensteinstraße erreichte, sah sie schon von Weitem, dass ein Zettel hinter dem Scheibenwischer ihres SUVs klemmte. Verteilte die Polizei etwa sogar hier auf dem Parkplatz des Rundfunks Strafzettel? Angesäuert näherte sie sich dem Wagen und riss das Papier hervor. Es war kein Strafzettel. Ihr Magen zog sich zusammen. Wieder eine dieser Nachrichten. Hasskommentare im Netz perlten mittlerweile an ihr ab, aus ihnen sprach doch nur eines: Neid. Aber ihr hartnäckiger »Brieffreund« machte ihr Angst. Panische Angst.

Schnell überflog sie das Geschmiere inmitten von hingekrakelten schwarzen Kreuzen.

Damit kommst du nicht durch!
Ich sehe dich! Ich kriege dich!
Du wirst für immer schweigen.

Allein die Vorstellung, dass der Unbekannte sie bis hierher verfolgt haben musste, verursachte ihr Herzrasen.

Und warum fiel ihr bei diesen Worten ihr Vater ein? Der schmorte doch schon seit über dreißig Jahren in der Hölle.

Geschminkt unter der Hebebühne

Das Geschäft lief hundsmiserabel. Die Besucher des Bardentreffens waren nicht gerade die eifrigsten Taxifahrer – im Gegenteil. Viele benutzten die Öffentlichen oder das Rad, was natürlich lobenswert war, wenn man an die liebe Umwelt dachte. Aber für Mannes Geldbeutel war diese Einstellung Gift.

Bisher hatte er an diesem Donnerstag überwiegend Kurzfahrten gehabt und hing jetzt am Plärrer fest. Die Tageszeitung hatte er schon dreimal durchgeblättert. Dazu kam sein Kaffeedurst, der plötzlich ungeahnte Ausmaße annahm. Ganz automatisch musste er an Olympia denken. So gesehen war es gar nicht mal so unpraktisch, dass er am Plärrer stand. Von hier aus war es in die Altstadt gewissermaßen nur ein Rutscherla.

Voller Vorfreude griff er nach seinem Handy.

Noch ein Shirt, noch eine Bluse … Nein, Kommando zurück. Sie wollte die Waschmaschine doch nicht immer so vollstopfen! Olympia zerrte einige Wäschestücke wieder heraus, schloss die Waschmaschinentür, stellte das Programm für Buntwäsche ein und drückte auf den Startknopf. Das wäre erledigt! Jetzt konnte Manne kommen.

Und noch bevor sie die Filtertüte für den Kaffee aufgefaltet hatte, klingelte es an der Haustür.

Der Manne fährt heute aber wie der Henker!

Doch kaum hatte sie den Türöffner betätigt und die Wohnungstür geöffnet, hörte sie, wie jemand das Treppenhaus hochspurtete. *Das* konnte auf gar keinen Fall Manne sein. Manne war ein Genießer und verzichtete auf jegliche Art der schnellen Fortbewegung.

Kurz darauf stand Achill etwas atemlos vor Olympia.

»Ist was passiert?«, fragte sie möglichst unbeeindruckt.

Achill stützte sich mit einer Hand am Türrahmen ab und keuchte vollkommen ungeniert.

»Du solltest dir dringend ein bisschen Kondition zulegen, Lieblingsneffe. In deinem Alter habe ich noch beim Stadtlauf mitgemacht«, rügte Olympia ihn, wobei das gerade Gesagte natürlich eine Lüge war. Sie klopfte ihm mit der flachen Hand auf sein kaum vorhandenes Bäuchlein, das sich, sie konnte es schon vor sich sehen, in zehn Jahren zu einem veritablen Bauch ausgewachsen haben würde. »Deine kleine Sniggers-Riegel-Wölbung wird sich gar nicht gut auf Fotos im Netz machen.«

»Ich esse doch überhaupt keinen Zucker mehr, Tante Olympia!«, japste er. »Kein Mensch nimmt heutzutage noch Rohzucker zu sich!«

Olympia zuckte mit den Schultern. »Ich schon.«

»Du bist ja auch Halbgriechin.«

»Und in deinem Blut fließt nur klares Pegnitzwasser, oder was?« Sie waren heute wirklich wieder ausgesprochen lieb zueinander, aber sie waren Familie, und Familie durfte das. Und sie und ihr Neffe hatten sich schon immer gerne geneckt. Wäre sie hingegen so mit Uroma Hekate, Gott hab sie selig, umgesprungen, hätte die ihr bestimmt sofort ein Furunkel an den Po gehext.

»Warst du heute schon auf Insta?«, fuhr Achill fort, während er sich an Olympia vorbei in die Wohnung schob.

»Wo soll ich gewesen sein?«

»Na, auf Instagram! Um meine Pics anzuschauen.«

Olympia nickschüttelte den Kopf. »Weißt du, ich mache eigentlich gerade die Wäsche.«

Achills Augenlider flatterten nervös, und Olympia sah zweimal hin. Die Wimpern waren doch getuscht!

»Gehe ich recht in der Annahme, dass du mich nicht abonniert hast?«

»Jetzt sei halt nicht so, Achill. Ich interessiere mich doch auch so für dich. Du bist nun mal mein Lieblingsneffe.«

»Weil ich dein einziger bin!«, pampte er und ließ die Mundwinkel nach unten fallen. »Du nimmst mich einfach nicht für voll! Diesmal ist es mir wirklich ernst, aber du hältst alles, was ich sage, doch wieder nur für ein Hirngespinst.«

Olympia zupfte an ihrem Ohrläppchen. »Na ja …«, sagte sie und kam um eine ehrliche Antwort herum, weil es erneut klingelte. Sie drückte den Öffner und wartete an der Wohnungstür.

Diesmal war es Manne, der eine Tüte in der Hand schwang. »Bamberger Hörnchen!«, rief er durchs Treppenhaus. Und sagte dann: »Servus, Achill!«, als er endlich schwer atmend im Flur stand.

»Hallo, Manne«, sagte der neue Star am Insta-Himmel emotionslos.

»Was hat er denn?«, fragte Manne Olympia.

»Er leidet.«

»Weil sie mich nicht ernst nimmt!«, ging Achill sofort an die Decke.

»Ts, ts, ts«, machten der Taxerer und die Putzfrau unisono und setzten Unschuldsmienen auf.

»Ist doch wahr. Oder warst du etwa doch schon auf meinem Insta-Profil, na?«

Manne griff in seine braune Lederjacke, die er sommers wie winters trug, und zog erst seine Lesebrille und dann sein Smartphone heraus. »Ich schon! Wergli schee schaust aus, Bou!«

»Du bist auf Instagram unterwegs?«, staunte Olympia nicht schlecht, woraufhin Manne ein bisschen verlegen wurde.

»Ich versteh schon, ist wegen der Helene, oder?« Sie zwinkerte ihm zu. »Weiß deine Elfi eigentlich, dass du digital fremdgehst?«

»Meine Liebe zur Helene Fischer ist eine rein platonische.« Manne rieb sich die Nase. »Aber wüsste sie davon, die Elfi, wäre sie auf jeden Fall eifersüchtig. Ist sie ja sogar auf dich.«

»Was heißt denn da ›sogar‹?« Olympia stemmte gespielt entrüstet ihre Hände in die Hüften. »So schiach bin ich nun auch wieder nicht.«

»Natürlich nicht! Du bist eine echt heiße Braut!«, versuchte Manne verzweifelt, seinen Fuß wieder aus dem Fettnäpfchen zu ziehen.

Achill räusperte sich, wahrscheinlich um wieder in den Fokus ihrer Aufmerksamkeit zu rücken.

Also hielt Manne Olympia sein Smartphone unter die Nase und zeigte ihr Achills Portfolio, das bisher aus mehreren übertrieben gefilterten Bildern bestand.

»Das bist du?«, entkam es ihr prompt.

Worauf Achill stolz erwiderte: »Gell, da staunst du.«

»Und sag mal«, sie nahm Manne die Lesebrille ab und setzte sie sich auf, »hast du auf dem hier Brüste?«

»Gleiches Recht für alle«, verteidigte sich Achill. »Die Mädels retuschieren sich doch auch ihre Bäuche weg und machen sich pralle Pos.«

»Und das da? Bist das du als Märchenkönig Ludwig?« Sie lächelte ihn an. »Obwohl, das hat sogar was.«

»Aber Tante Olympia, das soll doch Freddie Mercury sein!«

»Ach ja«, sagte sie schnell, »jetzt sehe ich es auch.«

»Bamberger?«, versuchte Manne, das Thema zu wechseln, und hielt Achill die Bäckertüte hin.

Aber der winkte mit der freien Hand energisch ab. »Bloß nicht.« Dann tätschelte er sich ebenfalls sein Bäuchlein. »Zucker, Fett und Kohlenhydrate sind ein absolutes No-Go für meinen Körper.«

Er zog Mannes Handy wieder näher zu sich, um selbstverliebt Bild für Bild zu betrachten. »Aber wenn ich es mir recht überlege, dann ist das mit dem Märchenkönig schon auch eine geile Idee, Tante Olympia. Das werde ich mal ausprobieren. Es ist ja alles möglich. Eine Freundin von mir ist beruflich zum Beispiel als Meerjungfrau unterwegs.«

Olympia ging in die Küche, um sich wieder dem Kaffeekochen zu widmen. Manne folgte ihr, holte Tassen aus dem Küchenschrank und legte die Bäckertüte auf den Tisch, und auch Achill trabte hinterdrein.

»Beruflich als Meerjungfrau unterwegs«, wiederholte Olympia ungläubig, während sie Wasser in die Maschine füllte und alle möglichen Szenen vor ihrem geistigen Auge auftauchten. Eine Meerjungfrau in der U-Bahn auf dem Weg ins Büro. Oder auf dem Autorücksitz liegend, sodass die Schwanzflosse zum Fenster hinausschaute. Vielleicht schwamm sie manchmal auch durch die Pegnitz zur Arbeit?

»Äh, und die macht das wirklich hauptberuflich?« Auch Manne schien der Nixenberuf nicht ganz geläufig zu sein.

»Na ja«, erklärte Achill. »Sie ist auf Insta und TikTok, aber die große Kohle macht sie als Unterwasser-Fotomodel.«

Olympia öffnete ihren Mund wie ein Fisch und griff sich dabei an die Kehle, als würde sie gerade absaufen.

Achill beachtete sie gar nicht. »Und sie wird für Kindergeburtstage und Hochzeiten gebucht.«

»Eine Meerjungfrau zur Hochzeit? Manche Menschen haben schon echt einen an der Waffel!«, entfuhr es Manne.

Achill ignorierte auch diesen Einwurf geflissentlich.

»Du könntest ja das Pendant geben, vielleicht den Poseidon. Wäre zumindest auch was mit Wasser«, schlug Olympia vor, damit Achill ihr nicht wieder vorwerfen konnte, dass sie sich nicht für seine Karriere interessierte.

Diesmal reagierte er. »Ich glaube, der Märchenkönig gefällt mir besser.«

Während sich Achill im Badezimmer das Näschen puderte, wie er sagte, grübelte Manne: »Meinst du wirklich, das ist gut, wenn er in seiner Phantasieblase lebt? Um ein erfolgreicher Influencer zu werden, sollte er schon ein wenig mehr zu bieten haben als nur ein paar Bilder.«

Olympia zuckte mit den Schultern. »Und selbst wenn er irgendwann mal ein paar Werbeverträge an Land ziehen und davon gut leben können sollte, woher sollte das Geld kommen, wenn er einmal nicht mehr so hübsch anzuschauen ist und ihn keiner mehr sehen will?« Olympia verzog nachdenklich den Mund. »Er bräuchte zusätzlich eine handfeste Ausbildung, aber kannst du ihn dir in einem Büro, einer Autowerkstatt oder hinter einem Bankschalter vorstellen?«

Sie blickten gemeinsam ins Nichts.

Und wurden darin von Achill unterbrochen. »Hast du keinen pinkeren Lippenstift, Tante Olympia?«, tönte er aus dem Badezimmer.

»Pink steht mir nicht.«

»Na gut, dann nehme ich eben den kirschroten.«

»Der Bou mit kirschroten Lippen unter der Hebebühne in der Autowerkstatt … also, ich waaß ja ned.« Mit zweifelnder Miene schlürfte Manne seinen Kaffee.

Drudscherla-Kurse

Der schwere Brocken, der auf ihrer Seele gelegen habe, sei seit der Verhaftung des Messerstechers wie weggeblasen, diese Gefühlsregung hatte die Anruferin, die sich für ein Coaching von Annette von Unglaub interessierte, unbedingt noch bei ihr loswerden müssen, dann hatte Annette auf ihre professionelle

Weise das Gespräch beendet. Ihre Zeit war knapp und ihr für Plaudereien zu schade.

Die Coachin hatte diese furchtbare Sache nicht mitverfolgt, sie hatte genug mit ihrem eigenen Leben zu tun. Auf Außenstehende wirkte ihr Leben wahrscheinlich wie ein rauschender Ball – dabei sah die Wahrheit ganz anders aus. Ihr Erfolg falle ihr in den Schoß, dachten sie. Sie würde nur von einem TV-Auftritt zum nächsten Pressetermin tänzeln, Interviews geben und jede freie Minute im Bikini an den Stränden des Mittelmeers verbringen. Und immer sei sie so glücklich, dass sie nicht anders könne, als zu strahlen. Dass sie der Presse Tipps gab, wo sie sich gerade aufhielt, wusste ja niemand.

Natürlich schmeichelte ihr die Bewunderung. Sie wurde sowohl von farblosen Mäuschen beneidet, die so viel Selbstbewusstsein hatten wie eine Scheibe Knäckebrot, als auch von gebildeten Frauen, die jedoch nicht ihre eigene Kaltschnäuzigkeit besaßen, um sich bis auf die letzte Stufe der Karriereleiter hochzukämpfen. Noch dazu verehrten sie Männer jeglichen Alters … Eigentlich alle außer ihr eigener. Aber *never mind*, zumindest hatte sie so die Qual der Wahl, was ihr außereheliches Vergnügen betraf.

Die Realität war, dass ihre ganze glänzende Welt auf harter Arbeit basierte. Sie war schon zweiundvierzig, auch wenn sie darüber nicht sprach. Die Schönheit einer Frau verflog wie der Duft einer Blüte, wenn man dem körperlichen Verfall nicht rechtzeitig entgegenwirkte. Dass frau nicht früh genug damit anfangen konnte, legte sie ihren Kursteilnehmerinnen bei jeder Gelegenheit wärmstens ans Herz.

Nicht umsonst war sie in ihrem Gartenpool bereits gefühlt einmal die Strecke von Nürnberg bis zum Mond geschwommen, verbrachte Stunden in ihrem privaten Fitnesskeller, statt sich mit einer Packung Eiscreme auf der Sonnenliege zu räkeln, und verzichtete gänzlich auf Kohlenhydrate – seit Jahren schon!

Dass ihr »Coaching für Manager« hauptsächlich von Männern gebucht wurde, war, die Vermutung lag nahe, nicht zuletzt ihrem ansprechenden Äußeren zuzuschreiben. Ihrem, um das eigentlich schon aus der Zeit gefallene Wort heranzuziehen, Sexappeal.

Fast schon legendär waren ihre Selbstbewusstseinskurse und -workshops für Damen. In einem TV-Beitrag über das Institut und seine Erfolgsgeschichte hatte eine begeisterte Kursteilnehmerin gesagt, Annette von Unglaub habe die Gabe, aus jedem Mauerblümchen, jeder Eliza Doolittle und jedem Drudscherla eine Dame von Welt zu machen. Amüsiert darüber hatten Wickart und sie daraufhin den Begriff »Drudscherla-Kurse« eingeführt, der mittlerweile in ihren allgemeinen Sprachgebrauch übergegangen war.

Ihr Mann hingegen bereicherte die Welt um seine Diätkurse. Dabei verzichtete er aufs Kalorien- oder Punktezählen und blickte stattdessen seinen Kursteilnehmern zuerst in die Seele, bevor er versuchte, einen Schalter in ihrem Gehirn umzulegen, sodass ihre Sucht nach Essen verschwand. Und dafür wurde Wickart geliebt, wenn man den Kommentaren im Netz glauben konnte. Wahrscheinlich flirtete er dabei auch hemmungslos mit den Rockträgerinnen in den Kursen, sodass die immer ausgebucht waren.

Aber auch die Anmeldungen für ihre eigenen Drudscherla-Kurse gingen durch die Decke, seit sie in den sozialen Medien Tipps und Einblicke in ihr Training – und in ihr Leben – gab. Fakt war, dass die meisten Menschen mit einem mangelnden Selbstbewusstsein zu kämpfen hatten, wohingegen verhältnismäßig wenige zu viel davon abbekommen hatten. Als studierte Psychologin war es Annette ein besonderes Anliegen, besonders das Selbstwertgefühl von Frauen zu pushen. Dafür war sie bereits weit über die Frankenmetropole hinaus bekannt.

Dabei war auch sie nicht als rede- und weltgewandte Schönheit auf die Welt gekommen. Sie war in einem Nest in der Nähe von Langenzenn in Mittelfranken groß geworden, dessen Namen sie so weit wie möglich aus ihrem Gedächtnis und vor allem aus ihrem Lebenslauf getilgt hatte.

Das Aufwachsen in dem Bauernkaff, die krummen Schneidezähne, die unreine Haut, das Rotwerden, das Mobbing durch Schulfreundinnen, das alles lag mittlerweile zum Glück im tiefen Dunkel der Vergangenheit. Den fränkischen Dialekt hatte sie sich bereits im Gymnasium abtrainiert.

Inzwischen führten ihr Mann und sie ein hart erarbeitetes Luxusleben und hatten dafür mit Freundschaften und ihrer Liebe zueinander bezahlen müssen. Ihre glückliche Ehe war nur noch Fassade.

Schlüpfriges Geheimnis

Für den Abend war die Abschiedsveranstaltung ihres Drudscherla-Kurses vor den Sommerferien geplant. Annettes Kursteilnehmerinnen würden sich durch ihr Coaching so entwickelt haben, dass sie vor der Gruppe frei eine Rede halten würden, ohne zu stottern oder dass ihnen die Stimme versagte. Jedenfalls fast alle. Ihre Erfolgsquote lag bei unglaublichen neunundneunzig Prozent. Den problematischsten Fällen, die mehr Schwierigkeiten als andere hatten, über ihren Schatten zu springen, widmete sie sich unbemerkt von den anderen Teilnehmerinnen besonders und forderte und förderte sie bei jeder Gelegenheit. Doch bei den meisten Frauen reichten bereits ein kleiner Impuls und ein kleiner errungener Sieg, den sie selbst sich nicht zugetraut hatten, um mit einem Mal aufzublühen.

Nach den schon gewohnten Küsschen rechts und links, dem Austauschen von Handynummern und den Versprechen, sich nicht aus den Augen zu verlieren, würde die Veranstaltung gegen zwanzig Uhr enden. Danach würde sie sich auf ein kurzes Abendessen mit einer Bekannten treffen, um anschließend ins Institut zurückzukehren. Sie hatte noch einen Termin. Ob mit einem sehr verzweifelten oder sehr verliebten jungen Mann, würde sich bei der Gelegenheit zeigen. Wickart hatte heute »frei«.

Sie blickte auf ihre Armbanduhr. Sechzehn Uhr. Ob sie

ihren Gatten heute noch zu Gesicht bekam, war fraglich. Denn was Wickart in seiner *Frei*zeit trieb, darüber war sie schon länger nicht mehr informiert.

Sie stand hinter dem Schreibtisch ihres Mannes und ließ ihren Blick über die Papiere auf der Schreibtischunterlage gleiten. Neben seinem Kalender im iPhone trug er seine Termine auch in einen Kalender aus Papier ein, was für sie sehr aufschlussreich war. Sein Smartphone hätte sie selbstverständlich nie ausspioniert, das wäre unter ihrer Würde gewesen, selbst wenn sie die PIN gekannt hätte.

Natürlich würde Wickart nicht so dämlich sein, Uhrzeit, Telefonnummer und Namen seines aktuellen Betthäschens zu notieren, aber neugierig war Annette trotzdem, was in seinem Leben außerhalb ihrer Ehe und der gemeinsamen Arbeit stattfand. Sie öffnete eine Schublade und stieß tatsächlich auf ein Foto. Als sie es betrachtete, stahl sich wider Erwarten ein Lächeln auf ihr Gesicht, und ein lang vermisstes warmes Gefühl machte sich in ihr breit.

Wickart hatte ein Foto von ihnen beiden aufgehoben, als sie sich gerade erst kennengelernt hatten. Sie war gerade volljährig geworden, er noch schlaksig, noch ohne den aufrechten Gang mit den durchgedrückten Schultern, aber mit einem jungenhaften Lächeln, das sie so an ihm geliebt hatte. Seine Haare an den Schläfen noch nicht grau.

Meine Güte, wie sie damals ausgeschaut hatte! Kein bisschen schick und dazu diese straßenköterbraunen Haare ohne Schnitt. Kurz erwog sie, das Foto zu zerreißen. Wenn das jemand von der Presse in die Hände bekäme! Nur ihre außergewöhnlichen grünen Augen hatten damals schon gefunkelt, was dem alten Foto das Leben rettete.

Sie sah sich auch in der untersten Schublade um und zog unter einem Stoß Prospekte einen Briefumschlag hervor. Das zartrosafarbene Kuvert war mit der Hand und blauer Tinte beschriftet. Sofort beschleunigte sich ihr Puls.

Für dich, Geliebter!

Annette nestelte den Brief heraus. Obwohl sie gern von sich behauptete, nicht eifersüchtig zu sein, beunruhigte sie doch die Vorstellung, dass Wickart in den Armen einer anderen Frau liegen könnte. Sie hatte panische Angst davor, von ihm »ausrangiert« zu werden wie ein Gegenstand, den er nicht mehr benötigte.

Ich verzehre mich nach dir! Gib mir ein Zeichen, und ich bin dein.

Schwülstiges Geschwafel, aber kein Name. Noch dazu stank der Brief aufdringlich nach Billigparfüm, womit ihn die Schreiberin bestimmt eingesprüht hatte. Annette steckte ihn zurück unter den Prospektstapel. Sicher stammte er von einer von Wickarts heimlichen Verehrerinnen, die nicht den Mut hatten, ihn direkt anzusprechen.

Sie lachte laut auf.

Wenn das Weibsbild meinen Kurs besucht hätte, hätte sie ihn längst ungeniert angegraben!

Ihre Lust, nach Beweisen seines Fremdgehens zu suchen, war geweckt. Sie riss die Türen von Wickarts Büroschrank auf, der wie der wuchtige Schreibtisch mit dunklem Edelholz furniert war. Beide Möbelstücke stellten einen raffinierten Kontrast zu der sonst in Weiß und stimulierendem Rot gehaltenen Büroeinrichtung dar. Auf einem Kleiderbügel hing Wickarts Ersatzjackett. Annettes Hände schlüpften flugs in dessen Taschen.

Aber genauso flugs nahm sie sie wieder heraus und rieb sie sich, als hätte sie etwas Schmutziges berührt. Was tat sie hier eigentlich?

Das war nicht weniger unter ihrer Würde, als sein Handy zu durchsuchen! Sie war nicht besser als ein Eheweib, das durch die Gardine auf die Straße hinunterlurte, um zu sehen, wann der »Alte« mit einer Alkoholfahne aus der Kneipe gewankt kam.

Und dennoch konnte sie nicht aufhören, wollte nur noch einen Blick in die Kartons in der hinteren Ecke des Schranks werfen. Vorsichtig hob sie den Deckel des ersten an und entdeckte darin eine zerknitterte Plastiktüte aus dem Supermarkt. Leicht, aber mit Inhalt.

»Na, da bin ich aber mal gespannt«, murmelte sie und öffnete sie.

In ihr waren ein kleiner Stoffteddy, ein rotes Plüschherz, eine verwelkte Rose und ... Sie zog eine Handvoll schwarzen Spitzenstoff heraus, erkannte, was sie zwischen den Fingerspitzen hielt, steckte das Teil schnell wieder in die Plastiktüte und diese in den Karton, den sie an seinen ursprünglichen Platz zurückstellte.

Von welchem Weib bewahrte ihr Mann denn einen ordinären Slip auf?

Alternde Filmdiva

Olympia schnupperte. Der Empfangsbereich roch seltsam. Aber sie kannte den Geruch beziehungsweise dessen verschiedene Komponenten, die hier eigentlich nichts zu suchen hatten. Zudem herrschte im Institut ungewohnte Stille. Einer der Kursleiter oder ein Teilnehmer schwirrte doch sonst eigentlich immer herum.

Schließlich begann sie mit der Arbeit. Nachdem sie einen Seminarraum und die Waschräume gereinigt hatte, nahm sie sich die Cafeteria vor, wo sich immerhin das erste Rätsel löste. In den Abfalleimern entdeckte sie Kartons und Pizzareste. Der Geruch im Eingangsbereich war der nach kalter Pizza gewesen! Sie inspizierte den Eimer für Glas und wurde fündig. Aha, Sekt war auch geflossen.

Sie putzte und wischte, sang sogar gedankenverloren ein bisschen vor sich hin, als ihr das Liedchen in der Kehle stecken blieb. Wie aus dem Boden gestampft stand vor ihr eine Frau.

»Hopperla!«, stieß Olympia aus. Wenn sie nicht an Halluzinationen litt, war das Annette von Unglaub höchstpersönlich.

Die Institutsleiterin durchbohrte Olympia mit stechendem Blick, sodass diese zunächst nicht wusste, wovon sie mehr beeindruckt war: von dem unnatürlichen Jadegrün ihrer Augen oder dem moosgrünen Kleid, das eng wie eine Wurstpelle saß und noch nicht einmal ein genaschtes Gummibärchen verzieh.

Aber dann fand sie die Sprache wieder. »Guten Abend, Frau von Unglaub. Habe ich Sie mit meinem Gesang gestört? Ich wusste nicht, dass Sie noch hier sind«, plänkelte Olympia.

»Keinesfalls. Ich wollte Sie sowieso mal kennenlernen.«

»Dito«, rutschte es Olympia heraus. »Ich hoffe, Sie sind mit der Arbeit meiner Firma zufrieden?«

Die von Unglaub spitzte die Lippen, sah sich kurz um und nickte dann. »Durchaus. Alles bestens.«

»Das freut mich.« Olympia erschauerte. Trotz der vorgeblichen Freundlichkeit der Coachin herrschte in der Cafeteria plötzlich eine solche Kälte, dass sie sich eine Strickjacke wünschte.

»Sollten Sie Interesse an einem Coaching haben, wenden Sie sich doch einfach an mich«, sagte die Institutsleiterin, während sie schon zur Tür ging, drehte sich dann aber noch mal um und lächelte. »Wobei es Ihnen dem ersten Eindruck nach nicht an Selbstbewusstsein mangelt.« Damit verschwand sie.

Jetzt hatte Olympia also die sagenumwobene Annette von Unglaub kennengelernt. Gut, seinerzeit bei der Vertragsunterzeichnung war sie kurz ins Büro ihres Mannes geschneit, aber zu mehr als zu einem geschäftsmäßigen Händedruck war es damals nicht gekommen. Eine Ausstrahlung hatte die, sapperlot! In Gedanken an die Begegnung vertieft wirbelte Olympia so lange weiter, bis die Bürokraft Lea Würth in die Cafeteria spitzte.

»Guten Abend, Frau Moustakas.«

»Hallo, Frau Würth«, begrüßte Olympia sie. »Ich bin gleich fertig.«

»Prima, dann kann ich auch für heute Schluss machen«, sagte die Blondine, die Olympia auf etwa dreißig schätzte und die sie nur schick gekleidet kannte.

Nachdem Olympia ihre Putzutensilien in den Abstellraum geräumt hatte, wollte sie noch prüfen, ob alle Räume leer waren, als Lea Würth aus ihrem Büro kam.

»Hab ich bereits gecheckt. Sind alle ausgeflogen. Wickart hat einen Termin«, sagte sie und zwinkerte dabei kokett, »und seine Frau ist vorhin auch schon ohne Verabschiedung abgerauscht.«

»Wie ist sie eigentlich so? Seine Frau, meine ich«, nutzte Olympia die Chance, mehr über die Institutsleiterin zu erfahren.

»Speziell.« Die Angestellte verdrehte die Augen. »Die meiste Zeit benimmt sie sich wie eine alternde Filmdiva.«

Olympia schmunzelte. Das »alternde« in der Bezeichnung hätte der von Unglaub sicherlich nicht gefallen. Sie schaltete die Lampen im Eingangsbereich aus, dann sperrte Lea Würth hinter ihnen beiden ab.

Als sie auf den Weinmarkt hinaustraten, liefen sie gegen eine warme Wand. Die Hitze des Tages hielt sich immer noch in der Stadt. Die Hundstage.

»Na dann, einen schönen Abend!« Olympia warf noch einen Blick zurück aufs Institut. Endlich war Ruhe in dem stuckverzierten Altbau eingekehrt. Doch sie hatte ja keine Ahnung.

Handylos

Wo war ihr Handy? Olympia kramte in ihrer Handtasche wie in einer Wundertüte. Nichts. Schließlich drehte sie ihre

Handtasche um und schüttelte den gesamten Inhalt auf das Sofa in ihrem Wohnzimmer. Aber immer noch kein Handy.

Erst gestern hatte sie die Hausschlüssel nicht gefunden, heute das Handy! So konnte das doch nicht weitergehen.

Dabei hatte sie sich gerade ein Glas Weißwein eingeschenkt und wollte eigentlich den Feierabend einläuten, indem sie sich Achills Insta-Posts noch einmal ansehen wollte.

Genervt feuerte sie die ausgeweidete Tasche auf den Boden und ging in Gedanken die letzten Stunden durch. Erst die Begegnung mit Annette von Unglaub, dann die mit Lea Würth, mit der sie das Institut verlassen hatte. Gereinigt hatte sie eigentlich nur einen Seminarraum, die Waschräume und die Cafeteria. Dann fiel es ihr ein: der Abstellraum!

Sie hatte das Handy dort aus ihrer Handtasche geholt, um kurz etwaige eingegangene Nachrichten zu überprüfen, dann aber Lea Würths Stimme gehört und daraufhin die Kammer verlassen – mit Handtasche, aber ohne Handy. Mist!

Drecksschlampe!

»Wer sind Sie? Wie sind Sie hier hereingekommen?« Annette sprang erschrocken von ihrem Bürostuhl auf. Sie war nur kurz in einem der hinteren Seminarräume gewesen, um die neuen Hochglanzflyer des Instituts in einen Wandhalter einzusortieren, da musste er unbemerkt das Institut betreten haben. Es war nach zweiundzwanzig Uhr, und sie war davon ausgegangen, allein auf dem Stockwerk des Instituts zu sein.

Nach dem kurzen Abendessen mit ihrer Bekannten war sie in ihr Büro zurückgekehrt und hatte vergeblich auf den jungen Mann gewartet, mit dem sie einen Termin vereinbart hatte. Der bedrohlich wirkende Mensch vor ihr konnte das doch unmöglich sein, oder?

Der Eindringling starrte sie an und schwieg. Seinem unheimlichen Blick nach war er wohl nicht hier, um sich zu einem Kurs bei ihr anzumelden. Mit einem Schlag war die Angst da.

Sie beobachtete ihn. Der unappetitliche Kerl dünstete eine schier greifbare Aggression aus, sein Körpergeruch nach Käse breitete sich wie Giftgas im Büro aus. Dann endlich zeigte er eine Regung.

»Drecksschlampe!«, spuckte er ihr ins Gesicht und machte einen Schritt auf sie zu.

»Verlassen Sie augenblicklich mein Büro!«, schrie sie ihn an, während sie mit einer Hand nach ihrem Smartphone tastete. Dann fiel ihr ein, dass es in ihrer Handtasche sein musste, die sich in ihrem Büroschrank befand.

Weil ihre Finger unkontrollierbar zitterten, legte sie sich die Hände auf ihren Bauch und versuchte durchzuatmen. Wenn denn jemand Herr dieser Situation war, dann doch wohl sie. Sie kannte sich mit der menschlichen Psyche aus. Und doch konnte sie diesen Mann, der nur noch wenige Schritte von ihrem Schreibtisch entfernt war, überhaupt nicht einschätzen, hatte keine Ahnung, wie gewaltbereit er war.

»Einen Teufel werde ich, du Drecksschlampe!«

In Sekunden rasterte sie ihn ab. Sie schätzte ihn auf Anfang vierzig. Er war vielleicht einen Meter siebzig groß, mit unsportlicher Figur. Das dunkelgraue Hemd steckte in einer unförmigen Jeans. Halbglatze mit spärlichem Resthaar. Seine Augen waren dunkel, fast schwarz. Solche Augen hatte sie noch nie gesehen.

Was um Himmels willen wollte er von ihr?

Sie musste ihn beruhigen. Niemand war mehr im Institut, niemand würde ihr zu Hilfe kommen. Sie war mit ihm allein. Um ihre Brust legte sich eine eisige Kralle.

Der ungepflegte Mensch vor ihr erinnerte sie an ihren cholerischen Vater. Warum nur hatte der Fremde, dem sie doch noch nie begegnet war, so eine Wut auf sie?

War er etwa der verrückte Messerstecher? Die nächste Angstwelle rauschte durch ihren Körper. Doch halt, nein, der war ja festgenommen worden. Aber was wollte dieser unangenehme Mensch dann von ihr?

Sie öffnete den Mund leicht, versuchte ein Lächeln.

»Du mit deinen blöden Sprüchen!«, feuerte er da die nächste Salve auf sie ab. »Wie kommst du dazu, meiner Frau solche Flausen in den Kopf zu setzen? Selbstbewusst soll sie werden, das dumme Stück? Wofür braucht meine Frau denn Selbstbewusstsein, du Schlampe!« Sein Gesicht war vor Erregung rot angelaufen und glänzte schweißig.

Daher wehte also der Wind! Jetzt wurde ihr so einiges klar. Sie musste den Namen seiner Frau herausfinden, dann wüsste sie vielleicht, wie sich die familiäre Situation darstellte. Zwar konnte sie sich nicht erinnern, dass eine der Teilnehmerinnen ihrer zuletzt gegebenen Kurse von einem gewalttätigen Ehemann gesprochen hatte, aber damit ging man ja auch nicht unbedingt hausieren – wobei sie die Damen immer ermunterte, auch die Schattenseiten ihres Lebens zu beleuchten und darüber zu sprechen.

Er musste runterkommen. Sie musste die Spirale stoppen, zu der sich seine aufgestaute Aggression wand.

»Bitte beruhigen Sie sich und nehmen Sie doch Platz. Möchten Sie ein Glas Wasser?« Sie machte eine einladende Bewegung. »Lassen Sie uns in aller Ruhe darüber reden.« Sie lächelte, merkte aber selbst, wie unsicher sie klang.

»Reden, reden, das könnt ihr, ihr Klugscheißer! Verlassen will sie mich!« Er wurde wieder lauter. »Das habe ich nun von ihrem Selbstbewusstsein. Aber dafür wirst du büßen! Du wirst keinem Mann mehr die Frau wegnehmen, dafür sorge ich jetzt!« Er kam noch näher, nur noch der Schreibtisch trennte ihn von ihr.

Ihr war bewusst, dass sie keine Chance gegen ihn haben würde. Zwar wirkte er eher träge, aber die Hände, die er jetzt zu Fäusten ballte, würden ihr die Nase ohne Schwierigkeit brechen.

Sie riskierte einen Blick zum Fenster hinaus. Ob sie jemand hören würde, wenn sie schrie? Oder würde sich ihr ungebetener Besucher dann erst recht wie ein wild gewordener Bulle auf sie stürzen?

»Wie heißt denn Ihre Frau?«

Etwas passierte mit ihm. Er hielt inne. Ließ langsam die Fäuste sinken, spreizte die Finger und hob erneut in Zeitlupentempo die Hände, als wollte er sie ihr um den Hals legen und zudrücken. Dabei glitzerten Tränen in seinen schwarzen Augen, deren Blick Annette zusammenschrecken ließ.

Grausame Entdeckung

Das mochte Lea Würth an ihrem Arbeitsweg, morgens durch die Innenstadt zu schlendern, in der die Läden, Drogeriemärkte und Kaufhäuser allmählich zu neuem Leben erwachten. Die Luft war jetzt schon schwül, und sie fächelte sich mit der Hand Luft zu, während sie aus dem U-Bahnhof-Ausgang Königstraße kam. In einer Ecke hockte ein Penner auf einer karierten Wolldecke und strahlte sie breit mit einer Lebensfreude an, die sie von so einem armen Kerl nie erwartet hätte. Nicht einmal die fehlenden Schneidezähne konnten seinem fröhlichen Stoppelgesicht etwas anhaben. Kurz fragte sie sich, ob er wohl bereits vom Wodka genascht hatte, schimpfte sich aber sogleich für ihr Vorurteil. »Obdachlos« war doch nicht gleichbedeutend damit, dass man an der Flasche hing. Sie wollte gar nicht wissen, wie viele der geschniegelten Herren mit teurer Krawatte, die in dem Institut der von Unglaubs Hilfe suchten, untertags bereits einen Whisky oder russisches Mundwasser kippten, das angeblich nicht zu riechen war, um den Tag zu überstehen. Auf die wurde gemeinhin nicht mit dem mahnenden Zeigefinger gezeigt. Bei denen galt das noch als lässig oder als akzeptierte Methode, um den Stress zu bekämpfen. Und wie verhielt sich das mit den Frauen? Wie viele besaßen für Notfälle ein Pillendöschen mit ein paar kleinen Helfern?

Lea zog ihre Geldbörse aus der Tasche, nahm zwei Euro heraus und legte sie dem Mann auf die Wolldecke.

»Danke, schöne Frau!«, rief er erfreut. »Ich wünsche Ihnen einen wunderbaren Tag!«

Als sie durch Fußgängerzone der Königstraße ging, begann sich sein Wunsch bereits zu erfüllen. Ein bisschen von der Fröhlichkeit seines Lächelns hatte sich auf sie übertragen, der Tag konnte nur noch wunderbar werden, noch dazu war Freitag und bald Wochenende.

Auf dem Lorenzer Platz vor der Lorenzkirche bot sich ihr ein wunderbarer Blick auf die Kaiserburg. Wegen des Bardentreffens, das heute begann, waren die Bäuerinnen mit ihren Ständen vom Hauptmarkt in die Königstraße umgezogen, sodass buntes Markttreiben herrschte. Als Lea sich zur Seite drehte, sah sie, dass die ersten Touristen bereits Selfies vor dem malerischen Heilig-Geist-Spital machten.

Nach ein paar Minuten stand sie vor der Institutstür. »Die Letzte, die geht, die Erste, die kommt«, murmelte sie, fuhr mit dem Lift in den dritten Stock hinauf, steckte den Schlüssel ins Schloss und war verblüfft. Hatte sie über der Unterhaltung mit der Putzfrau etwa vergessen abzusperren? Was für ein Glück, dass die von Unglaub nichts davon mitbekommen hatte. Ausgeflippt wäre sie!

Wickart war da ganz anders. Wickart war charmant, immer freundlich, besonders Frauen gegenüber, wobei seine kleinen Flirts nie plump waren. Er sah aber auch wirklich verdammt gut aus, wenn er für Lea persönlich auch schon ein bisschen zu alt war.

Sie öffnete die Tür und bekam den nächsten Schock. Das Licht im Eingangsbereich brannte noch! Aber Frau Moustakas hatte die Lampen doch hundertprozentig ausgeschaltet, sie konnte sich noch ganz genau daran erinnern!

Oder war die von Unglaub doch noch einmal ins Institut zurückgekehrt? Aber dann hätte ja sie vergessen, abzuschließen und das Licht auszumachen. Das war jenseits aller Vorstellungen. Und Wickart war bei einem seiner »geheimnisvollen«

Termine gewesen, der nicht im allgemein zugänglichen Onlinekalender für das Institut vermerkt worden war. Weswegen es auch am Mittwoch zu einem Streit unter den Eheleuten gekommen war.

»Hör endlich auf, mich für blöd zu verkaufen, Wickart! Denkst du etwa wirklich, ich weiß nicht, wer dein *Termin* ist?«, hatte sie gekeift, die alte Hexe.

Eifersüchtig war die, das glaubte einem kein Mensch, wenn man das erzählte. Gut, der Wickart war kein Kind von Traurigkeit, das stand außer Zweifel, aber seine Gattin witterte hinter wirklich jedem Rock eine Affäre. So viel zu *ihrem* Selbstbewusstsein, das so groß ja nicht sein konnte, wenn sie in jeder Frau eine potenzielle Konkurrentin sah. Selbst ihr, Lea, gegenüber war die von Unglaub skeptisch. Wehe, ein Lächeln fiel zu herzlich aus, wehe, Wickart lächelte gar zurück, dann knallte sie die Türen und drückte Lea Aufgaben aufs Auge, die nicht mal einer Auszubildenden angemessen gewesen wären. Für Leas letztes völlig unschuldiges Geschäker mit Wickart hatte sie die Tagespost nach Kuvertgröße sortieren sollen. Als Grund hatte die Chefin angeführt, es würde ihren Sinn für Ästhetik beleidigen, wenn sie, Lea, ihr die Briefe wie »Kraut und Rüben« auf den Schreibtisch legte.

Ihr war schon die Frage auf der Zunge gelegen, ob sie sie vielleicht auch noch nach Farbe sortieren solle, hatte sich die patzige Bemerkung aber verkniffen. Trotz der Launen der von Unglaub gefiel ihr der Job, und sie wollte ihn behalten.

Schlimmer noch traf es wegen Nichtigkeiten die anderen Kursleiter, sodass unter diesen eine nicht gerade geringe Anzahl von Kosenamen für die Chefin kursierten: Zwiderwurzn, Oberzicke und aufgeblasene Pute waren nur einige davon.

Doch Lea war sich sicher, dass auch die irgendwann noch ihr Fett abkriegen würde, das Karma war schließlich eine Bitch. Und hoffentlich wäre Lea dann als Augenzeugin live dabei.

Sie ging zu Annette von Unglaubs Büro und klopfte selbstbewusst an. »Guten Morgen!«, rief sie übertrieben fröhlich.

Aber kein militärisches »Herein!« ertönte.

Drinnen herrschte Stille. Der Drachen war also nicht da.

Dafür klingelte das Telefon, und der Anrufbeantworter schaltete sich ein.

»Hallo, Frau von Unglaub«, flötete gleich darauf eine weibliche Stimme. »Hier ist die Praxis Dr. Justus Voss-Steinbacher. Es scheint, als hätten Sie Ihren Termin heute Morgen um acht Uhr vergessen. Bitte melden Sie sich doch, um einen neuen zu vereinbaren. Vielen Dank!«

Die von Unglaub hatte einen Termin verschwitzt? Lea betrat nun ihr eigenes Büro und lehnte sich gedankenverloren gegen ihren Schreibtisch. War Dr. Justus Voss-Steinbacher nicht der Schönheitschirurg, dessen Namen Frauen mit dem nötigen Kleingeld »noch niiie im Leben« gehört hatten, obwohl sie dessen Nummer häufiger wählten als die des Ehemanns oder der eigenen Mutter?

Lea erinnerte sich daran, dass ein Blatt der Klatschpresse vor einiger Zeit einen Bericht über diverse Damen und deren medizinisch überarbeitete Körperteile veröffentlicht hatte. Die von Unglaub war mit ihrer Nasenkorrektur, der Entfernung der Tränensäcke, der Lippenunterspritzung mit Hyaluronsäure und dem Face-Neck-Lifting vertreten gewesen.

Wie Satan persönlich war sie durchs Institut getobt, hatte Feuer gespien und ganz und gar nicht ladylike geflucht. Am meisten hatte dabei die Praxis des Schönheitschirurgen abbekommen, deren Verschwiegenheitspflicht anscheinend ein fettes Leck hatte, durch das die Einzelheiten wie glitschige Fische geflutscht waren. Nach diesem Eklat war sie zu Dr. Voss-Steinbacher gewechselt.

Lea gluckste, während sie sich überlegte, welcher Eingriff heute geplant gewesen sein könnte. Arschverkleinerung, Brustvergrößerung, oder hatte die Chefin sich endlich die Zornesfalten auf der Stirn glatt bügeln lassen wollen?

Mitten in ihre gehässige Fröhlichkeit platzte Olympia Moustakas, die unverzüglich in den Abstellraum marschierte, wo sie gestern, wie sie sagte, ihr Smartphone vergessen habe.

Als sie glücklich mit ihrem wiedergefundenen Handy zurückkehrte, klingelte erneut das Telefon im Nebenbüro, und der Anrufbeantworter schaltete sich ein. Diesmal konnten beide Damen hören, dass es der Institutsleiter war.

»Annette, bist du da? Du hast deinen Arzttermin versäumt, die Praxis hat mich angerufen. Warum gehst du nicht an dein Handy?« Kurzes Zögern. »Wolltest du die Nacht nicht zu Hause verbringen? Aber jetzt bin ich eben heimgekommen, und … Wie auch immer, ruf mich an, ich mache mir Sorgen.«

Als Olympia Lea Würth ansah, wurde diese plötzlich bleich.

»Sie haben doch gestern, als wir gemeinsam das Institut verlassen haben, das Licht gelöscht, oder, Frau Moustakas?«

Olympia nickte.

»Und ich habe oben abgesperrt. Das weiß ich ganz genau.«

Die Bürokraft wurde zunehmend nervös.

»Und?«

»Als ich vorhin im Institut eintraf, war nicht abgeschlossen, und das Licht brannte auch.« Sie stand auf, ging mit festen Schritten zum Büro der von Unglaub, hielt vor dessen Tür aber inne. »Sie hat ihren Termin beim Schönheitschirurgen nicht wahrgenommen, und Wickart macht sich Sorgen, weil sie nachts anscheinend nicht nach Hause gekommen ist. Das alles klingt doch seltsam.« Sie sah Olympia bittend an. »Könnten Sie nicht die Tür aufmachen? Ich trau mich nicht.«

Schlagartig bildete sich in Olympias Magen ein Eisklotz, ihre Hand legte sich zwar auf die Klinke, wollte sie aber nicht herunterdrücken. Sie hatte ein ungutes Gefühl, ein ganz ungutes Gefühl.

Dann stieß sie die Tür doch auf. »Hallo? Frau von Unglaub?«

Sie sah sich im Raum um, der jedoch leer war.

Nun traute sich auch Lea Würth ins Büro. »Frau von Unglaub?«

Olympia ging zum Schreibtisch, auf dem der Anrufbeantworter blinkte und eine geöffnete Designerhandtasche aus

Leder stand. Der Eisklotz in ihrem Magen wurde zu einem Eisberg, aber sie ging dennoch weiter. Und dann sah sie sie. Hinter dem Schreibtisch kauerte an der Wand gepresst Annette von Unglaub. Ihr Kopf war zur Seite gekippt.

Olympia eilte um den Schreibtisch herum und ging in die Hocke. Bitte lass sie nur ohnmächtig sein, schickte sie ein schnelles Stoßgebet zum Himmel. Aber das wächserne Gesicht, die halb geöffneten trüben Augen und die seltsame Pose sprachen dagegen. Als Olympia ihre Wange berührte, war ihr klar: Annette von Unglaub lebte nicht mehr.

Die von Unglaub trägt Prada

Lea Würths Schrei zerriss die gespenstische Stille, dann begann die junge Frau, hysterisch zu schluchzen.

Olympia zwang sich, ruhig zu bleiben, informierte die Polizei, bugsierte die Angestellte aus dem Büro der toten Institutsleiterin und wies sie scharf an, sich in ihr eigenes zurückzuziehen und dort zu bleiben.

»Aber wir müssen doch Wickart anrufen! Oh Gott, der arme Wickart!«, jammerte Lea Würth, zog ihr Handy hervor und fummelte daran herum.

Olympia nahm es ihr kurz entschlossen ab. »Gar nichts müssen wir, das soll gefälligst die Polizei übernehmen. Wir«, sie schob die junge Frau zu ihrem Schreibtischstuhl, »warten jetzt einfach ab.« Dann schluckte sie mehrmals schnell. Verdammt, ihr war so übel! »Sind für heute Vormittag Coachings geplant?«

»Nein«, wimmerte Lea Würth, dann fing sie an, davon zu erzählen, dass während der Schulferien auch die Angebote im Institut nicht so zahlreich waren wie sonst.

Olympia ließ sie reden. Die Frau stand völlig unter Schock. Und wenn sie ganz genau in sich hineinhorchte, hätte auch sie sich am liebsten ihren Gefühlen hingegeben, sie war ja nicht aus Stein.

Als die uniformierten Streifenpolizisten, der Notarzt und ein Rettungswagen eintrafen, setzte Olympia die Polizisten davon in Kenntnis, wer sie waren und wie und wann sie die Tote gefunden hatten. Dann nahm sie Lea Würth bei der Hand und verkrümelte sich mit ihr in die Cafeteria. Dort waren sie am wenigsten im Weg.

Auch als sie schon mit einem Tee an einem Tisch hockte, wollte Olympia das Bild einfach nicht aus ihrem Kopf gehen. Die gestern noch blütenweiße Spitzenbluse der von Unglaub war großflächig rotbraun von bereits getrocknetem Blut gewesen. An einigen Stellen war der Stoff zerrissen gewesen, als hätte ihn ein Messer zerfetzt. Nie und nimmer war das ein Unfall gewesen, und auch Selbstmord schloss Olympia aus. Was als letzte Möglichkeit übrig blieb, jagte ihr eine Eiseskälte durch den Körper: Die Motivationstrainerin musste ermordet worden sein.

Olympia hatte jegliches Zeitgefühl verloren. Sie war in eine geistige und körperliche Starre gefallen, aus der sie erst gerissen wurde, als die Tür zur Cafeteria aufflog und ein Mann in Jeans und dunkelblauem Hemd mit aufgekrempelten Ärmeln forsch auf sie und Lea zuschritt. Wie vom Donner gerührt blieb er stehen.

»Was tust du denn hier?«, fragte er.

»Ich bin die Putzfrau.« Bei der Anspielung auf ihr Kennenlernen im Advent vergangenen Jahres lächelte Olympia schwach. Damals war Hauptkommissar Carl Bernhardt auch so stürmisch am Tatort erschienen und hatte sie, die Putzfrau, deren Hände noch in Gummihandschuhen steckten, misstrauisch gemustert.

»Du hast die Tote gefunden? Schon wieder?«

»Diesmal Frau von Unglaub, ja.«

»Du putzt hier?«

Olympia erhob sich nickend. »Seit drei Monaten. Normalerweise erst abends, aber gestern hatte ich etwas vergessen, Lea«, sie nickte in Richtung der Mitarbeiterin der von Unglaubs, die sie mittlerweile duzte, »hatte es gefunden, deshalb bin ich heute Morgen hier vorbeigekommen.« Erschöpft ließ sie die Arme hängen. »Aber wahrscheinlich willst du später sowieso alles noch mal haarklein und ganz genau von mir wissen.«

»Äh, ja, natürlich.« Er wandte sich an die Angestellte. »Und Sie sind also Lea und …?«

Weil Olympia sah, dass die junge Frau kein Wort herausbringen würde, übernahm sie die Antwort. »Lea Würth, sie arbeitet hier.« Kurz hielt sie inne. »Ach ja, vielleicht solltest du vorab wissen, dass Annette von Unglaubs Mann sie auch schon vermisst.«

»Genauso wie ihr Schönheitschirurg«, gab Lea nun doch tonlos von sich.

»Aha. Und das wisst ihr – warum?«

»AB.«

»Ihr habt den Anrufbeantworter abgehört?«, fragte Carl scharf und sah aus, als wollte er ihr am liebsten auf der Stelle den Kopf zurechtrücken. Aber er hielt sich zurück.

»Nein, natürlich nicht«, hatte Olympia sich auch schon wieder gefangen. »Was denkst du nur von mir, Carl? Der AB ist angegangen, weil die von Unglaub nicht rangegangen ist, während Lea beziehungsweise wir beide im Büro nebenan waren. Wir haben ja nicht gleich mitbekommen, dass sie tot hinter ihrem Schreibtisch liegt.«

»Aber mir ist heute Morgen aufgefallen, dass das Institut nicht abgeschlossen und das Licht an war«, mischte sich Lea ein. »Als wir«, sie sah Olympia an, »gestern Abend gemeinsam gegangen sind, war definitiv niemand mehr anwesend. Wir haben abgesperrt und alle Lichter ausgemacht.«

»Na ja«, wandte Olympia ein, »wenn ich ehrlich bin, hatte ich kurz davor das Gefühl eines Gefühls, dass sich noch jemand in einem der Räume aufhalten würde.«

»Aha«, machte Carl. »Das Gefühl eines Gefühls also. Was das ist, musst du mir bei Gelegenheit mal näher erläutern.« Er richtete sich wieder an Lea. »Haben Sie denn gestern nicht noch mal in alle Räume geschaut?«

»Schon …«

»Aber?«

»Nichts ›aber‹. Die Teilnehmer der letzten Veranstaltung waren gegangen, Frau von Unglaub hatte sich auch schon verabschiedet, und Wickart, also Herr von Unglaub, hatte einen außerhäusigen Termin.« Sie zuckte hilflos mit den Schultern.

»Und du bist dem Gefühl eines Gefühls nicht nachgegangen, oder, Olympia?«, fügte Carl lapidar hinzu. »Ist Ihnen gestern oder heute Morgen sonst noch etwas aufgefallen, das ungewöhnlich war?«, fragte er dann und wandte sich mit dem förmlichen Sie wieder an Lea.

»Wie gesagt, nur das angeschaltete Licht und die unverschlossene Tür.« Die Büromitarbeiterin zog schon wieder die Schultern hoch.

»Und warum warst du noch mal hier, wenn du sonst nur abends putzt? Und jetzt bitte mit Details«, fragte Carl wieder Olympia.

»Ich hatte gestern mein Handy hier vergessen.«

Carl hatte den Mund schon wieder geöffnet, da überfuhr sie ihn mit ihrem Internetwissen.

»Bei allem, was du in diesem Fall unternimmst, solltest du nie vergessen, dass Frau von Unglaub nicht nur beliebt war. Eine Karrierefrau wie sie hat immer auch Neider.«

Carl hörte ihr aufmerksam zu. Anscheinend kannte er die von Unglaub gar nicht. Wirklich gut, dass er sie hatte.

»Reihenweise Verehrer soll sie gehabt haben«, fuhr sie fort. »Da sind doch etliche Mordmotive denkbar!«

»Wow, wow, wow«, wiegelte er sofort ab. »Bis jetzt spricht hier bitte noch niemand von Mord.«

Olympia klopfte sich auf die Brust. »Und das Blut?«

»Sag mal, du guckst und liest doch Unmengen von Krimis, da solltest du ganz genau wissen, dass in einem solchen Stadium noch gar nichts zu dem Todesfall gesagt werden kann. Das Opfer wurde eben erst gefunden!«

»Na schön«, meinte sie leichthin, auch wenn sie wusste, dass er wusste, dass die von Unglaub natürlich umgebracht worden war. Sie hatte sich wohl kaum beim Fingernägelfeilen tödlich verletzt. »Übrigens soll sie auch eifersüchtig gewesen sein, was ihren Mann betrifft. Kein Wunder, wo so viele hübsche Frauen täglich im Institut ein und aus gehen.« Ach, sie hätte Carl noch so einiges zu erzählen gehabt, doch um bei ihm Gehör zu finden, würde sie ihn besser ganz offiziell im Polizeipräsidium als Zeugin aufsuchen.

»Außerdem hatte sie einen Brass auf ihren Schönheitschirurgen«, ergänzte Lea, in die plötzlich wieder Leben kam.

»Auf den vom AB?«

»Nein, auf einen anderen, der einer Zeitschrift gegenüber seine Schweigepflicht gebrochen hatte. Sie hat deshalb sogar ihren Anwalt eingeschaltet.«

»Und kennen Sie von dem Arzt, auf den Frau von Unglaub einen Brass hatte, auch den Namen und die Telefonnummer?«

Lea erwiderte Carls Lächeln mit einem süffisanten Grinsen. »Schon. Schließlich habe ich die Nummern ihrer Anrufer, die bei mir rauskamen, nach und nach eingespeichert. Reine Vorsichtsmaßnahme für den Fall, dass sie ganz schnell verbunden werden wollte.« Lea seufzte erleichtert, als wäre ihr gerade bewusst geworden, dass sie nie mehr unter ihrer Chefin leiden würde. »Kennen Sie ›Der Teufel trägt Prada‹?«, fragte sie und seufzte erneut.

Olympia nickte. »Das ist ein Film über eine herrische Chefin«, sagte sie zu Carl. »Mehr dazu erkläre ich dir morgen Abend bei unserem Date.« Sofort täuschte sie einen Hustenanfall vor und spürte, wie ihre Ohren heiß wurden. Das hätte sie vielleicht nicht unbedingt hinausposaunen sollen.

Aber Carl verdrehte nur kurz die Augen. »Wenn es denn stattfindet«, sagte er leise, und sie verstand.

Bei einem Mordfall hatte das Privatleben keine Priorität mehr.

Schließlich gab er ihr ein Zeichen, dass er sich endlich um die tote Frau kümmern musste. »Versuchen Sie sich zu beruhigen. In so einer Situation bringt Panik gar nichts«, riet er den Frauen, was bei Lea das genaue Gegenteil bewirkte.

»Ich muss sofort Wickart verständigen!«, stieß sie aus, und plötzlich rannen ihr Tränen über die Wangen. »Ich muss alle Termine absagen und mit diesem Schönheitschirurgen reden, oder? Ich muss –« Ihr versagte die Stimme.

Olympia nickte Carl zu. »Ich kümmere mich schon um sie«, sagte sie, und er schenkte ihr einen dankbaren Blick.

»Dann kommst du heute Abend wahrscheinlich nicht zum Putzen, oder?«, fragte Lea sie, als sie sich nach einer Weile wieder gefangen hatte. Die Wimperntusche hatte schwarze Linien auf ihre Wangen gemalt.

»Ich glaube nicht«, erwiderte Olympia. »Die Polizei wird eine Weile hier zu tun haben, dabei wäre ich doch nur im Weg.«

Lea nickte und blickte erwartungsvoll zur Tür, als Carl noch einmal zu ihnen zurückkehrte. Seine Miene war schwer zu deuten. »Ich habe eben mit Herrn von Unglaub telefoniert.«

»Ja?« Lea war wieder wie unter Strom. »Wie geht es ihm? Wie hat er reagiert?«

Erst jetzt wurde es Olympia klar. Die war ja total in ihren Chef verknallt!

»Er hat entschieden, dass seine für heute Abend geplante Veranstaltung stattfindet.« Es war Carl anzusehen, dass er damit so seine Probleme hatte. »Ich habe ihm zwar davon abgeraten, weil er meiner Meinung nach noch völlig unter Schock steht, aber er war nicht davon abzubringen.« Er musterte Lea, die ebenso perplex zu sein schien.

»Aber er kann doch heute nicht seinen Abnehmkurs stattfinden lassen und anschließend auf den Abschluss des Kurses und die Ferien mit den Teilnehmern anstoßen, wo gerade seine Frau gestorben ist!«, stammelte sie verständnislos.

»Er meinte, sie hätte es sicher so gewollt. Gestern habe seine Gattin ihre Kursteilnehmerinnen in die Ferien verabschiedet, heute sei er mit seiner Feier dran. ›Was auch immer passiert, das Leben geht weiter‹, das sei ihr wichtigster Leitspruch gewesen.« Carl hob verständnislos die Hände. »Wobei ich ihm nicht mal zusagen konnte, wann die Tatortuntersuchung abgeschlossen sein wird. Auf mich hat er den Eindruck gemacht, als wollte er den Tod seiner Frau einfach übergehen.«

»Nein, nein, nein!«, wurde Lea schon wieder emotional. »Das würde er nie tun. Auch wenn sie ihn betrogen hat, hat er seine Frau geliebt.«

Carl schien hellhörig zu werden, sein und Olympias Blick trafen sich.

Na, wenn das kein schönes Mordmotiv ist, dachte sie. »Habt ihr die Tatwaffe gefunden?«

»Olympia«, tadelte er sie. Mehr brauchte er nicht zu sagen.

»Carl«, erwiderte sie. »Ich habe die Leiche gefunden. Außerdem bin ich praktisch mittendrin im Fall, sowohl als Putzfrau als auch als Zeugin, da wird man ja mal fragen dürfen.« Sie zupfte sich ein paar Locken in die Stirn. »Morgen wird es doch sowieso in der Zeitung stehen.«

»Hast du beim Auffinden von Frau von Unglaub eine mögliche Tatwaffe gesehen?«

Olympia spürte ein gewisses überlegenes Gefühl in sich aufsteigen. Denn wenn er so fragte, bedeutete dies, dass die Polizei keine entdeckt hatte.

»Besonders gründlich habe ich mich nicht umgeguckt, aber eine augenscheinliche Tatwaffe ist mir auch nicht direkt ins Auge gesprungen.« Gedanklich ließ sie den Blick noch einmal über den Fußboden und den Schreibtisch gleiten. »Und wir haben nichts angerührt und weggenommen, nicht wahr, Lea? Ich habe Frau von Unglaub nur ganz kurz am Arm angefasst, wobei ich bemerkt habe, dass sie schon ziemlich starr war.« Sie schüttelte sich unwillkürlich. »Da ihr Kopf unverletzt, ihre Bluse jedoch voller Blut war und ich im Brustbereich der Bluse dunkel verfärbte Löcher wahrgenommen habe, die meiner Meinung nach keine Einschusslöcher, sondern Einstichstellen waren, gehe ich mal davon aus, dass sie erstochen wurde.« Sie strahlte Carl an.

»Darf ich das so an meine Kollegen von der Spurensicherung und von der Gerichtsmedizin weitergeben?«, fragte er. »Dann können die nämlich für heute Feierabend machen.«

Sie blies die Backen auf. Dass Carl aber auch immer gleich beleidigt sein musste. »Du hast doch gefragt. Ich habe dir nur geantwortet.«

Als Lea wieder die Tränen kamen, senkte Olympia schuldbewusst den Kopf. Was war sie nur manchmal für ein unsensibler Trampel.

»Im September wären sie zwanzig Jahre lang verheiratet gewesen«, wimmerte Lea, und Olympia entspannte sich, weil anscheinend nicht sie der Auslöser für den Weinkrampf gewesen war.

Sie überlegte, ob das Ehepaar den Jubeltag groß gefeiert hätte, wenn sogar die Büromaus wusste, dass Frau von Unglaub es mit der Treue nicht so genau genommen hatte. Oder wäre das ebenfalls unter die Rubrik *»The show must go on«* gefallen? Die von Unglaubs sind wirklich unglaublich gewesen, dachte sie und musste über das Wortspiel grinsen, vorsichtshalber mehr innerlich. Carl guckte gerade so streng.

»Für weitere Fragen halten Sie sich bitte zu unserer Verfügung«, sagte er ernst, und Olympia fiel auf, dass seine Stimme beruflich so ganz anders klang als privat. Sachlicher, bestimmender, aber trotzdem sehr anziehend.

Während Lea kapierte und mit ihrer Handtasche, an die sie sich bisher geklammert hatte, aufstand, lehnte sich Olympia entspannt zurück.

»Auch du, Olympia.« Er warf ihr einen unmissverständlichen Blick zu.

Als sie an ihm vorbeiging, konnte sie es nicht lassen und flüsterte ihm zu: »Aber es wäre schon schön, wenn wir uns morgen wenigstens kurz treffen könnten, oder nicht?«

Der Hauptkommissar ließ sich zu einem Zwinkern hinreißen. »Ja, das wäre wirklich schön.«

Gruseliger Abschiedsgruß

Nach diesem Schock kehrte Olympia reichlich durch den Wind in ihre Wohnung zurück. Ein Ouzo wäre jetzt nicht schlecht gewesen. Oder auch zwei. Klugerweise machte sie sich stattdessen einen griechischen Mokka. Schließlich musste sie sich, bevor ihre Putzstellen auf sie warteten, noch für ein Treffen mit Manne herrichten.

Sie hob die Mokkatasse. »Schön, dass wir uns doch noch kennengelernt haben, Frau von Unglaub«, schickte sie Richtung Himmel. »Sie scheinen eine interessante Frau gewesen zu sein. Nicht einfach, aber auf Ihre Art einzigartig – wie wir Frauen halt so sind. Machen Sie es gut da oben!« Olympia spürte einen Kloß im Hals und räusperte sich. »Ach ja, und sollten Sie meiner Uroma Hekate über den Weg laufen, grüßen Sie sie bitte herzlich von mir. Sie werden sich womöglich gut mit ihr verstehen, sie war auch … ein bisschen anders.«

Ihre Vespa! Olympia konnte die aufsteigenden Freudentränen nur mit Müh und Not unterdrücken. Sie fiel Manne um den Hals, der sich das gerne gefallen ließ. Elfi war ja immer noch nicht wieder da, und etwas Körpernähe und Trost konnten sie beide nach diesem neuen entsetzlichen Verbrechen gut gebrauchen. Wie eine Bombe war die Eilmeldung über den Tod der Motivationstrainerin in den Nachrichten eingeschlagen.

Olympia und Manne waren zu dessen Kumpel Hannes gefahren, der in Fürth einen Handel mit Gebrauchtfahrzeugen führte und ihr das entzückende Zweirad zu einem wirklichen Super-Schnäppchen-Freundschaftspreis überließ. Als Gegenleistung würde Olympia ihm zwei Wochenenden lang bei der Arbeit in seinem wild wuchernden Vorgarten zur Hand gehen, das war versprochen.

Manne wischte sich den Schweiß von der Stirn. »Heut wärd's richtig haaß«, stellte er in breitestem Fränkisch fest.

Olympia stimmte ihm zu. Die Hitzewelle über ganz Deutschland hielt sich beharrlich. Sie selbst liebte den Sommer, da durfte es gerne auch einmal dreißig Grad haben, aber vierzig und tropische Nächte schlugen ihr dann doch irgendwann auf den Organismus.

Sanft strich sie über den pinken Roller.

Hannes überreichte ihr den Zündschlüssel. »Herzlichen Glückwunsch!«, sagte er. »Und gute Fahrt!«

Trotz Helms genoss sie den Fahrtwind, der die hohen Temperaturen und trüben Gedanken um die tote Frau von Unglaub und ihren Mörder ein bisschen fortblies. Am liebsten hätte Olympia sofort ihren ständig bockenden Golf verkauft, aber mit ihrem Putzunternehmen war sie auf den fahrbaren vierrädrigen Untersatz angewiesen, auch wenn der seine Macken hatte. Außerdem herrschte in manchen Köpfen bestimmt noch immer das Klischee, dass eine Geschäftsfrau, die auf einem »Spaßfahrzeug« wie diesem daherkam, noch dazu in Rosa, nichts taugen konnte. Man war doch nicht in Italien! Und dennoch beschloss sie, von nun an in den warmen Monaten den Wagen so häufig wie möglich stehen zu lassen und stattdessen mit ihrem rosa Blitz durch die Gegend zu düsen.

Heimwärts zog es sie unwillkürlich am Institutsgebäude der von Unglaubs vorbei. Blumensträuße, sogar einzelne Rosen, Plüschtiere, handgeschriebene und gemalte Abschiedsgrüße und Beileidsbekundungen standen und lagen vor dem Haus am Weinmarkt. Laternen und Grablichter flackerten. Einige Frauen und Männer standen fassungslos da, die Hände wie zum Gebet verschränkt, den Kopf gesenkt, andere stützten sich gegenseitig und weinten ungehemmt. Das Fernsehen war da und zeichnete alles auf.

Olympia blieb stehen. Der Anblick, der sich ihr bot, war rührend und ergreifend, einfach nicht zu fassen. Erst jetzt verstand sie, wie beliebt Annette von Unglaub gewesen sein musste. Und, ganz im Gegensatz dazu, wie jämmerlich ihr Abtritt von dieser Welt gewesen war – geduckt hinter ihrem Schreibtisch, als hätte sie sich vor ihrem Angreifer noch verstecken wollen. Eine Pose ganz ohne Glanz und Glamour – und ohne Selbstbewusstsein.

In all dem Bunten, Blumigen und Plüschigen entdeckte Olympia auch ein schwarzes Holzkreuz, etwa dreißig Zentimeter lang, mit einem ins Holz geschnitzten grinsenden Totenkopf, aus dessen Augenhöhlen Schlangen krochen. Ein absolut grauenhaftes Ding, mit dem entweder ein geschmacksverirrter Fan seinen Schmerz oder ein Mensch, der der Coachin zu Lebzeiten nicht wohlgesinnt gewesen war, seine Abscheu ausdrücken wollte. Olympia fummelte ihr Handy aus der Handtasche und machte von der Szene ein Foto, das sie Carl mit der Bemerkung schickte: »Ich finde, das solltet ihr euch mal anschauen.«

Dann hob sie wieder ihren Blick und stutzte. Einen kurzen Moment lang hatte sie geglaubt, ihren Neffen Achill um die Häuserecke huschen zu sehen.

Wieder zu Hause hörte sie ihren Anrufbeantworter ab. Der frischgebackene Witwer hatte eine Nachricht hinterlassen. Er hatte sich doch besonnen und den Abnehmkurs am Abend abgesagt. Der Putzdienst würde heute ebenfalls entfallen. Die zweite Nachricht war von Annikki, die Olympia mitteilte, dass sie ihr Sofa von nun an wieder für sich allein habe. Sie selbst sei vorsichtshalber doch lieber in ihre Wohnung nach Fürth zurückgekehrt, die weit weg von der mordsgefährlichen Nürnberger Innenstadt lag.

Eisgekühlte Schlüppies

Ob sie wohl auf ihrem Bauch ein Spiegelei brutzeln konnte?, fragte sich Olympia. Ihre Wohnung glich einem Backofen. Sie stellte sämtliche Ventilatoren auf Stufe drei und setzte sich im Wohnzimmer direkt vor dem großen Gebläse auf den Teppichboden. Dann gab sie sich dem herrlichen Traum hin, an Deck eines Kreuzfahrtschiffes bei einer steifen Brise zu entspannen. Sie war sogar passend dazu gekleidet, trug nur einen türkisschwarzen Badeanzug, um den sie einen hellblauen Pareo gebunden hatte.

»Jetzt einen Strawberry Mojito mit frischer Minze, eine Frozen Margarita oder einen eiskalten Gin Tonic«, hauchte sie und ließ ihre Locken im Wind des Ventilators wehen. Doch in Ermangelung von Erdbeeren, Tequila und Gin blieb der Traum nur ein Traum.

»Steward!«, hauchte sie nun. »Bringen Sie mir bitte einen Eisbecher. Am besten mit Mango-, Bananen-, Pfefferminz- und Schokoeis. Dazu bitte noch frische Früchte, etwas Sahne und Karamellsoße. Und wenn Sie das nicht haben, einfach nur etwas Joghurt mit saftigen Pfirsichen.«

Doch der Bursche kam einfach nicht. Also rappelte Olympia sich seufzend hoch, stapfte barfuß in die Küche und riss den Kühlschrank auf, sodass sie ein kurzer herrlich kalter Luftschwall traf.

Wenigstens der Joghurt-Wunsch würde in Erfüllung gehen.

Aber sie hatte noch nicht einmal den Löffel in ihrem Joghurt versenkt, da klingelte es an der Tür. Es war Achill, der gleich ihrem nicht existenten Steward nichts Alkoholisches dabeihatte.

Er war ganz in Schwarz gekleidet und ließ sich nicht dazu bewegen, die Sonnenbrille abzunehmen. Schnell bemerkte Olympia, dass ihr Neffe in einem gotterbärmlichen Zustand war.

Filmreif ließ er sich wie ein sterbender Schwan in einen Sessel im Wohnzimmer sinken und legte sich einen Handrücken auf die Stirn. »Es ist unfassbar«, stöhnte er. Und schwieg und litt.

»Trägst du Trauer?«, rutschte es Olympia heraus, die eigentlich keinen Nerv hatte, sich um seine Befindlichkeit zu kümmern.

»Das fragst du noch?« Er sah sie pikiert an. »Annette von Unglaub ist tot!«

Innerlich schüttelte Olympia den Kopf. Achill setzte doch immer noch eins drauf. Was interessierte ihn die Frau? Sie war doch gar nicht seine Altersklasse gewesen, oder hatte er bei ihr etwa ein Selbstbewusstseinscoaching gemacht? Aber das war eher unwahrscheinlich. Wenn es ihm an einem nicht mangelte, dann an Selbstvertrauen.

»Er-mor-det!«, fuhr er fort. »Ich habe deinen Carl schon angerufen, aber der will mir partout keine Auskunft geben.«

»Du hast was?« Olympia schoss auf ihn zu. »Bist zu bescheuert? Du kannst doch Carl während der Ermittlungen nicht zu dem Fall befragen! Er sagt ja nicht mal *mir* etwas!« Ihre Wangen färbten sich rosa.

»Wirklich nicht? Du hast ihn doch sicher längst wie eine Zitrone ausgequetscht, also, schieß los.«

»Nun werde mal nicht frech, Junge!« Sie verschränkte die Arme vor der Brust. »Carl gibt sich verschlossen wie eine Auster.« Sie überlegte. Wenn sie Achill verriet, dass sie im Institut putzte und die tote von Unglaub gefunden hatte, würde er sie mit Fragen bombardieren und nicht mehr aufhören. Es ihm aber zu verschweigen, fand sie auch nicht okay. Am Ende käme er noch selbst dahinter, und dann wäre erst recht der Teufel los.

»Sag mal, warst du heute Vormittag eigentlich vor dem Institut?«, ignorierte sie das Gesagte erst mal. »Ich habe beobachtet, wie Leute Blumen und Kuscheltiere vor den Gebäudeeingang gelegt und Kerzen angezündet haben … und dachte, ich hätte dich gesehen?«

Ihr Neffe wand sich verlegen. »Ich wollte ihr noch einmal nah sein.«

Nah? Wieso nah? Olympia spürte, wie sich beim Bild von der Unglaub und Achill ihre Nackenhärchen aufstellten. War er etwa ihr junger Liebhaber gewesen?

Achill schnatterte derweil weiter: »Ich habe ihren Youtube-Kanal abonniert und kenne alle ihre Videos. Einmal habe ich sie sogar live auf einem Social-Media-Event gesehen. Zwar nur aus der Ferne, aber trotzdem war das eine prägende Erfahrung. Sie ist, ach, oh, sie *war* einfach einzigartig!«

Olympia atmete auf. »Gott sei Dank, und ich dachte schon …«

Ihr Neffe schien sie nicht zu hören. »Als sie die Bühne betrat und ihr Interview gab, waren alle im Raum mucksmäuschenstill, sie hatten nur Augen für sie. Sie war meine Sonne!« Spontan drängte sich Olympia ein Bild auf: die von Unglaub auf der Bühne, vor ihr eine Horde Bewunderer, alle mit erhobenen Smartphones.

Irgendwie hatte sie Schwierigkeiten, Achill zu folgen. Ein junger Bursche wie er hatte eine ältere Frau angehimmelt, weil sie auf Youtube zu sehen gewesen war? Wobei, was daran war anders, als als Zwölfjährige in einen Hollywoodstar verschossen zu sein? Oder in den Sänger einer Band? Hauptsache, Liebe; Liebe war immer schön.

»Unter den Rosen und Plüschtieren vor dem Haus war auch ein schwarzes Holzkreuz mit einem Totenschädel, aus dessen Augen sich Schlangen wanden«, wechselte Olympia schnell das Thema. »Was hältst du davon? Von einem Verehrer war das nicht, oder?«

»Sofern sie nicht auch unter den Gruftis Fans hatte, ist das wirklich ein absurder letzter Gruß«, stimmte er ihr zu.

»Du weißt aber schon, dass Annette von Unglaub nicht nur Verehrer, sondern auch Neider hatte und sogar gehasst wurde, oder?«, belehrte sie ihren Neffen.

»Ach was!«, empörte sich Achill. »Die haben ihr doch nur den Erfolg missgönnt. An dieser Frau war rein gar nichts, was nicht wundervoll gewesen wäre.« Sagte es und fiel schlagartig wie ein Soufflé in sich zusammen.

Kaum war Achill wieder gegangen, beschloss Olympia, sich endlich etwas Kühles zu gönnen. Sie zog ihren Badeanzug aus, öffnete das Gefrierfach ihres Kühlschranks, nahm ihre Unterwäsche heraus, die sie in weiser Voraussicht vor ihrer Kurzkreuzfahrt dort hineingestopft hatte, und schlüpfte hinein.

Ein schriller Schrei entkam ihr. Unglaublich! Eisgekühlte Schlüppies und BHs wirkten ja sogar noch erfrischender als ein Gin Tonic. Sie hatte diesen an den heißesten Tagen des Jahres überlebensnotwendigen Tipp von der göttlichen Marilyn Monroe aus dem Film »Das verflixte siebte Jahr« abgeschaut.

Sie gab sich noch immer leicht fröstelnd dem flüchtigen Genuss hin, als sich ihr Handy meldete.

Es war schon wieder Achill. »Tante Olympia, Wickart von Unglaub wurde gerade verhaftet! Zumindest wurde er von einem uniformierten Polizisten aus dem Institut geführt und wurde in einem Streifenwagen weggefahren. Ich war live dabei, ich stehe noch direkt vor dem Gebäude!«

»Was?« war alles, was Olympia hervorbrachte, dann legte sie auf, um zu überlegen. Der Institutsleiter ein Mörder? Aber dann dachte sie an den belauschten Streit und an seine fremdgehende Frau. Natürlich, beides könnte auf ein Motiv hindeuten, und dennoch fiel es ihr schwer, zu glauben, dass Wickart von Unglaub seine Frau erstochen und sie dann einfach in ihrem Büro auf dem Boden hatte liegen lassen.

Der Taj Mahal am Volksfestplatz

Wie lästiges Gepäck trug Olympia den Gedanken mit sich herum. Sie wollte einfach nicht die Möglichkeit in Betracht ziehen, dass ihr sympathischer Auftraggeber ein eiskalter Mörder sein sollte. So kam ihr der Anruf von Carl äußerst gelegen – auch wenn er bei der Gelegenheit ihr morgiges Date auf einen kurzen Bummel durch die Innenstadt mit einem ebensolchen Abendessen reduzierte. Wegen der Ermittlungen im Tötungsfall von Annette von Unglaub sei er bis auf eine tägliche achtstündige Ruhepause nonstop im Dienst, so Carl. Jeden Tag, einschließlich des Wochenendes.

»Mehr Date ist im Moment leider nicht drin«, bedauerte er.

»Ich freue mich trotzdem auch auf unser Express-Date«, erwiderte Olympia, froh, dass er nicht ganz absagte.

»Ich mich auch.«

Sie hörte, wie er lächelte. Aber kurz darauf konnte sie seine Unruhe förmlich durch den Hörer spüren.

»Jetzt frag schon endlich«, sagte er denn auch.

»Habt ihr Wickart von Unglaub verhaftet? Aber der hatte doch einen Termin zur Tatzeit, und ich kann mir wirklich nicht –«

»Herr von Unglaub wurde nicht verhaftet«, unterbrach Carl sie. »Er wurde lediglich zu einer Befragung vorgeladen. Und sitzt jetzt wahrscheinlich längst wieder auf der Terrasse seiner Villa oder macht was auch sonst immer.«

»Trauern?«, schlug Olympia vor.

»Vielleicht auch das«, sagte Carl zögerlich.

»Manche Menschen trauern eben nicht lautstark in aller Öffentlichkeit«, nahm Olympia den Witwer in Schutz. »Die ziehen sich dafür lieber in ihr stilles Kämmerlein zurück.«

Ein spöttisches Hüsteln klang durch den Handylautsprecher. »Gut kennst du den Herrn Abnehmcoach aber nicht. Oder hast du die heutige Berichterstattung im regionalen Fernsehen nicht verfolgt?« Er ließ ihr keine Zeit, um die rhetorische Frage zu beantworten. »Da wird nicht nur über Annette von Unglaubs Ableben berichtet, sondern auch über den am Boden zerstörten Witwer. Er hat für die treuen Anhänger und Freunde seiner verstorbenen Gattin eine Mega-Abschiedsfestivität angekündigt und will für sie eine pompöse letzte Ruhestätte errichten lassen, zu der die Scharen von ehemaligen Seminarteilnehmern, denen Frau von Unglaub mit ihrer besonderen Fähigkeit sozusagen ein neues Leben geschenkt hat, pilgern können.« Carl gab einen nicht zu deutenden Zischlaut von sich. »Das alles hört sich danach an, als wollte der Mann einen zweiten Taj Mahal errichten, wahrscheinlich am Burgberg oder Volksfestplatz.«

Sofort sah Olympia vor ihrem geistigen Auge eine weiße Kuppel am Fuße der Kaiserburg emporwachsen, über die die Abendsonne ihr rosafarbenes Licht warf, Türme schossen links und rechts wie Pilze in die Höhe. »Das hast du doch eben gerade erfunden, Carl, oder?«

»Von wegen, guck doch selbst mal ins Internet! Da verbreitet sich die Meldung rasend schnell.«

Olympia überlegte. Entweder empfand der Motivationscoach tatsächlich einen so abgrundtiefen Schmerz oder war enorm publicitygeil.

»Ach ja«, fügte Carl noch an, »übrigens gibt es bereits eine neue weibliche Begleitung an seiner Seite, eine Nürnberger Künstlerin. Sie sei seine seelische Unterstützung in dieser schweren Zeit, hat er den Journalisten diktiert.«

»Sehe ich dich gerade höhnisch grinsen?«

Er lachte kurz auf. »Wie gut du *mich* doch kennst.«

Eben noch hatte Olympia resümiert, dass viele Männer bei ihr anriefen oder auf einen Kaffee vorbeikamen, sie aber dennoch keinen für einsame Stunden hatte, da klingelte erneut ihr Telefon. Aber auch dieser Anrufer war keiner, der ihr die alltägliche Einsamkeit vertreiben würde.

»Hallo, Frau Moustakas, hier ist Wickart von Unglaub. Ihre Visitenkarte liegt gerade vor mir, demnach betreiben Sie auch einen Partyservice?«

Die aufgeräumte Stimme des Coachs zu hören überraschte Olympia. Sie hätte ihm gerne ihr Beileid ausgesprochen, aber er war zu sehr in Fahrt. Nicht einmal richtigstellen konnte sie, dass ihr Partyservice seit Anfang des Jahres wegen zu geringer Nachfrage mehr oder weniger ruhte. Es wurde wirklich Zeit, die alten Visitenkarten, auf denen beide Unternehmen standen, in den Müll zu werfen.

»Ich plane eine außergewöhnliche Veranstaltung zu Ehren meiner verstorbenen Gattin«, drangen Wickart von Unglaubs

Worte wieder in ihr Bewusstsein. »Annette soll für immer unvergessen bleiben.«

Olympia horchte auf. Hatte sie richtig verstanden? Wollte er *sie* dafür engagieren? Ein Mann, der sich in der High Society bewegte und für den exklusive Events vermutlich zum Alltag gehörten, wollte sie, einen winzigen No-Name-Caterer, dessen Qualität er noch nicht einmal kannte, engagieren? Er musste das Risiko wirklich lieben.

»Mein Beileid, Herr von Unglaub«, gelang es ihr nun doch anzubringen. »Wann und in welcher Größenordnung soll die Feier denn stattfinden?«, fragte sie vorsichtig mit einem nervösen Gefühl im Magen. Wenn der prominente Herr nun die Hautevolee Nürnbergs einzuladen beabsichtigte, würde sie mit ihren Kochkünsten womöglich eine Bruchlandung erleiden.

Nicht dass sie ihr griechisch-fränkisches Fingerfood noch nie in besseren Kreisen serviert hätte. Gern erinnerte sie sich an den Seniorchef einer Nürnberger Lebkuchenfabrik zurück, der ebenfalls ihr Kunde und sehr zufrieden gewesen war. Jedoch befürchtete sie, dass Wickart von Unglaub eine Spur anspruchsvoller wäre. Außerdem besaß sie zwar eine große und gut ausgestattete Küche, aber ganz spontan und ohne Unterstützung fühlte sie sich von so einer Aufgabe erst mal völlig überfordert.

»Nun, ich denke an den 14. August. Aber fragen Sie mich bitte derzeit noch nicht nach der genauen Zahl der Gäste. Eines kann ich Ihnen aber jetzt schon sagen, die Trauerfeier wird groß, sehr groß! Es ist mir ein besonderes Anliegen, dass sich die Bewunderer meiner verstorbenen Frau und unsere gemeinsamen Freunde aus aller Welt angemessen von ihr verabschieden können. Ihr Social-Media-Manager und ich werden das Event für ihre Community natürlich live streamen. Wahrscheinlich informiere ich auch das Fernsehen darüber, und sicher werden auch einige Journalisten der beliebtesten Boulevardzeitschriften vorbeikommen«, fuhr er großspurig fort.

Olympia stutzte. Der Ausdruck »verstorbene Frau« schien ihm wie selbstverständlich über die Lippen zu kommen. Das

Gefühl, dass Wickart von Unglaub vielleicht doch nur ein großer Schaumschläger war, wurde immer schwieriger zu ignorieren.

»Als Location dachte ich an das Grand Hotel, das Maritim Hotel oder die Meistersingerhalle«, monologisierte er weiter. »Wobei mir auch ein prächtiger Garten zusagen würde, es ist ja schließlich Sommer.« Als Olympia ein gequälter Laut entkam, unterbrach er sich kurz, bevor er fortfuhr: »Entschuldigen Sie, Sie müssen mich für schrecklich unsensibel halten. Normalerweise gedenkt man einer Verstorbenen natürlich ohne so viel Glamour. Aber Sie haben meine Frau nicht gekannt, Frau Moustakas. Wenn Annette sich bei der Organisation ihrer eigenen Trauerfeier einmischen dürfte, würde sie sich eine rauschende Abschiedsparty wünschen – ganz ohne schwarze Kleidung! Sie hasste Schwarz. Und ohne getragene Musik, bei denen die Gäste Depressionen bekommen. Aber das letzte Wort ist noch nicht gesprochen. Ich bin noch beim Planen, wenngleich die Zeit natürlich drängt.«

Nun rutschte Olympia das Herz wirklich in die Hose. Mein lieber Scholli, das alles hörte sich nach einer Größenordnung an, der sie unmöglich gewachsen war. Wie sollte sie denn allein so ein Mega-Event stemmen? Und warum buchte er dafür nicht gleich das Nürnberger Staatstheater oder die Kaiserburg? Die konnte man für Hochzeiten mieten, also bestimmt auch für eine Trauerfallveranstaltung.

Vielleicht hatte Wickart von Unglaub ihre Schnappatmung gehört, denn als er weitersprach, hatte er seine Euphorie etwas heruntergefahren. »Aber was belästige ich Sie mit meinen Überlegungen, ich habe schließlich nur mal so vor mich hin geredet. Um die Gäste kulinarisch zu versorgen, werde ich natürlich meinen Stamm-Catering-Service buchen. Der Geschäftsführer ist ein guter Freund von mir, der sonst auch unsere Events managt.«

Der von Olympias Herz fallende Stein musste bis nach Fürth und Erlangen, wenn nicht gar bis Heidenheim zu hören sein. Auch wenn sich ein bisschen Enttäuschung über die

Herausforderung, der sie sich nicht stellen würde, unter die Erleichterung mischte.

»Aber für den Empfang am Sonntagvormittag, also übermorgen, für einen mehr oder weniger intimen Kreis, da dachte ich an Sie als Caterer. Es werden maximal dreißig Personen sein, es gibt Champagner, und dazu soll leichtes Fingerfood gereicht werden: gebratene Garnelen, Tofu, Gemüse oder Rohkost und Obst.« Kurz hielt er inne. »Wegen der Hitze kein roher Fisch, Sie wissen schon. Jedenfalls würde ich mich freuen, wenn Sie, Frau Moustakas, die Ausrichtung der kleinen Gedenkfeier übernehmen würden. Sie soll im Institut stattfinden.«

Kurz überlegte Olympia, aus welchem Grund er dafür den Stammcaterer nicht in Betracht zog. Doch sie war zu sehr Geschäftsfrau, und solche Aufträge flatterten nicht jeden Tag wie ein Schmetterling zum Fenster herein, um länger über solche Nichtigkeiten nachzugrübeln. Also sagte sie zu.

Dann aber fragte sie doch noch nach, warum er auf das Institut als Veranstaltungsort beharre. Es ließe sich doch bestimmt eine andere Lokalität finden, die nicht in unmittelbarer Nähe des Tatorts lag, um der Verstorbenen zu gedenken.

»Ich tue es für Annette« war seine Erwiderung. »Das Institut war ihr Leben.«

Eine seltsame Person

Olympia stand vor dem Institut. Die Rosen ließen ihre Köpfe hängen, die anderen Blumen waren mittlerweile welk, die Kerzen heruntergebrannt. Teddys und Häschen guckten mit ihren schwarzen Knopfaugen ins Leere, und das hässliche schwarze Kreuz war verschwunden. Olympia fiel ein, dass sie ganz vergessen hatte, Carl darauf anzusprechen.

Wickart hatte ihr zugesagt, dass der Seminarraum bis zum Vormittag für die Trauerfeier entsprechend hergerichtet sein würde. Wen er dafür verpflichtet oder ob er selbst Hand angelegt hatte, entzog sich ihrer Kenntnis. Olympia wollte sich nun ein Bild davon machen, wie viel Platz zur Verfügung stand, um ihre Fingerfood-Platten, Spießchen und gefüllten Gläschen wirkungsvoll zu platzieren. Sie hatte eine große Tasche dabei, die verschiedene Küchenutensilien, Tischdecken und die Arbeitskleidung für morgen enthielt.

Das Haus am Weinmarkt wirkte gespenstisch, am heutigen Samstag wurde in den meisten Büros nicht gearbeitet. Die Haustür stand offen, und Olympia betrat das Gebäude, ohne beim Institut klingeln zu müssen. In dem langen, schwach beleuchteten Gang, der zum Hinterhof führte, nahm sie eine Bewegung wahr. Sie hörte gar nicht mal schlecht gesungengebrummte Ba-ba-bas und erkannte darin die Melodie von »Steuermann, lass die Wacht!« aus »Der fliegende Holländer«, untermalt von den Geräuschen eines Besens, der über Asphalt fegte. Der Urheber konnte nur Willy Schnurfeger, der Hausmeister, sein. Wie niedlich, dachte Olympia, der fegende Schnurfeger. Willy, das wusste sie aus ihren regelmäßigen Unterhaltungen, hatte das Staatstheater noch nie von innen gesehen, hatte aber eine Schwäche für Opern.

Und Willy kannte sich nicht nur mit allem elektrischen Zeug und den Wasserleitungen im Haus aus, er interessierte sich auch für dessen Seele, für die Menschen, die dort ein und aus gingen.

»Morgen, Willy!«, rief Olympia in den düsteren Gang.

»Morgn, Frau Olümbia!«, unterbrach der Hausmeister den »Holländer«. »Wos dänner Sie denn heut do?« Seine Kiefer schienen eine nicht vorhandene Brotrinde zu mahlen.

Olympia grinste. Das alte Schlitzohr musste doch längst Bescheid wissen. Da sie ihren von Unglaub'schen Catering-Auftrag nicht durchs Treppenhaus plärren wollte, ging sie dem Licht am Ende des Ganges entgegen. »Der Herr von Unglaub richtet doch morgen eine Gedenkfeier für seine verstorbene Frau im großen Seminarraum aus«, tuschelte sie ihm hinter vorgehaltener Hand zu.

Hätte ein Außenstehender einen flüchtigen Blick auf Hausmeister Willy geworfen, hätte er wahrscheinlich einen grauhaarigen Alten in bequemer Stoffhose und Karohemd gesehen. Erst bei näherer Betrachtung wäre ihm dessen Mini-Pferdeschwanz aufgefallen, der ein eindeutiges Statement aussandte: Leute, ich bin alt, aber immer noch cool!

Jetzt wurde Willys Mund so breit wie der eines Frosches, sodass die Lücke in seiner oberen Zahnreihe, wo der Schneidezahn nur noch ein Stummel war – »Krone wegen einem Kaubonbon herausgefallen«, erklärte er das Malheur seit Monaten jedem, der nachfragte –, hervorblitzte. »Der alde Schleimer!« Dann schüttelte er den Kopf und kehrte weiter.

Olympia merkte auf. Noch jemand also, der nicht an die tiefe Trauer des Witwers glaubte. Und der Willy musste es ja wissen. »Ist Herr von Unglaub oben?«, erkundigte sie sich.

»Naa, aber die Lea.« Er hielt wieder in seiner Arbeit inne und legte die Hände auf dem Ende des Besenstiels übereinander. »Is denn die Bolizei überhaubd scho ferdich?«

Olympia zuckte mit den Schultern. »Zumindest die Spurensicherung sollte unterdessen durch sein.« Was natürlich nur eine Vermutung war. »Mich wundert es vielmehr, dass Herr von Unglaub ausgerechnet an dem Ort, an dem seine Frau ums Leben gekommen ist«, sie senkte die Stimme, »wenn sie nicht sogar ermordet wurde, eine Feier mit Champagner und Häppchen zu ihrem Gedenken abhalten will.«

»Jetzt, wo das Zugpferd der Firma weg is, will er sich in den Mittelpunkt rücken. Bisher wor ja die Annette von Unglaub der Star.« Willy lachte dreckig. »Wos mer so hört, werden sich morgen die Pressefritzen gegenseitig auf die Fäiß herumtrampeln.«

Olympia nickte. Da mochte etwas dran sein. Die Annette-von-Unglaub-Quelle, durch die das Geld in die Kasse des Paars geflossen war, drohte mit deren Tod vermutlich zu versiegen. Wollte der Ehemann also jetzt ihren Platz im Scheinwerferlicht einnehmen? Inszenierte er deshalb diese Gedenkfeiern vor den Augen der Öffentlichkeit?

Nachdenklich verabschiedete sich Olympia von Willy und

ging schnell am geschlossenen Büro der Toten vorbei zu dem von Lea, dessen Tür offen stand. Olympia klopfte dennoch und wurde von der jungen Frau hereingewinkt.

»Es gilt ein Schwarz-Verbot«, begrüßte sie Lea. »Falls du dich wunderst, warum ich trotz des Trauerfalls Quietschgelb trage. Wickart hat uns angewiesen, den Wunsch der Chefin zu respektieren. Und sie hat Schwarz gehasst.« Lea zog eine Grimasse, bevor sie verschwörerisch die Stimme senkte. »Also, ich persönlich habe ja die Erfahrung gemacht, dass die von Unglaub an anderen Frauen eher bauchfrei, zu kurze Miniröcke und das Verzichten auf einen BH gehasst hat, wenn du weißt, was ich meine.«

Olympia nickte. Sie konnte es sich denken.

»Ich bin auch gleich wieder weg«, zwitscherte Lea und schob einige Ausdrucke mit Excel-Tabellen zu einem Stoß zusammen. »Musste nur noch ein paar Adressen raussuchen.«

»Bin ich dann allein hier?« Olympia wollte den Teufel ja nicht an die Wand malen, aber mutterseelenallein in unmittelbarer Nähe eines vermeintlichen Tatorts zurückbleiben, so couragiert war sie nun auch wieder nicht. Oder so lebensmüde.

»Keine Panik«, erwiderte Lea. »Der Chef hat mich schon angerufen und versprochen vorbeizukommen.«

Olympia nickte gedankenverloren. Die Aussicht seiner baldigen Anwesenheit war zwar beruhigend, aber wenn sie es sich hätte aussuchen können, hätte sie am liebsten keine Sekunde hier allein verbracht. Ihr Blick fiel auf die Ausdrucke. Sie schätzte, dass es gut fünfzig Seiten waren.

»Das ist doch nicht etwa die Gästeliste für die große Gedenkveranstaltung?« Wenn, dann würde das eine richtig, richtig große Feier werden, vielleicht doch in der Kaiserburg.

Lea zog aus ihrer Handtasche einen Labello und fuhr sich damit großzügig über ihre Lippen. »Die Ausdrucke? Nö, das sind –«, setzte sie an, doch Olympia redete bereits weiter.

»Wie hat Herr von Unglaub eigentlich so schnell die Gäste für morgen einladen können?« Wenn Olympia da an den Vorlauf für ihre eigenen Familienfeste dachte, staunte sie nur umso mehr. Bei ihnen tanzte immer irgendwer aus der Reihe. Einen Termin zu finden, an dem alle Zeit hatten, war schier unmöglich. Und dann noch das Hin und Her und die Tiraden ihrer Mutter: »Du kannst doch Tante Chrysoula nicht gemeinsam mit Cousine Kalomira einladen! Und Onkel Georgios und Onkel Yiannis willst du an einen Tisch setzen? Aber Kindchen, das gibt doch ein Blutbad!«

Lea hingegen gab sich unbeeindruckt. »Na ja, fast jeder hat schließlich von Frau von Unglaubs Tod gehört, und wahnsinnig viele Menschen haben sich aktiv bei Wickart gemeldet, um ihm ihr Beileid auszusprechen. Bei der Gelegenheit hat er sich eben die wichtigsten herausgepickt und eingeladen. Die Familie selbst wird sich übrigens erst auf der Beerdigung treffen«, sagte Lea, ließ den Labello in ihre Handtasche zurückfallen und zog deren Reißverschluss zu.

»Und wann und wo steigt die große Abschiedsfete?« Die Ausrichtung der Veranstaltung betraf Olympia zwar in keinster Weise, dennoch war sie neugierig.

Lea hängte sich die Tasche über die Schulter. »Damit meinst du die Beerdigung, oder? Nun, der Termin steht noch gar nicht fest.«

»Nicht die Beerdigung«, widersprach ihr Olympia. »Herr von Unglaub plant doch ein riesiges Event mit allen Fans und Bewunderern seiner Frau.« Die Aussage unterstrich sie mit einer weit ausholenden Handbewegung.

Lea sah sie nachdenklich an. »Ach ja? Davon weiß ich nichts.« In ihrem Kopf arbeitete es sichtlich. Entweder weil sie erstaunt war, dass der Chef sie von dem Event noch nicht in Kenntnis gesetzt hatte, oder weil sie einen weiteren Berg an Arbeit auf sich zukommen sah. Irgendwann zuckte sie einfach mit den Schultern. »Na ja, jetzt geh ich jedenfalls erst mal *wieder* ins Wochenende. Mein Freund war ziemlich angefressen, weil mich Wickart ins Büro zitiert hat.« Sie hob die Hand. »Tschüssi, bis Montag!«

»Kommst du denn gar nicht morgen zur Gedenkveranstaltung?«, fragte Olympia verblüfft.

Lea grinste verschmitzt. »Leider, leider habe ich einen familiären, nicht aufschiebbaren Termin, sonst hätte ich mich natürlich von meiner lieben Ex-Chefin gebührend verabschiedet. Also denn, schönes Wochenende!« Und schaute, dass sie schnell aus dem Institut kam.

Olympia ging in den großen Seminarraum. Stehtische mit fliederfarbenen bodenlangen Tischdecken und ein Podium mit Stehpult und Mikrofon waren bereits aufgebaut worden. Wollte der frischgebackene Witwer etwa eine Pressekonferenz geben? In einer Ecke entdeckte sie einen bereits mit Champagner vollgestopften Kühlschrank sowie einen Beistelltisch mit fünf Champagnerkühlern, die morgen noch mit Eis gefüllt werden mussten. Für Olympias Platten mit den besprochenen kleinen Köstlichkeiten standen ebenfalls zwei Tische bereit.

Olympia legte in der Cafeteria einige ihrer eigenen mitgebrachten Platten, Stoffservietten, Tischdecken sowie ihre Arbeitskleidung und die für Annikki bereit. Die Finnin würde ihr morgen wie auch später bei der Zubereitung des Fingerfoods zur Hand gehen. Zwar werde sie das Institut nur mit Pfefferspray bewaffnet betreten, so die Erwiderung ihrer Kollegin, aber natürlich könne sie sie unmöglich ohne Begleitung in dieses Mörderhaus lassen. Olympia lächelte bei der Erinnerung. Eines musste man dem zierlichen Persönchen lassen, es war auf seine reizende Art zwar verschroben, aber eine treue Seele.

Als sie Manne von dem Auftrag berichtet hatte, hatte der sich sofort angeboten, vor dem Haus zu patrouillieren. Aber für Olympia kam es gar nicht in Frage, dass er seinen morgigen freien Sonntag für sie opferte. Eher hätte sie sich ihn jetzt hergewünscht. Denn jetzt fürchtete sie sich in dem leeren Gebäude. Und Hausmeister Willy würde sie wohl kaum hier oben um Hilfe rufen hören.

Olympia lauschte und stellte erstaunt fest, dass die verlassenen Räume plötzlich zu atmen und Seufzer und andere Geräusche von sich zu geben schienen. Und als sie plötzlich die Eingangstür ins Schloss fallen und sich nähernde Schritte hörte, wurde ihr ganz heiß und kalt.

Reflexartig griff sie nach dem nächstbesten Gegenstand, der sich als eine Glaskaraffe entpuppte, in die sie morgen das mit Limetten aromatisierte Mineralwasser füllen würde.

Die Schritte wurden immer lauter, dann, Olympia hielt die Karaffe schon schlagbereit über ihrem Kopf, tauchte in der Tür zur Cafeteria eine Frau auf. Sie war groß, mager, aus ihrem sandfarbenen Etuikleid ragten gespenstisch lange Arme, und in dem tiefen Ausschnitt konnte Olympia die vorstehenden Schlüsselbeine sehen. Das braune Haar wuschelte naturbelassen um ein ungeschminktes Gesicht, Olympia schätzte die Frau auf Mitte vierzig. Wortlos scannte die Fremde die Cafeteria. Ihre Augen rasterten alles genau ab und blieben schließlich an der Glaskaraffe hängen, die Olympia immer noch drohend hochhielt. Dann zog sich die fremde Frau zurück, ohne etwas gesagt zu haben, und ging, so hörte es sich an, in Wickart von Unglaubs Büro.

Olympia war so perplex, dass sie der Fremden erst jetzt ein »Guten Morgen!« hinterherrief. Antwort bekam sie keine. Wer immer die Frau gewesen war, Manieren hatte sie jedenfalls nicht.

Kurz darauf, Olympia hatte die Cafeteria verlassen und deckte die für sie vorgesehenen Tische im großen Seminarraum mit weißen Damasttischdecken ein, tauchte die seltsame Person erneut auf und sah sich interessiert um. Olympia schien sie gar nicht zu bemerken.

Einerseits war Olympia froh, nicht mehr allein zu sein, aber ein bisschen kommunikativer hätte die Frau schon sein können. Und was, wenn sie gar nicht zum Team der Coaches gehörte, wie Olympia instinktiv angenommen hatte? Wenn sie ein aufdringlicher Fan der Toten war? Oder jemand von der Presse? Oder – Olympias Kehle schnürte sich zu – die Mörderin?

Was sollte sie bloß machen? Wickart von Unglaub anrufen? Oder Lea, die Sekretärin?

Oder hatte der Leiter des Instituts die Frau geschickt, damit sie ein Auge auf sie hatte? Wobei das einer bodenlosen Frechheit gleichkäme.

Jetzt stand sie doch tatsächlich hinter Olympia und schaute ihr über die Schulter, während sie die Champagnerkühler polierte. Olympia konnte sogar ihren Atem im Nacken spüren. So ein Verhalten war doch wirklich gruselig.

Sie schoss herum. »Kann ich Ihnen vielleicht helfen?« Die Frage klang mehr wie eine Drohung.

»Nein, nein, alles gut.« Die Stimme der Fremden war leise. Reden war nicht ihr Ding, das stand fest. Oder war es nur unter ihrem Niveau, sich mit der Frau vom Catering zu unterhalten?

Olympia drehte sich um und marschierte in die Cafeteria, die Frau im Schlepptau, wo sie ihr Handy nahm und sich daranmachte, demonstrativ jedes Sektglas und jede Kuchengabel zu fotografieren, auch wenn nichts davon zu ihrem Catering-Service gehörte. »Ich fotografiere vorsichtshalber meine persönlichen Küchenutensilien«, sagte sie wie selbstverständlich. »Man weiß ja nie, wer sich hier alles herumtreibt.« Und damit lächelte sie die Fremde herausfordernd an.

Deren Nasenspitze bog sich nach unten, die Augen wurden zu schmalen Schlitzen, und die Lippen verzogen sich. Kurz und gut, sie machte ein Gesicht, als hätte sie in ein angeschimmeltes Stück Käse gebissen, bevor sie wie ein kleines Tier aus der Cafeteria huschte.

Olympia schaute ihr nach. Die Person interessierte sie. Wer sich so schräg verhielt, hatte ihrer Erfahrung nach entweder eine Meise oder etwas zu verbergen.

Ihre Vorbereitung war für heute abgeschlossen. Zwar hätte sie eigentlich noch gern ein paar Takte mit ihrem Auftraggeber gesprochen, aber der schien sich trotz seiner Ankündigung nicht blicken lassen zu wollen.

Olympia ging ins Damenklo, wusch sich die Hände und polierte, ihrem beruflichen Reflex geschuldet, noch schnell die Spiegel.

Im Anschluss daran ging sie langsam, scheinbar in die Notizen auf ihrem Klemmbrett vertieft, an Wickart von Unglaubs Büro vorbei und schaute wie zufällig hinein. Die Tür stand offen. Die Fremde saß mit ausdrucksloser Miene hinter seinem Schreibtisch, die verschränkten Hände ruhten in ihrem Schoß.

Olympias Gedanken rasten. Unmöglich konnte sie das Institut verlassen und die Frau einfach hier zurücklassen. Am Ende wären morgen noch die Computer, alle sonstigen elektronischen und elektrischen Geräte und das »Tafelsilber« verschwunden.

Davor, Wickart von Unglaub anzurufen, scheute sie zurück. Der hatte im Moment mit der Organisation der Beerdigung und den Formalitäten sicherlich genug um die Ohren, sodass sie ihn mit einer vermeintlichen Lappalie nicht belästigen wollte.

Aber was, wenn die Unbekannte doch eine Diebin oder ein aufdringlicher Fan war? Oder gar eine von der Presse, die hier seelenruhig herumschnüffelte?

Schweren Herzens entschloss sie sich, Lea erneut ins Wochenende zu pfuschen und ging zurück in die Cafeteria, um sie auf dem Handy anzurufen. Ein Glück, dass Lea ihr für »Notfälle« ihre Mobilnummer gegeben hatte. Und diese stumm durchs Institut geisternde Person war ein absoluter Notfall! Doch Lea schien nicht sauer über die Störung.

»Oh, sorry, das hatte ich ganz vergessen, dir zu sagen«, erwiderte sie. »Das ist Sabea Hillendorf, Sabea ist die Kurzform für Sabine-Beatrice. Eine enge Bekannte der von Unglaubs. Wobei, eher nur vom Chef. Wahrscheinlich ist sie wegen morgen da, was Genaueres weiß ich auch nicht.«

Na, dann war das wenigstens geklärt. Olympia atmete auf und beendete das Telefonat. Aber wie auch immer, das Verhalten der Dame blieb äußerst seltsam.

Dennoch beschloss sie, schon um sich nicht auf deren Niveau herabzulassen, sich von Sabea Hillendorf zu verabschieden. Auch auf die Gefahr hin, dass der es unangenehm sein würde, angesprochen zu werden.

Da die Tür zum Chefbüro noch immer offen stand, riskierte Olympia einen Blick und hielt den Atem an. Mittlerweile war die Hillendorf aufgestanden und fuhr zärtlich mit der Hand über den Bürostuhl. Der verkniffene Gesichtsausdruck von vorhin war einem verklärten Lächeln gewichen. Dann griff ihre knochige Hand nach dem Montblanc-Füllfederhalter auf dem Schreibtisch, legte ihn an ihre Wange, und der Körper begann, sich zu einer Melodie zu wiegen, die nur die Frau hörte. Olympia erschauerte. Aber der Spuk ging noch weiter. Sanft legte Sabea Hillendorf den Füllfederhalter zurück, um sich nun dem Ersatzjackett von Wickart von Unglaub zu widmen, das im Büroschrank hing. Sie nahm einen Ärmel, schnupperte und schmiegte schließlich ihre Wange daran. Himmel, durchfuhr es Olympia, die Frau war doch krank! Aber natürlich: Nach Annette von Unglaubs Tod war der Chef nun frei für eine Neue.

Schnoddrige Renate

Okay, Wickart von Unglaub hatte anscheinend eine Geliebte, wobei die Hillendorf sich in Olympias Augen mehr wie ein unreifer, verknallter Teenie verhielt.

Als das Telefon auf dem Schreibtisch klingelte, nahm die Merkwürdige den Anruf wie selbstverständlich entgegen.

»Ja?«, hauchte sie. »Ach, du bist's. – Ja, natürlich bin ich in deinem Büro.«

Wickart also, kombinierte Olympia.

Die andere lauschte aufmerksam, dann sagte sie überraschend bestimmt: »Du solltest zur Polizei gehen.«

Wie spannend. Worum es in dem Gespräch wohl ging?

»Die Person kann doch nicht bei klarem Verstand sein. Wer

tut so etwas!« Sie stand auf und stellte sich mit dem Telefon ans Fenster.

Olympia nutzte die Chance, um unbemerkt von der Frau das Institut zu verlassen. Zwar hätte sie gerne noch ein paar Sätze mehr aufgeschnappt, aber sich rechtfertigen, warum sie lauschte, wollte sie ganz bestimmt nicht.

Willy stand vor dem Gebäude auf dem Bürgersteig neben den Briefkästen, seinen Besen an sich gedrückt. Neugierig fragte er: »Der von Unglaub is nicht oben, gell?«

Wunderbar, frohlockte Olympia. Der Mann kam ihr wie gerufen. »Nein, Herr von Unglaub nicht, aber dafür ist eine Frau Hillendorf aufgetaucht. Die scheint ein bisschen sehr – wie sage ich es am besten? – zurückhaltend zu sein.«

Der Hausmeister nickte. »Däi müssen S' amol googeln. Über däi finden S' nix, abber auch gar nix.« Olympia grinste stillvergnügt in sich hinein. Da war aber jemand sehr an seinen Mitmenschen interessiert. Sie verstand Willy nur zu gut.

»Abber ich hob amol aufgeschnappt, zufällig natürlich, dass der von Unglaub und die Hillendorf sich schon aus dem Sandkasten kennen«, fuhr der Hausmeister fort.

Olympia machte große Augen. Das hatte sie nun nicht erwartet. »Und zwischen denen ist nie was gelaufen?«

»Pah!«, machte Willy und zog die Schultern hoch. »Glauben Sie mir, wenn Männlein und Weiblein mal was miteinander gehabt haben, gehen sie sich danach entweder aus dem Weg oder haben nur noch unschöne Worte füreinander übrig. Meine Erfahrung.«

Und sie setzen sich nicht gegenseitig als Schnüffler ein beziehungsweise lassen den anderen im eigenen Büro ans Telefon gehen, ergänzte Olympia in Gedanken. »Jetzt kommen Sie schon, Willy. Wenn's nicht die ist, hat der Chef eben 'ne andere Geliebte.«

Willy kam tatsächlich etwas näher, sodass Olympia eine Wolke aus Schnupftabak und Reinigungsmittel um die Nase wehte. »Man munkelt, sie wär eine berühmt-berüchtigte

Künstlerin. Ich vermute ja, aber des is nur meine persönliche Meinung, dass des die aufgedonnerte laute Ische mit den ausgeflippten Klamotten is, die manchmal in ihrem Cabriolet vor dem Haus wartet und nur ins Institut geht beziehungsweise ging, wenn die Annette von Unglaub nicht da war. Wissen S', die Chefin war ja auch schrill, aber die hatte dabei Stil. Die Ausgeflippte wird ihr nie das Wasser reichen können. Aber ein Techtelmechtel mit dem von Unglaub schließe ich dennoch nicht aus, gwiss ned!«

Während Olympia sich ganz herzlich für die Auskunft bedankte, musste sie schmunzeln. War der Willy etwa auch ein Verehrer der Motivationstrainerin gewesen?

Die Hitze, der Schweiß und der auf Höchststufe eingestellte Ventilator; sie alle hatten ihre Frisur arg in Mitleidenschaft gezogen. Weil aber Olympia zum Date mit Carl unbedingt aufgelockt erscheinen wollte, ging sie vom Institut aus gar nicht erst nach Hause, sondern marschierte zum Salon Renate.

Schwungvoll öffnete sie die Tür und trat freudig ein. Doch eine hagere Frau blockierte ihr den direkten Weg zu Friseurin Ida und röntgte sie mit stechendem Blick. Instinktiv wusste Olympia, dass es sich bei ihr nur um die schnodderige Renate Baumann handeln konnte, der sie eigentlich nicht in die Hände hatte fallen wollen.

»Haben Sie einen Termin?«, blaffte die Friseurmeisterin sie an.

»Noch nicht«, erwiderte Olympia zögerlich und bedauerte schon, überhaupt hergekommen zu sein. Die hatte vielleicht einen Ton am Leib!

»Waschen, schneiden, föhnen? Danach sieht Ihr Haar jedenfalls aus«, schnauzte die Baumann weiter.

»Lass gut sein, Renate. Das ist meine Kundin«, eilte ihr Ida zu Hilfe, die schnell wie der geölte Blitz neben Olympia stand und sie aus Renates Schusslinie schob. »Die Locken auffrischen?«

Olympia nickte dankbar und dann leicht in Richtung

Chefin. »Die wird aber lange auf die Auszeichnung als Nürnbergs charmanteste Friseurin warten müssen«, flüsterte sie.

»Heute hat sie wieder ihren ganz besonders bissigen Tag«, erwiderte Ida in ähnlich gedämpfter Lautstärke, während sie Olympia zu einem freien Waschbecken bugsierte. Dann kicherte sie, wobei sie ihre Chefin nicht aus den Augen ließ. »Aber sie kann auch freundlich. Also, zumindest manchmal.«

»Haben wir vielleicht Vollmond?«, schlug Olympia vor.

Ida nickte. »An die Sternenkonstellation habe ich auch schon gedacht. Oder vielleicht verträgt sie bestimmte Lebensmittel nicht? Es könnte auch am vielen Bohnenkaffee liegen …«, sinnierte sie weiter und ließ dann Olympia angenehm lauwarmes Wasser über den Kopf laufen. »Passt es so?«

»Perfekt! Aber sagen Sie, ist sie denn schon wieder fit? Ich meine, nach so einem Überfall braucht man doch eine Zeit, um sich wieder zu fangen.«

»Nicht die Renate. Die ist bloß stinksauer, weil der Laden deswegen ein paar Tage geschlossen war. Dauernd keift sie rum, wer ihr den Ausfall bezahlt.«

Kurz darauf blätterte Olympia entspannt abwechselnd durch zwei rote Lesezirkel-Hefte, die GALA und die BUNTE, und verglich die Artikel und Fotografien über Annette von Unglaub. In der nächsten Woche hätte sie ihr neues Buch vorstellen wollen.

Zwar waren es keine Seiten füllenden Artikel, aber immerhin hatte es die Selbstbewusstseinstrainerin in die großen deutschen Illustrierten geschafft. Das Bild jedoch, mit dem sich Olympia für immer an Annette von Unglaub erinnern würde, würde mit Sicherheit in keiner Zeitschrift abgedruckt werden: aschfahl und zusammengekrümmt hinter ihrem Schreibtisch, nachdem sie ihrem Mörder in die Hände gefallen war.

»Ist das nicht schrecklich?«, holte Ida sie aus ihren Gedanken zurück. »Jetzt ist schon wieder einer mit dem Messer auf eine Frau losgegangen. Oder ist es gar ein und derselbe, und der, den die Polizei verhaftet hat, war es gar nicht?«, philosophierte die Friseurin.

Beide Frauen sahen sich betroffen im Spiegel an, dann deutete Ida mit dem Kamm auf das Foto, das Annette von Unglaub im Bikini auf dem Sonnendeck eines Schiffs an der Côte d'Azur zeigte: türkisblaues Meer, schneeweiße protzige Yacht und eine schlanke schöne Frau, der man ihr Alter nicht ansah. »Ich wusste gar nicht, dass die von Unglaubs so reich sind beziehungsweise waren. So ein Bötchen kostet doch bestimmt ein Vermögen.«

»Ach was, die als Promis haben sich bestimmt einladen lassen«, entgegnete Olympia. »Von Multimillionären oder Milliardären, das machen die so, damit sie auch in die Zeitung kommen.«

»Wow!« Ida sah sie ungläubig an. »Woher wissen Sie denn so was?«

»Ich putze bei den von Unglaubs im Institut. Aber von denen weiß ich das natürlich nicht. Die würden sich mit mir nie über ihre Freizeitaktivitäten und Finanzen unterhalten, ich bin ja, wie gesagt, bloß die Putzfrau.« Olympia tippte auf die GALA. »Aber das liest man doch immer wieder in so Zeitschriften.«

Dann fiel ihr ein, dass ihr Wickart von Unglaub neulich tatsächlich von seiner Yacht vorgeschwärmt hatte. Aber hat er damit wirklich gemeint, dass sie ihm gehört?, überlegte sie, während Ida sich wieder ihren Locken widmete.

»Doch auch die Schönen und Reichen trifft am Ende Gottes Gerechtigkeit. Haarschaum rein, Frau Moustakas?«, fragte die Friseurin schließlich und setzte Olympia einen sahneartigen Haufen aufs Haupt.

Gabelhappen

»Oh, du hast aber die Haare schön. Warst du beim Friseur?«

Carls anerkennende Bemerkung schmeichelte Olympia.

Aber nur wenige Sekunden später fragte sie sich, ob das denn wirklich ein Kompliment gewesen war. Sah sie sonst so aus, als wäre sie in einen Tornado geraten?

Sie steuerten auf den von Menschen brodelnden Hauptmarkt zu. Eine für beide unbekannte Band rockte die Bühne. Carl gab Olympia ein Zeichen, die tanzende und klatschende Menge zu umrunden. Doch die gesamte Innenstadt schien auf den Beinen zu sein und sich dem Rausch der Musik hinzugeben, sodass Carl Olympia vorsichtshalber bei der Hand nahm, um sie nicht zu verlieren. Als sie die Insel Schütt erreichten, auf der die Stimmung nicht weniger aufgeheizt war, war Carl schweigsam geworden. Er wirkte so kaputt, dass sie bald in ein Restaurant mit Biergarten einkehrten und dankbar über zwei freie Plätze waren.

Carl bestellte Nürnberger Bratwürste mit Kraut, Olympia einen Salat mit Ziegenkäse.

»Erzähl du«, sagte Carl schließlich. »Ich darf ja nicht.«

Ausnahmsweise war es kein Problem, dass er sie nicht an seiner Arbeit teilhaben lassen konnte. Immerhin hatte sie ein paar Neuigkeiten, vielleicht konnte sie ja der Polizei – mal wieder – mit einem wichtigen Tipp auf die Sprünge helfen.

»Gerne, aber eine Kleinigkeit muss ich dich dennoch fragen. Annette von Unglaub wurde wirklich erstochen, oder?«

Carl nickte. »Du hattest recht.«

»Und womit? Lass mich raten: Brieföffner, Hutnadel, Obstmesser, Schraubenzieher?«

»Mit einem Skalpell oder etwas Ähnlichem.«

»Oh, also von jemandem mit medizinischem Hintergrund«, schlussfolgerte Olympia.

»Nicht unbedingt.«

»Aber Carl, wer trägt denn sonst ein Skalpell mit sich spazieren? Und ich glaube kaum, dass eins einfach so auf Annette von Unglaubs Schreibtisch herumlag.«

Er machte eine vage Handbewegung. »Der Täter landete einen absolut tödlicher Herztreffer, was allerdings für einen Mediziner sprechen würde. Wobei er mehrfach auf die Herzgegend eingestochen hat. Was dagegenspricht.« Dann schickte er noch leise nach: »Es könnte auch ein Tapeziermesser gewesen sein«, und beließ es dabei, als wollte er Olympia nicht dazu verführen, weitere Spekulationen über den Beruf des Mörders anzustellen.

Sie griff sich unwillkürlich an die Brust und verzog das Gesicht, machte sich dann aber daran, ihrer Informationspflicht nachzukommen. »Dass die Ehe der von Unglaubs womöglich mit zahlreichen Affären garniert war, dürfte euch, der Kripo, ja nicht fremd sein, oder?« Sie pickte ein Stück Ziegenkäse aus dem Salat, der gerade zusammen mit den Bratwürsten serviert worden war.

Schlagartig nahm Carls Gesicht Farbe an. »Du spielst aber nicht schon wieder Detektivin? Olympia?«

»Was denkst du nur von mir!« Sie tat empört. »Ich bin doch nur die Putzfrau.«

»Das sagst du irgendwie immer.«

»Aber diesmal wasche ich meine Hände wirklich in Unschuld. Wenn mir jedoch zufällig eine Story aus dem Leben der von Unglaubs zu Ohren kommt, sperre ich Letztere natürlich auf. Du weißt doch, eine Putzfrau ist für andere oft so gut wie unsichtbar, weshalb sie deren Anwesenheit schon mal vergessen.«

»Und deine Ohren sind in dieser Beziehung natürlich besonders groß«, konnte Carl es sich nicht verkneifen.

Olympia malte mit dem auf die Gabel gespießten Käse einen kleinen Kreis in die Luft. »Tja, was ich wohl morgen dagegen machen werde? Ich würde mir meine Ohren ja wirklich gern zuhalten, aber ich brauche beide Hände, um Wickart von Unglaubs Gästen Champagner und Fingerfood zu servieren«, erwiderte sie süffisant und steckte sich den Käse in den Mund. Während Carl das Gesagte sortieren musste, erklärte sie kauend: »Er hat mich als Caterer für die morgige Gedenkfeier für seine Frau engagiert.« Ein ungläubiger Blick traf sie. »Was denn, Carl? Ich muss als Selbstständige schließlich schauen, wo ich bleibe.«

Sie nahm ihm seine Gabel aus der Hand, versenkte die Zinken

in einem Rostbratwürstchen und gab sie ihm so beladen zurück. Mit noch immer hochgezogenen Augenbrauen biss er zu.

»Du weißt doch bestimmt etwas über die Affären der beiden, oder?«, wollte Olympia dann auch noch wissen.

Er seufzte. »Darüber kannst du wahrscheinlich in jeder Klatschzeitschrift beim Friseur nachlesen. Das Leben und Lieben der von Unglaubs wurde in letzter Zeit derart in der Öffentlichkeit breitgetreten, dass sich mir der Verdacht aufdrängt, das illustre Ehepaar hätte die Gerüchte absichtlich gestreut, um im Gespräch zu bleiben. Die Views von Annette von Unglaubs Videos, mit denen sie ganz nebenbei Werbung für Anti-Aging- und Wellnessprodukte sowie für Diätdrinks gemacht hat, gingen durch die Decke«, fuhr er fort. »Wobei das Anpreisen der Drinks, die wie alle Diätprodukte natürlich wirkungslos bis gefährlich sind, ihren Gatten wenig gefreut haben dürfte, der in seinen Kursen, wie ich recherchiert habe, ein Abnehmen der ganz anderen Art propagiert.«

Olympia tat so, als würde sie ihn anhimmeln. »Ich bin wirklich sprachlos, was du schon herausgefunden hast.«

»Ich bin Polizist, schon vergessen? Das ist meine Arbeit.«

»Bei mir steht, was die von Unglaubs betrifft, Leidenschaft ganz oben auf der Mordmotivliste«, meinte Olympia daraufhin.

»Leidenschaft ist immer ein starkes Motiv«, stimmte Carl ihr zu, »aber bei den von Unglaubs gibt es mittlerweile so viele Verdächtige und mögliche Motive, von Eifersucht bis Neid, dass wir davon ausgehen, dass viele, viele Stunden Ermittlungsarbeit vor uns liegen.« Er legte seine Hand auf ihre freie linke. »Aber weißt du was, Olympia? Eigentlich möchte ich jetzt gar nicht mehr über die tote Selbstbewusstseinstrainerin reden. Eigentlich würde ich jetzt am liebsten mit dir nach Hause gehen und kuscheln und so, aber ich fürchte, selbst dafür bin ich zu müde.«

Olympia gab ihm einen Kuss. Kuscheln und besonders das »und so« hätten ihr auch schrecklich gut gefallen, aber beides musste wohl oder übel vertagt werden.

Außerdem hatte auch sie einen anstrengenden Tag vor sich und vor allem eine anstrengende Nacht, in der sie sich dem – sofern nicht bereits vorbereiteten und kalt gestellten – Fingerfood für morgen widmen musste. Als sie wenig später allein nach Hause ging, ließ sie der Gedanke nicht mehr los, dass Wickart von Unglaub die Gedenkfeier womöglich einzig und allein für die Presse inszenierte.

Alles in Schwarz

Fünf Uhr dreißig. Viel zu früh. Es ist nur die Nachbarskatze, nur die Katze, dachte Wickart und drehte sich unwillig auf die andere Seite. Seine Hand, die sich nach Annette ausstreckte, griff ins Leere. Noch immer hatte er sich nicht daran gewöhnt, dass sie nur noch selten das Bett miteinander teilten. Und der Stich, der ihm nun in sein Herz fuhr, war umso heftiger, als ihm bewusst wurde, dass seine Frau nie mehr unter seine Bettdecke kommen würde.

Langsam öffnete er die Augen und schreckte hoch. Da stand jemand direkt vor dem Fenster! Er kniff die Augen zusammen. Eindeutig, er wurde beobachtet. Entschlossen warf er die Bettdecke zurück und ging barfuß näher an die Terrassentür. Doch wer immer da draußen gewesen war, huschte eilig auf und davon.

Wickart suchte nach der Fernbedienung für die halb heruntergelassene Jalousie. Als sie endlich hochgefahren war und er die Terrassentür aufgerissen hatte, fand er am Boden ein schwarzes Bündel. Mit spitzen Fingern nahm er ein Hemd hoch. Anscheinend hatte ihm jemand ein sichtlich frisch gebügeltes schwarzes Hemd hinterlassen. Und eine Stoffhose sowie ein Jackett, beides in Schwarz, wie auch die Krawatte. Er betrachtete die Etiketts an Hemd, Jackett und Hose. Sogar die Größen stimmten! Fehlten nur noch Socken, Schuhe und

Unterwäsche, und er hätte damit bekleidet auf eine Beerdigung gehen können. Auf Annettes Beerdigung.

Bewegende Abschiedsszenen

Annikki machte ein Gesicht wie drei Tage Regenwetter. Sie fühlte sich sichtlich unwohl, obwohl sie seinerzeit an der Entscheidung über die Kleidung des Catering-Services beteiligt gewesen war. Jetzt trugen sie und Olympia knielange nachtblaue Kleider und hellblaue Vorbinder mit dem aufgestickten hellrosafarbenen Logo »Catering – Moustakas« auf dem Brustteil. Aber es lag auch weder an dem Kleid noch an den blickdichten Nylonstrumpfhosen, dass es ihr nicht gut ging. Auch nicht daran, dass ihr schöner Sonntag futsch war. Es lag daran, dass das Institut ihr nicht behagte.

»Wie kann dem von Unglaub nur an dem Ort, an dem seine Frau ermordet wurde, eine Feier machen?«, wunderte sie sich zum wiederholten Mal. »Das ist doch pervers!«

»Pst, Annikki, die ersten Gäste trudeln ein.« Olympia schaute auf die Uhr: Es war zehn vor elf.

Die Champagnerflaschen waren entkorkt, das Fingerfood stand bereit: Crostini mit Zitronenpfeffer-Frischkäse, Feigen-Manchego-Spieße, gebeizter Lachs mit Himbeer-Vinaigrette, gewürzte Garnelen-Mango-Röllchen in schwarzem Sesammantel, Gläschen mit kalter Melonensuppe, Rosmarinstängchen und Minikäsebrezen.

Die Zubereitung der Köstlichkeiten hatte sich nach dem Treffen mit Carl zu einer Nachtaktion ausgewachsen, die bis in die Morgenstunden gedauert hatte. Ohne Annikkis Mithilfe wäre Olympia verloren gewesen.

»Es ist trotzdem pervers«, presste Annikki zwischen zusammengebissenen Zähnen hindurch.

Wickart von Unglaub hatte die Damen des Caterings vor

einer knappen Stunde liebenswürdig begrüßt und segelte nun zwischen Institutseingang und Seminarraum hin und her, um seine Gäste mit aufgesetzt wirkendem Charme zu empfangen.

Um ein Haar hätte Olympia Sabea Hillendorf begrüßt, die eine der Ersten war. Sie trug ein kamelfarbenes schlichtes Leinenkleid und schnörkellose Ledersandalen. Selbstbewusst durchschritt sie die Räumlichkeiten und schien dabei zu überprüfen, ob die Tischdecken auch faltenlos und die Champagnergläser sauber waren.

Vom Witwer hatte Olympia erfahren, dass das Büro der Toten heute verschlossen bleiben würde. Olympia konnte sich nicht entscheiden, ob sie den quer an der Tür angebrachten schwarzen Trauerflor angemessen oder geschmacklos fand. Die Vorstellung, der eine oder andere Gast könnte im Verlauf des Vormittags Selfies vor der Tür machen, hinter der ein Mord begangen worden war, stieß sie ab. Aber bestimmt lagen solche Ideen dem erlesenen Kreis der geladenen Gäste fern, schließlich waren sie keine Normalos, die von jedem Mückenschiss ein Foto brauchten. Was die Medienleute betraf, war sie sich nicht ganz so sicher.

Drei überschaubare Kamerateams warteten noch auf ihren Einsatz, während die Pressefotografen sich schon einschossen. Aus dem Handgelenk machten sie hier und da ein Bild. Zwei Damen hielten Wickart von Unglaub ein Aufnahmegerät vors Gesicht, um ihn zu interviewen.

»Wenn ich morgen in den Zeitung bin, falle ich vor Scham in Ohnmacht!«, maulte Annikki weiter.

»Ach was. Solange du dein Kleid anbehältst, hast du nichts zu befürchten.« Olympia gab ihrer Freundin einen sanften Stoß in die Rippen. »Siehst du den Mann, der gerade hereinkommt? Sag, woher kenne ich den?«

Sportlicher Körper, sonnenverwöhnter Teint, schneeweiße Haare, dazu ein makelloser grauer Anzug.

»Bestimmt von Youtube«, klärte Annikki sie auf. »Annette von Unglaub hat ihm mal in einem ihrer Videos als weltbesten Schönheitschirurgen vorgestellt.«

Aha, dachte Olympia. Anscheinend hatte auch die Finnin den Kanal der Toten abonniert. »Du meinst, Frau von Unglaub hat öffentlich zugegeben, dass sie sich einer Schönheitsoperation unterzogen hat?«, hakte Olympia nach, weil sie von Lea Gegenteiliges vernommen hatte.

»An seinem Body etwas machen zu lassen gehört doch heute fast dazu, wenn man ein Promi ist.« Annikki guckte sie an, als zweifelte sie an ihrem Verstand. »Schließlich kann man seine Schönheit nicht nur Photoshop überlassen. Aber von etwaigen OPs an sich selbst hat dem Annette von Unglaub in dem Video kein Wort gesagt, sondern nur den Schönheitsarzt empfohlen.«

Olympia sah sich den Mann, dessen Alter sie nur sehr schwer schätzen konnte, näher an und stutzte. Die schneeweißen Haare wollten einfach nicht zu den babypopoglatten Wangen und der starren Mimik passen. Ließ er bei sich etwa einen Kollegen ran? »Mein Zahnarzt käme wohl eher nicht zu meiner Beerdigung«, stellte sie abschließend fest.

Wenige Minuten später schritten drei Herren zwischen fünfundzwanzig und fünfundfünfzig in schwarzen Anzügen und mit pietätvoller Miene in den Seminarraum. Sie hätten drei Tenöre, aber auch drei Sargträger sein können.

Der Institutsleiter, der sein Interview beendet und sich mit einem Glas Champagner kurz zu Olympia gesellt hatte, verzog verächtlich das Gesicht. »Die sind sie ja, die Schleicher. Als hätten sie sich verabredet.«

Obwohl sie sich selbst dazu verdonnert hatte, nicht zu aufdringlich zu gucken, zu horchen oder zu fragen, rutschte Olympia nun doch eine Frage heraus: »Was sind denn Schleicher?«

Wickart von Unglaub nahm einen Schluck. »Nun, es gab schon immer die stillen Verehrer meiner Frau, die aufdringlichen Fans, ihre Geliebten und die Schleicher. Letztere nenne ich so, weil sie um sie wie geile Kater um eine Katze herumgeschlichen sind. Die Schleicher hätten ihr die Füße abgeleckt, nur um bei ihr zum Zug zu kommen. Aber sobald sie ihres

Geschleimes überdrüssig war, hat Annette ihnen einen Tritt verpasst. Ich habe sie eingeladen, damit sie nicht dem Irrtum aufsitzen, sie wären für sie etwas Besonderes gewesen.«

Olympia nickte. Da taten sich ja Abgründe auf. Jetzt hätte auch sie gut und gern ein Schlückchen Champagner vertragen können.

Die vier sehr lauten Frauen, die nun hereinflatterten, hatten ganz offensichtlich schon vorab ein paar Schlückchen gebechert. Nacheinander warfen sie sich dem Witwer an den Hals, lachten, kicherten und vergossen alibimäßige Krokodilstränen. »Du weißt, Wickart, Annette war unsere liebste Freundin!«

»Hallo, ihr Unwiderstehlichen«, entgegnete Wickart ebenso überschwänglich. »Ich weiß, sie hat euch auch von ganzem Herzen ge…«, er legte eine vielsagende Kunstpause ein, »…liebt!«

Die vier Grazien sprachen schon dem Champagner zu, da grüßte ein Herr weit über sechzig Wickart mit einem stillen Kopfnicken. Olympia fiel auf, dass er eine Flasche Single-Malt-Whisky samt Glas in den Händen hatte. Er schien wohl kein Freund von Kribbelwasser zu sein.

Nach und nach trudelten immer mehr sehr gut gekleidete Personen ein. Die meisten gaben sich äußerst zurückhaltend und hielten sich eher abseits, sichtlich nicht darauf erpicht, ins Blitzlichtgewitter zu geraten oder gar vor der Presse über ihr Verhältnis zu der Verblichenen plaudern zu müssen.

Dann aber betrat ein Gast den Raum, bei dessen Anblick Olympia eiskalt ums Herz wurde. Er war noch keine fünfundzwanzig, bestimmt nicht, wenn er denn überhaupt schon die zwanzig erreicht hatte. Und er war einfach nur bildschön. Obwohl seine Augen vom Weinen gerötet waren, war deren magisches Blau nicht zu übersehen. Und als er immer wieder in ein Taschentuch schluchzte, fiel ihm sein rehbraunes Haar sanft ins Gesicht. Wenn ein Mensch im Raum Annette von Unglaub wirklich geliebt hatte, dann er, dessen war sich Olympia sicher. Und hätte sich ein Bein dafür ausgerissen, seinen Namen zu erfahren. Gleich morgen würde sie sich alle neuen Zeitschriften und Zeitungen besorgen und im Internet recherchieren. Aber … warum warten? Waren ihre detektivischen Fähigkeiten denn schon so eingerostet?

Aber halt, Mist, sie wollte ja nicht mehr herumschnüffeln. Doch sofern nicht einer der anderen Gäste ein eingeschleuster Mann von der Kripo war, woher, außer von ihr, sollten Carl und seine Mordkommission dann von diesem unglaublich spannenden Auflauf aus Menschen aller Couleur erfahren?

Die Reporterinnen waren gerade mit Interviews beschäftigt, aber an einen der Fotografen, der still das Geschehen beobachtete und hie und da scheinbar um Unauffälligkeit bemüht seine Kamera hob, wagte Olympia sich heran. Er trug gammelige Jeans und ein schwarzes Hemd.

»Olympia Moustakas«, stellte sie sich vor.

»Mikka Welff, BILD Nürnberg.«

»Wissen Sie, wer dieser junge Mann da ist?«, fragte Olympia und deutete mit einem Kopfnicken Richtung Jungspund. Was sollte sie auch lange um den heißen Brei herumreden?

»Ihr Fitnesstrainer«, meinte Welff lapidar.

Sie krauste die Stirn. Der Jüngling entsprach nun rein gar nicht dem Bild, das sie von einem Sportler hatte. Dann bemerkte sie Mikka Welffs breites Grinsen.

»Ach so!«

»Genau. Ihr aktueller Lover«, wurde der Fotograf deutlicher. »Wobei ihre Liebhaber von Jahr zu Jahr jünger wurden.« Damit ließ er Olympia stehen, schlich sich von hinten an den jungen Mann heran und umrundete ihn dann, wobei er aus der Hüfte ein Foto von ihm machte.

Sehr praktisch, dachte Olympia. So würde sie morgen auch dessen Namen erfahren.

Die vier lauten Freundinnen von Annette von Unglaub hatten sich derweil ihre eigene Flasche Schampus geschnappt und gossen sich nach, als handelte es sich um Zitronenlimonade. Entsprechend ungeniert und unüberhörbar war ihre Unterhaltung. Hauptsächlich ließen sie sich über die Verstorbene aus, die dabei nicht gut wegkam. An Stelle des Witwers hätte

Olympia die unverschämten Grazien schon längst an die Luft gesetzt. Nun wusste sie, wie sich Fremdschämen anfühlte.

»Wenn man mal den Zenit überschritten hat, sollte man sich wirklich nicht mehr ständig und überall im Bikini räkeln«, röhrte eine der vier im schwarzen Kostüm mit Hütchen mit Minischleier. Ein Aufzug, mit dem sie wohl weniger der Toten Respekt zollen als vielmehr Aufsehen erregen wollte. »Es sei denn, man heißt Sylvie Meis.«

»Aber ist die nicht auch schon über vierzig?«, lallte eine andere der Gruppe im hautengen tomatenroten Kleid.

»Schon, aber die hat immerhin kein verlebtes Gesicht vom Herumhuren!«

Olympia zuckte zusammen. Das Getratsche wurde mit jeder Minute schlimmer. Doch Wickart von Unglaub schien die Lästerschwestern zu ignorieren. Oder amüsierte er sich sogar über deren Show? Was hatte er nur für seltsame und schreckliche Gäste eingeladen? War diese Veranstaltung vielleicht eine stille Rache an seiner Frau?

Doch wider Erwarten war der Höhepunkt der Feier noch längst nicht erreicht. Wenig später beobachtete Olympia, wie ein Mann im Alter des Witwers mit wutverzerrtem Gesicht direkt auf diesen zumarschierte.

»Du hattest sie gar nicht verdient!«, schrie der Mann so laut, dass es alle Anwesenden hörten.

Olympia war sich sicher: Gleich würden Fäuste fliegen! Ihre Nackenmuskeln spannten sich an, doch Wickart von Unglaub hatte sich unter Kontrolle und blieb gelassen.

»Ich nehme nur an dieser Farce teil, damit ich einschreiten kann, solltest du auch nur ein schlechtes Wort in der Öffentlichkeit über Annette sagen«, tobte der Mann. Sein Haar war schütter, sein Gesicht von tiefen Falten gezeichnet. »Denn eins ist sicher: Geliebt hast du sie nicht.«

Ohne sich dessen bewusst zu sein, griff Olympia nun doch nach einem von Annikki bereits gefüllten Champagnerglas und nahm einen großen Schluck.

Für mehrere Momente war es mucksmäuschenstill. Dann

musste Olympia leise aufstoßen. Der Jüngling schluchzte wieder. Fotoapparate klickten.

Wie in einem inszenierten Theaterstück durchmaß jetzt noch eine Frau in einem wallenden Kleid mit regenbogenfarbenem Batikmuster, das auch dem Kleiderschrank der Toten hätte entnommen sein können, den Saal und schob sich forsch zwischen den aufgebrachten Mann und Wickart von Unglaub. Sie schlang die Arme um den Coach, wobei ihre Holzarmreifen wie Kastagnetten klapperten. Um Sekunden zeitversetzt nahm Olympia ihren Duft nach Moschus wahr.

»Es tut mir so leid, mein Armer!«, rief die Frau theatralisch wie auf einer riesigen Bühne. »Wie musst du leiden.«

Olympia konnte nicht anders. Sie nahm erneut einen Schluck. Sollte jemals jemand sagen, der Job einer Putzfrau oder eines Caterers sei fad und öde, würde sie ihm wünschen, er hätte die letzte Stunde miterlebt.

Der angriffslustige Mann – ein weiterer aktueller Liebhaber oder ein Ex?, überlegte Olympia – zog sich tatsächlich zurück, blieb aber breitbeinig in der Nähe des Mikrofons stehen, wo der Witwer bald seine bereits erwartete Rede halten sollte. Doch momentan wurde er noch mit einer solchen Hingabe von dem bunten Schmetterling abgebusselt, dass Olympia eine leichte Röte in die Wangen stieg.

Spontan schob sich Hausmeister Willy in ihre Gedanken. Die Hippiefrau konnte eigentlich nur Wickart von Unglaubs Gspusi sein, die Künstlerin.

Ganz leicht schüttelte Olympia den Kopf. Kein Wunder, dass die von Unglaubs so populär geworden waren. Langweiler sahen definitiv anders aus.

Last, but not least gesellte sich zu Wickart ein weiterer Mann, der ihn von der stürmischen Küsserin befreite. Er war etwa Ende dreißig und sah mit seinem aufgeknöpften Jackett zur Jeans äußerst lässig aus. Nachdem das erledigt war, trat er selbstbewusst ans Mikrofon.

Die Blicke der Gäste mussten unwillkürlich zwischen ihm und der übergroßen gerahmten Fotografie von Annette von

Unglaub, an der ebenfalls ein Trauerflor befestigt worden war, hin- und herschweifen. Das Brustbild war eindeutig zu hoch an der Wand angebracht worden, sodass die Betrachter gezwungen wurden, zu ihm aufzublicken. Die tote Chefin des Instituts schien auf die Anwesenden eine Spur zu überheblich hinabzusehen.

Olympia vertiefte sich in den Anblick. Das zum Zeitpunkt der Aufnahme rabenschwarz gefärbte lange Haar fiel Annette von Unglaub wie ein Wasserfall über die Schultern, die riesigen Creolen waren das i-Tüpfelchen. Bis zum Kinn schien die Abgebildete in einer Wolke aus giftgrünem Tüll zu stecken. Sie trug unübersehbar falsche Wimpern und tiefroten Lippenstift. Für Olympia stand fest, dass der für die Fotoauswahl Verantwortliche kein sehr glückliches Händchen bewiesen hatte. Aber vielleicht hätte seine Wahl der Verstorbenen sogar gefallen – nach allem, was Olympia bisher über sie wusste, schien sie Verkleidungen geliebt zu haben.

Schweigen senkte sich über den Raum.

»Es ist nie der richtige Zeitpunkt«, begann der Mann, ruhig zu sprechen. »Es ist nie der richtige Tag. Es ist nie alles gesagt worden. Es ist immer zu früh.« Er ließ eine kurze Pause, bevor er fortfuhr: »Werte trauernde Anwesende, Wickart und ich danken jedem von euch für sein Kommen. Wir sind uns sicher, es wäre Annettes ausdrücklicher Wunsch gewesen, dass wir, die Menschen, die sie innig geliebt haben, uns heute hier an dem Ort versammeln, an dem ihre steile Karriere begann und an dem sie so vielen Männern und vor allem Frauen wieder Lebensmut und Selbstvertrauen geschenkt hat. Aber was rede ich lange, ihr wisst es selbst am besten: Annette war wundervoll und einzigartig – wir werden sie immer in unseren Herzen tragen.«

Die Lästerschwestern brachen geräuschvoll in Tränen aus.

Olympia gönnte sich einen weiteren Schluck.

»Bezaubernde Annette«, sprach der Mann weiter, »fühle dich an dem himmlischen Ort, an dem du gerade sein magst, vereint mit uns. Du bist uns nur vorausgegangen. Wir werden dich, deinen Zauber und deinen Glamour nie vergessen.«

Der blauäugige Jüngling weinte. Die Schleicher schluckten. Selbst Annikki schnäuzte sich jetzt lautstark.

»Und so lasst uns nun die Gläser heben und unsere geliebte Freundin mit einem gemeinsamen Austausch von Erinnerungen nochmals aufleben! Annette, wir lieben dich!«

Und wie einstudiert antwortete die Menge: »Annette, wir lieben dich!«

Olympia hatte ihren Blick währenddessen nicht vom Witwer abgewandt. Wickart von Unglaub war als Einziger stumm geblieben. Und machte keine Anstalten, ebenfalls das Wort an die Versammelten zu richten.

Nach einer weiteren Stunde war der Spuk schließlich vorbei. Die Lover, Schleicher, Lästerschwestern, der Whiskytrinker, Annettes Manager, der die Rede gehalten hatte, die Presseleute, der Wüterich, der gebatikte Schmetterling, sogar der Institutsleiter selbst – alle hatten sich überraschend schnell verflüchtigt. Ein ausführliches Auflebenlassen von Erinnerungen und Gefühlen in Zusammenhang mit der Toten hatte anscheinend nicht auf ihrem Programm gestanden.

Gemeinsam mit Annikki begann Olympia aufzuräumen. Was war das nur für eine absurde Feier gewesen! Aber was ihr wirklich Kopfschmerzen bereitete: Nicht nur schien es so, als hätte bis auf die zwei untröstlichen Liebhaber Annette von Unglaubs niemand aufrichtig um sie getrauert. Auch lag die Möglichkeit nahe, dass ihr Mörder eben noch mit seinem Glas Champagner auf ihre Reise in eine neue Dimension angestoßen hatte.

Die Party ist aus!

Geschafft! Als Belohnung schob Olympia sich ein übrig gebliebenes Crostino in den Mund, das immer noch köstlich schmeckte, wie sie erfreut feststellte. Doch dann hörte sie schlagartig auf zu knuspern. Und die Locken standen ihr zu Berge.

Aus dem Büro der Toten drangen Geräusche. Jemand schien Schubladen auf- und zuzuziehen, Schranktüren zu öffnen und wieder zuzuknallen. Und nun hörte derjenige auch noch den Anrufbeantworter ab. Auf dem noch immer Wickart und die Arzthelferin des Schönheitschirurgen zu hören waren.

Olympia wurmte es, Annikki schon in den Sonntag geschickt zu haben, weil sie sich den Rest des Tages erholen sollte.

Jetzt stand sie vor dem Büro und knetete nervös ihre Hände. Sie fühlte sich, als würde sie bis zum Bauch im Meer stehen. Unsicher, ob sie sich ins kalte Wasser werfen oder noch eine Ewigkeit so rumstehen sollte, bevor sie sich letztendlich doch überwand und in die Fluten tauchte.

Aber Olympia war immer schon der entschlussfreudige Typ gewesen, also sprang sie ins metaphorische kühle Nass und riss die Bürotür mit dem Trauerflor auf.

Sabea Hillmann ließ vor Schreck die goldenen Creolen fallen, die sie in dem Moment aus einer Schreibtischschublade genommen und sich an die Ohren gehalten hatte. Lose Papiere segelten zu Boden.

»Die Party ist aus!«, rief Olympia, erleichtert darüber, dass ihr loses Mundwerk noch funktionierte.

Diese Frau war wirklich penetrant. Ganz gleich, ob sie mit den von Unglaubs befreundet war, Olympia konnte sich nicht vorstellen, dass es im Sinne der sehr eigenen Institutschefin gewesen wäre, dass sie in ihren Privatsachen herumwühlte und sich auch noch an ihrem Schmuck bediente.

Die Freundin des Ehepaars grapschte nach den Ohrringen, um sie schnell in die Schublade zurückzulegen. Dann setzte sie wieder diesen Blick auf, der alles zu erfassen schien, nur die niedrig gestellte Putzfrau oder den Caterer übersah.

Aber da war sie mit Olympia genau an die Richtige geraten. Durch den Schlafmangel, die Gedenkfeier und das zirkusartige Drumherum emotional aufgeladen platzte der der Kragen. »Sagen Sie mal, was glauben Sie eigentlich, wer Sie sind? Seit gestern schleichen Sie durch das Institut und um mich herum und halten es nicht einmal für nötig, sich vorzustellen. Ich bin immerhin von Herrn von Unglaub mit dem Catering beauftragt worden, kein Grund, mich wie Luft zu behandeln!« Sie atmete durch. Das hatte gutgetan!

Die Augen der Hillendorf wurden zu kleinen Knöpfen. Auf einmal wirkte sie traurig. »Sie haben recht. Aber ich war so angespannt wegen der Feier, und Annettes Tod macht mir trotzdem so schrecklich zu schaffen. Ich fürchte, da habe ich mich nicht ganz korrekt Ihnen gegenüber verhalten. Entschuldigen Sie bitte. Mein Name ist Sabea Hillendorf.«

»Olympia Moustakas. Warum trotzdem?«

Ihr Gegenüber legte den Kopf schräg, war um eine Antwort verlegen und hielt sich am Schreibtisch fest. Schließlich fragte sie doch: »Wie bitte?«

»Sie sagten, Ihnen würde der Tod von Annette von Unglaub trotzdem zu schaffen machen.«

Sabea Hillendorfs Gefühlswelt ging Olympia nun eigentlich wirklich überhaupt nichts an, aber diese schien von ihrem eigenen schlechten Benehmen so peinlich berührt, dass sie tatsächlich leise antwortete: »Er ist halt noch immer meine große Liebe.« Eine Träne stahl sich aus dem Augenwinkel und rann ihre Wange hinunter. Um abzulenken, langte sie hinter sich in ein Regal, in dem größtenteils Fachbücher standen, nahm dort aus einer Lücke ein großes Wasserglas, das mit sprudelnder gelblicher Flüssigkeit gefüllt war, und trank einen langen Schluck.

Olympia traute ihren Augen nicht. Das war Schampus, und die Hillendorf hatte ganz klar einen sitzen! »Sie meinen – Wickart?«

Überflüssige Frage, Olympia, schalt sie sich sofort. Vollkommen überflüssig!

Sie ging um den Schreibtisch herum und legte den Arm um Sabea Hillendorf. »Jetzt kommen Sie mal mit, das hier ist kein guter Ort für Sie. Wie sind Sie überhaupt hier reingekommen?«

»Generalschlüssel«, lallte sie ein bisschen und ließ sich willenlos wie eine Schlenkerpuppe in den Empfangsbereich führen. Dabei wischte sie sich mit einer Hand immer wieder Tränenbahnen von den Wangen, mit der anderen hielt sie krampfhaft das noch immer gut gefüllte Glas umfasst. Bei jedem dritten Schritt knickte sie trotz ihrer Sandalen mit niedrigem Absatz um.

Endlich ließen Olympia und sie sich einträchtig aufs Besuchersofa fallen, wo die Hillendorf das Glas gierig leerte.

Olympia tätschelte ihr die Hand. »Diese Männer«, sagte sie undurchsichtig.

»Der Wickart und ich, wir kennen uns seit dem Kindergarten. Waren in der Grundschule in einer Klasse und haben dasselbe Gymnasium besucht. Bis er und Annette nach Ebensee zogen, wohnten wir fast immer Haus an Haus. Aber Ebensee ist ein teures Pflaster, das kann ich mir nicht leisten.« Sie hob das leere Glas an die Lippen, stutzte und schaute verwundert auf dessen Grund.

»Sie sind ihm bei jedem Umzug gefolgt?«, fragte Olympia nach. Das musste wirklich Liebe sein!

Sabea Hillendorf nickte heftig. »Ich würde alles für ihn tun.«

Olympia bekam einen trockenen Hals. Wirklich alles?

»Nicht, dass Sie jetzt denken, ich wäre eine alte Jungfer. Ich hatte auch Männer, vor Jahren mal, aber keiner von denen konnte mir das geben, was Wickart mir gibt. Nicht mal der Sex mit ihnen war gut.«

»Und Sie haben ihm nie gesagt, dass Sie ihn lieben?«

Sabea Hillendorf schoss hoch, plumpste aber sogleich wieder in die Polster zurück. »Aber nein!«

»Und er hat nie etwas gemerkt, obwohl Sie sich so lange kennen?« Olympia unterdrückte ein verblüfftes Kopfschütteln. Manchmal schienen Mann und Frau wirklich auf unterschiedlichen Planeten zu leben. Aber wie die beiden miteinander umgingen, war nicht ihre Sache. Und trotzdem interessierte es sie.

War es Wickart von Unglaub denn nie komisch vorgekommen, dass seine Freundin Sabea schon so lange keinen Partner hatte? Wahrscheinlich war sie einfach praktisch für ihn. Immer da, wenn er sie brauchte. Wie jetzt. Noch dazu würde sie sich in die Pegnitz oder vom Sinwellturm stürzen, wenn er es wollte. Für ihre Gefühle schien er sich nicht zu interessieren. Nach außen hin hatte der selbstherrliche Coach ein Herz für alle. Aber die Frau, die ihn über alles liebte, ließ er nicht an sich ran. So stellte Olympia sich das jedenfalls vor.

»Aber der Wickart und ich, wir haben ein groooßes Geheimnis«, giggelte Sabea Hillendorf jetzt, presste die Lippen zusammen und fuhr mit dem Zeigefinger einmal daran entlang, als würde sie einen Reißverschluss zuziehen. »Aber darüber schweige ich wie ein Grab.«

Die Halbgriechin nickte verständnisvoll, während sie überlegte, wie sie ihr Gegenüber doch noch zum Reden bringen könnte. Das bedurfte feinen Fingerspitzengefühls. Doch bis Olympia eine raffinierte Frage im Kopf formuliert hatte, erklang neben ihr bereits leises Schnarchen.

Sie blickte Sabea Hillendorf an. Eine kindliche Zufriedenheit sprach aus ihren entspannten Gesichtszügen. Und dennoch kam sie als Mörderin in Frage.

Ein ganz furchtbarer Verdacht

Die selig schlummernde Liebende hatte sich wie ein großes Pelztier zum Winterschlaf in seinem Bau zusammengerollt.

Olympia gab Schnalz-Weck-Laute von sich und stupste sie vorsichtig an der Schulter.

»Weg, weg«, murmelte Sabea Hillendorf und lächelte im Halbschlaf.

Ob sie wohl von ihrem Wickart träumte? Was für eine arme Seele sie doch ist, dachte Olympia und fühlte sogar so etwas wie Mitleid. Trotzdem hatte die Frau ihrer Meinung nach einen Schuss.

Was sollte sie jetzt machen? Sie konnte die Hillendorf doch unmöglich auf dem Sofa liegen lassen und einfach die Tür zum

Institut hinter sich zuziehen, oder vielleicht doch? Sie dachte schnell darüber nach. Nein, das brächte sie nicht übers Herz.

Also sah sie sich in der Hoffnung, Sabea Hillendorf würde nur ein kurzes Nickerchen halten, noch einmal in der Cafeteria und im Seminarraum um, wo alles in Ordnung war. Sie löschte die Lichter und warf noch einmal einen Blick ins Büro der Toten. Sie wollte nur sicher sein, dass die Hillendorf keine Unordnung oder verdächtig geöffnete Schubladen hinterlassen hatte, denn nachher hieß es dann wieder: Das war die Putzfrau!

Aber auch in dem Büro sah alles okay aus. Ob die Frau wieder an etwaigen Kleidungsstücken geschnüffelt oder diesmal Annette von Unglaubs Kugelschreiber liebkost hatte, konnte Olympia nur schwer nachprüfen. Aber da waren ja noch die Papiere, die vorhin bei ihrem zackigen Einritt zu Boden gesegelt waren. Olympia betrat den Raum, ging in die Hocke, las unwillkürlich quer – und ihr Herz blieb stehen! Und schlug daraufhin dreifach so schnell wie vorher weiter. Achill Moustakas? Eine zufällige Namensgleichheit war auszuschließen, es musste sich um ihren Neffen handeln. Aber wieso stand, neben einigen Vermerken wie »sehr junge Stimme« und »dringendes Treffen«, der Name ihres Neffen auf dem Schmierzettel? Was hatte Achill in Annette von Unglaubs geschäftlichen Unterlagen zu suchen?

Bei genauerer Betrachtung schien es sich um eine handschriftliche Notiz über ein geführtes Telefongespräch zu handeln, in dem Annette von Unglaub einen persönlichen Termin mit Achill vereinbart hatte. Für Donnerstag. Den Tag, an dem sie umgebracht worden war.

Jetzt wollte Olympias Herz ihr fast aus der Catering-Uniform hüpfen. Fieberhaft suchte sie in den Zeilen nach der Uhrzeit. Da war sie. Sie hatten sich für einundzwanzig Uhr dreißig verabredet gehabt! Olympias Magen krampfte sich schmerzvoll zusammen.

Konnte das wirklich sein? Hatte Achill einen Termin bei der von Unglaub an dem Abend ihres Mordes gehabt?

Als ihre Beine nachgaben, ließ sie sich in den Bürostuhl

plumpsen. Ihre Gedanken rasten. Natürlich, Achill war wegen des Todes der Coachin völlig verzweifelt gewesen. Und schon da war Olympia der vage Verdacht gekommen, er könnte etwas mit ihr gehabt haben. Aber das war doch nur ein Hirngespinst gewesen. Ihr kleiner Achill und die unglaubliche von Unglaub – eine Affäre? Lachhaft!

Andererseits hatte sie von dem Fotografen erfahren, dass sich die Coachin von Jahr zu Jahr jüngere Männer in ihr Bett geholt hatte.

Aber Moment, wäre er um die Uhrzeit hier im Institut gewesen, hätte sie, Olympia, ihn doch sehen müssen, oder? Es sei denn, er war von ihr unbemerkt in Annette von Unglaubs Büro gehuscht. Sie kramte in ihren Erinnerungen. An dem Abend hatte doch die Abschlussveranstaltung von dem Seminar der Coachin mit Sekt und Pizza in der Cafeteria stattgefunden, deshalb war Olympia später als sonst zum Putzen einbestellt worden. Und anschließend hatte sie sie zum allerersten Mal persönlich angesprochen. Als Olympia fertig gewesen war, war es nach neun gewesen, vielleicht Viertel nach. Da war die von Unglaub schon weg gewesen, und sie selbst hatte mit Lea das Institut verlassen.

Was, wenn Achill die von Unglaub vor dem vereinbarten Termin abgeholt hatte und sie miteinander ausgegangen und später noch einmal ins Institut zurückgekehrt waren?

Olympia erinnerte sich an das Geräusch, das sie zu hören geglaubt hatte. Und das berühmte Gefühl eines Gefühls, das sie gespürt hatte. Wenn der Auslöser für beides nun Achill gewesen war, der sich vor ihr versteckt hatte?

Ja, nur so konnte es gewesen sein. Sie sah alles wie einen Film vor ihrem inneren Auge ablaufen: Der dumme Bub hatte ein heimliches Date mit der Frau gehabt, die er anhimmelte wie einen Popstar. Freudig nervös und gestylt hatte er das Institut betreten, wollte seinem Idol endlich hautnah begegnen und entdeckte stattdessen die den Boden wischende Putzfrau – seine Tante! Logisch, dass er sich in den nächstbesten Raum verkrümelt hatte.

Kurz darauf hatten Lea und sie Achill dann versehentlich eingeschlossen. Und dann? Hatte er Annette von Unglaub angerufen, damit sie ihn befreite? Hatten sie Sex gehabt? Oh, nein, nein, nein! Sofort löschte Olympia das Bild. Natürlich hatten sie *keinen* Sex gehabt. Auf gar keinen Fall! Schon die Möglichkeit verbot sie ihren Gedanken. Und nachträglich auch Achill.

Sie spulte den Film zurück. Also, die von Unglaub hatte ihn befreit – aber warum hätte er sie dann umbringen sollen?

Sie überlegte nur kurz, dann eliminierte sie auch diesen Gedanken umgehend.

Da hakte etwas. Wenn die von Unglaub einen Termin mit Achill im Institut gehabt hätte, warum hätte sie es dann vorher verlassen sollen?

Olympia konnte es drehen und wenden, wie sie wollte, aber das alles blieben Spekulationen. Sie würde das Rätsel nicht hier und jetzt lösen. Sie musste mit Achill sprechen, sofort. Sie hatte die Hand schon am Telefon, als sie sich eines Besseren besann: Noch viel besser wäre es, das Gespräch persönlich mit ihrem Neffen zu führen – von Angesicht zu Angesicht. Wenn er denn am frühen Sonntagnachmittag schon wach war.

Nun, der konnte sich auf etwas gefasst machen!

Ihr anderes Problem lag noch immer leise vor sich hin schnarchend auf dem Besuchersofa im Empfangsbereich des Instituts. Wobei das nun wirklich nicht ihr Problem sein sollte, schließlich war sie nicht der Grund für Sabea Hillendorfs beschwipsten Zustand. Sie beschloss, dessen wirklichen Urheber anzurufen. Wickart von Unglaub brauchte überraschend lang, bis er sich meldete.

»Herr von Unglaub, Sie müssten bitte kurz noch mal ins Institut kommen«, fiel Olympia mit der Tür ins Haus. »Frau Hillendorf geht es nicht gut.«

»Frau Moustakas? Du liebe Güte, was hat Sabea denn?« Und im selben Atemzug fügte er hinzu: »Ich kann im Moment nur leider ganz schlecht weg.«

»Was will denn die schon wieder?«, konnte Olympia im Hintergrund eine genervte Frauenstimme hören.

Hatte sie die beiden etwa bei einem Schäferstündchen gestört? Warum, fragte sie sich, dachte sie momentan bei den von Unglaubs eigentlich immer nur an Sex, als könnten die beziehungsweise er nichts anderes im Kopf oder sonst wo haben? Aber lag sie mit ihrer Einschätzung so falsch?

»Frau Hillendorf ist eingeschlafen«, sagte Olympia und war, als er ihr ins Wort fallen wollte, schneller. »Die Hitze und der Champagner haben ihr zugesetzt. Ich habe es nicht geschafft, sie zu wecken, und möchte sie in ihrem desolaten Zustand ungern allein im Institut zurücklassen.«

»Braucht sie etwa einen Krankenwagen?«, wiederholte er, was die Stimme im Hintergrund ihm zuvor souffliert hatte.

»Ich glaube nicht. Allerdings wird sie morgen mit Sicherheit einen riesigen Kater haben.«

»Ach, daran ist noch niemand gestorben«, krähte Wickart von Unglaubs Betthäschen.

»Feli, bitte«, sagte der Coach leise, bevor er sich wieder an Olympia wandte. »Ich schlage vor, Sie lassen sie einfach ausschlafen, die packt das schon.«

Na klar, lass dich bloß nicht bei deinem Tête-à-Tête stören, du Stinkstiefel, dachte Olympia grimmig. »Ich hätte aber kein gutes Gefühl dabei, sie einfach hier liegen zu lassen«, wagte sie einen Widerspruch. »Außerdem müsste jemand auch das Institut abschließen, wenn Frau Hillendorf es verlässt, und es ist fraglich, ob sie dazu später in der Lage ist, auch wenn sie einen Generalschlüssel hat.«

Eine Weile war es still – anscheinend fand eine Lagebesprechung statt. Hätte Olympia doch bloß Lea angerufen, aber sie hatte sie nach gestern nicht noch einmal am Wochenende stören wollen.

»Frau Moustakas«, meldete sich da von Unglaub wieder, »ich möchte Sie um einen riesigen Gefallen bitten.« Er tat zerknirscht und charmant und wirkte dabei irgendwie auch total lieb.

Und mit einem Mal verstand Olympia seine Notlage. »Wie kann ich Ihnen helfen?«, hörte sie sich sagen.

»Könnten Sie Sabea nicht in ein Taxi setzen und das Institut dann abschließen? Ja?« Er schien ihr Schweigen als Zustimmung zu werten. »Ach, Olympia, Sie sind ein Engel!«

Olympia, Sie sind ein Engel!

Und tatsächlich fühlte sie sich geschmeichelt, auch wenn ihr klar war, dass das Schlitzohr sie aufs Übelste manipuliert hatte.

»Bringen Sie mir die Taxiquittung bei nächster Gelegenheit einfach vorbei. Und, Olympia, Sie haben wirklich einen Wunsch bei mir frei!«

»Frau Hillendorf, hallo?« Eine Minute später rüttelte Olympia etwas kräftiger als noch zuvor an deren Arm.

»Schlafen, lassen Sie mich einfach schlafen«, murmelte sie und rollte sich noch mehr zusammen.

Olympia kratzte sich nachdenklich an der Nase. Allein kam sie hier nicht weiter, und vor allem bekam sie die Frau nicht vom Sofa runter. Dann hatte sie eine Idee. Sie würde Manne um Hilfe bitten. Ihm könnte sie sogar zumuten, mit ihr zusammen die betrunkene Hillendorf ins Taxi zu hieven.

Aber vorher wollte sie es doch wenigstens mal bei Achill probieren. Doch nur die Mailbox sprang an.

»Melde dich bei mir! Wir müssen uns sehen! Sofort!« Erst als sie aufgelegt hatte, wurde ihr bewusst, dass ihr Anruf ein bisschen nach Mafia-Geheimbundtreffen klang: Wir sehen uns in der alten Lagerhalle beim Hafen – und bring die Kohle mit, Salvatore!

Und mafiöse Rachegedanken gingen Olympia auch durchaus durch den Kopf, stellte sie sich ihren Neffen beim Sex mit der Selbstbewusstseinstrainerin vor.

Wirklich besser, sie vertrieb die Bilder, indem sie Manne anrief.

»Was ist denn das für ein Vögelchen?« Manne betrachtete das feingliedrige und knochige Bündel Mensch.

»Das ist die seit Jahrzehnten unglückliche Sandkastenliebe von Wickart von Unglaub«, erklärte ihm Olympia.

Als fühlte sie sich angesprochen, begann die Hillendorf leise und unverständlich zu brabbeln.

»Ach, geh zu! Da war wohl ein Gläschen zu viel im Spiel?« Manne machte eine eindeutige Handbewegung.

Olympia ging nicht weiter darauf ein. »Wie gesagt, die arme Frau liebt den Coach seit ihrer Kindheit, und der Trottel merkt nichts davon – oder will nichts merken. Für Gefälligkeiten ist sie ihm jedoch gut genug. Jemanden dazu zu bringen, etwas für ihn zu tun, das hat er drauf«, konnte sie aus inzwischen eigener Erfahrung bestätigen.

»Der Herr Witwer hat wohl keine Zeit, sich um sie zu kümmern, weil er gramgebeugt daheim sitzt und trauert?«, stellte Manne flapsig eine Hypothese auf.

»Nein«, flüsterte Olympia, damit die komatöse Sabea Hillendorf nicht doch zufällig hörte, was jetzt kam. »Ich glaube, er zerwühlt eher mit seiner Gespielin das Bett.«

Mannes Gesichtsausdruck sprach Bände.

»Von Hausmeister Willy weiß ich, dass der Institutsleiter eine Geliebte hat«, fuhr Olympia fort. »Eine ausgeflippte Person gänzlich ohne Stil. Ich durfte die Dame vorhin bei der Gedenkfeier bereits in Action erleben. Außerdem hat sie während meines Telefonats gerade eben mit Wickart von Unglaub ständig dazwischengefunkt. Eine unangenehme Trulla.«

»Felicity Amore«, sagte Manne. Und weil nun auch Olympias Miene Bände sprach, erklärte er sich: »Felicity Amore – die Frau kennt man doch! Ihr Name ist vor gut einem Jahr wie Phoenix aus der Asche aufgetaucht, und dann ist sie immer im Gespräch geblieben.« Er musterte sie kritisch. »Sag, Olympia, was Nürnbergs Klatsch und Tratsch betrifft, bist du nicht wirklich auf dem Laufenden, oder? Und ich dachte, du hast dich sogar gezielt über die von Unglaubs im Internet schlaugemacht?«

Olympia zuckte heftig mit den Schultern und bedeutete ihm weiterzuerzählen.

»Also, zuerst ist sie in der Presse aufgetaucht, weil sie ein Verhältnis mit Wickart von Unglaub haben sollte. Was Felicity

Amore natürlich vehement dementierte, was sie aber für die gemeine Öffentlichkeit nur umso interessanter machte.«

»Und woher weißt *du* so etwas?« Olympia schaute ihn grinsend an.

»Woher wohl, Schneggerla? Ich fahre Taxi und höre zu, wenn die Fahrgäste reden. Außerdem tauschen wir Kollegen uns darüber aus, wenn einer von uns mal wieder so einen Halbpromi gefahren hat.«

»Felicity Amore«, Olympia ließ sich den Namen auf der Zunge zergehen, »das klingt nach Puff oder Pornodarstellerin. Aber Willy meinte, Wickart von Unglaubs Geliebte sei Künstlerin.«

»Ist sie auch – sie malt erotisches Zeug, Akte und so, in Öl und Aquarell.«

»Nackte Sardinen in Öl? Ich krieg mich nicht mehr ein!« Olympia lachte, dass ihr die Tränen kamen. Sie ließ allen Emotionen freien Lauf, die sie den Vormittag über unterdrückt hatte. »Jetzt verstehe ich auch Willys Bemerkung, sie sei eine berühmt-*berüchtigte* Künstlerin«, meinte sie, als sie sich wieder etwas gefangen hatte. »Nun ja, warum auch nicht. Wem's gefällt.«

In dem Moment bäumte sich Sabea Hillendorf wie das wach geküsste Schneewittchen leicht auf, sank aber sofort wieder zurück und in einen unruhigen Schlummer.

»Entschuldige meine übertriebene Reaktion, Manne.« Olympia sah ihn bittend an. »Aber ich habe ein noch viel schwerwiegenderes Problem als die da«, sie deutete mit dem Kopf auf die Schlafende, »zu lösen. Aber davon erzähle ich dir später, jetzt muss erst mal die Hillendorf weggeschafft werden.« Und wieder dieser Unterwelt-Jargon. Schaff die Leiche weg, Luigi.

»Wo muss sie denn hin?«

»Mist, das habe ich den von Unglaub gar nicht gefragt.« Olympia dachte nach, was ihr in ihrem übermüdeten Zustand zunehmend schwerer fiel. »Wir müssen ihre Handtasche finden, bestimmt ist da ihr Ausweis oder ein anderes Dokument mit ihrer Adresse drin.«

Gemeinsam brachten sie Sabea Hillendorf auf dem Sofa in eine aufrechte Position, aber als Olympia sie losließ, um in den Büros der von Unglaubs nach der Handtasche zu suchen, kippte sie in Zeitlupe wieder um. Zum Glück fing Manne sie auf und kümmerte sich um sie.

Olympia kehrte mit einem kleinen schwarzen Rucksack zurück, den sie im Chefbüro gefunden hatte, und schwenkte triumphierend einen Ausweis. »Sie wohnt im Stadtteil Rennweg.«

»Na, dann pack mal mit an!«, forderte Manne sie auf.

Olympia hatte ihre Hände schon nach deren Beinen ausgestreckt, besann sich dann aber. »Meinst du, wir packen es, sie wie einen Mehlsack in den Fahrstuhl zu schleifen, ohne ihr wehzutun?«

»Logo!« Manne tätschelte der Schlafenden die Wangen. »Frau Hillendorf, auf geht's! Wir fahren jetzt a bisserla Taxi.«

Sie blinzelte.

»Ah, Sie leben ja!«, sagte Manne, als wäre das eine Leistung, und zog sie hoch.

Und tatsächlich, als Olympia die Hillendorf von der anderen Seite unter den Arm griff, gelang es ihnen, sich Schritt für Schritt zu dritt dem Treppenhaus nähern.

»Das Federgewicht hätte ich auch locker allein tragen können«, behauptete Manne. »Aber momentan habe ich's a wengerla im Kreuz.«

»Das passt schon so, Manne«, erwiderte Olympia. »Ich bin dir wirklich dankbar, dass du mir einmal mehr aus der Patsche hilfst.«

»Nach allem, was ich jetzt von dir weiß, wird mir der Wickart von Unglaub immer unsympathischer.« Manne keuchte vor Anstrengung.

»Wickart?«, murmelte darauf die Hillendorf. »Wo ist er denn? Wickart?«

Mannes Keuchen wurde zu einem Stöhnen. »Schön weiterlaufen, Frau Hillendorf, schön weiterlaufen.«

Kaum hatten sie die Frau mehr ins Taxi geschoben als gesetzt, kippte sie erneut um und schlief ein.

»Sollen wir sie nicht besser ins Krankenhaus fahren?«, grübelte Manne laut. »Ich mein, was, wenn sie eine Alkoholvergiftung hat? Glaubst du, sie hat sich nur wegen diesem Mannsbild so betrunken?«

»Ich denke, es war alles zusammen.« Olympia rekapitulierte: »Der Tod von Annette von Unglaub, dann die Gedenkfeier, und zu guter Letzt taucht auch noch die Geliebte von ihrer jahrelangen Liebe auf.«

Manne nickte und warf einen prüfenden Blick ins Innere seines Wagens, wo die Hillendorf selig vor sich hin schnarchte. »Wer hat die von Unglaub umgebracht, was meinst du?«, fragte er dann.

Olympia sah ihrem Freund an, dass er Bedenken hatte, sein Fahrgast könnte während der Fahrt ein Messer zücken. »Eine unerfüllte Liebe ist ein guter Nährboden für Hass«, bestätigte Olympia ihn in seinen Gedanken. »Vielleicht hat sie ja Annette von Unglaub die Schuld daran gegeben, dass es mit ihr und deren Mann nie etwas geworden ist.«

Manne öffnete die Taxitür und zupfte am Rocksaum der Schlafenden. »Frau Hillendorf! Was meinen Sie, sollen wir Sie nicht lieber ins Krankenhaus fahren? Vielleicht wäre es besser, wenn der Onkel Doktor mal einen Blick auf Sie wirft.«

»Sag mal, Manne, redest du immer so mit deinen Fahrgästen?«, fragte Olympia ihn amüsiert.

»Nur wenn sie besoffen sind.«

Und damit hatte er Erfolg. Das Wort »Krankenhaus« schien besser als ein doppelter Espresso auf Sabea Hillendorfs Organismus zu wirken. Sie stützte sich in die Senkrechte. »Kein Krankenhaus!« Krampfhaft hielt sie sich aufrecht. »Bringen Sie mich bitte heim.«

Olympia setzte sich neben sie, aber Sabea Hillendorf sagte kein weiteres Wort mehr, starrte nur stur aus dem Fenster. In der Mathildenstraße in Rennweg angekommen ließ sie sich von Olympia zur Haustür begleiten, aber nicht bis in ihre

Wohnung. Stumm drückte sie ihr dreißig Euro in die Hand, bevor sie im Hausinneren verschwand.

»Unter Alkoholeinfluss war sie gesprächiger«, stellte Olympia fest, als sie Manne das Geld reichte.

Tätowierte Rockerbraut

Manne hatte lange schweigend zugeschaut. Aber als das gereizte Klopfen mit den Fingern zum einem lauten Trommelstakkato ausuferte, wagte er doch eine Bemerkung: »Noch a bisserla stärker, und ich habe Löcher im Armaturenbrett.«

Schuldbewusst legte Olympia ihre Hände in den Schoß. Dafür begann sie nun, nervös hin und her zu rutschen, und entdeckte dabei einen kleinen Regenschirm auf dem Rücksitz. »Wenn dir nicht der Regenschirm auf dem Rücksitz gehört, ist er Frau Hillendorf aus dem Rucksack gefallen.«

»Ich habe keinen Knirps. Soll ich umdrehen?«

»Ach was, ich gebe ihn im Institut ab – oder gleich ihrem Angebeteten.« Und damit zappelte Olympia weiterhin auf dem Beifahrersitz herum, als hätte sie die berühmten Hummeln im Hintern. Dann endlich nahm sie ihr Handy und versuchte es erneut bei Achill. Diesmal ging er ran. Sie hatte ihn geweckt.

»Ich will, dass du auf der Stelle in meiner Wohnung erscheinst! Du brauchst dich weder in Schale zu schmeißen noch Rouge aufzulegen.« Sie war so was von sauer, was sie ihren Neffen auch spüren ließ.

Sogar Manne zog den Kopf ein, als er den Blinker setzte, um in die Bayreuther Straße abzubiegen. »Was hat der Bou denn angestellt?«

»Ich hoffe, nichts.« Sie unterbrach sich selbst und holte tief Luft. »Ich hoffe, er hatte mit Annette von Unglaub kein Verhältnis.«

Der Taxerer gab einen verblüfften Laut von sich.

»Ich habe herausgefunden, dass mein Neffe in der Mordnacht einen Termin mit ihr hatte. Durch einen reinen Zufall, aber dafür habe ich es schwarz auf weiß vor mir gesehen.«

»Unser Achill und die von Unglaub? Die war doch viel zu alt für ihn.«

»Aber er nicht zu jung für sie! Wie ich heute während der Gedenkfeier erfahren habe, vergnügte sich die Lady mit Bübchen, die gerade der Zahnspange entwachsen waren.«

»Na sauber!«, machte Manne.

»Na sauber – genau! Wahrscheinlich hat sie meinen kleinen Achill in ihr Spinnennetz gelockt.« Was Olympia natürlich nur befürchtete. Vielleicht hatten die von Unglaub und er auch nur Tipps unter Youtubern ausgetauscht.

»Hm, ach geh« war alles, was Manne dazu zu sagen hatte. Und: »Und ich dachte, der wäre schwul.«

Hin und her. Hin und her. Die an eine Loipe erinnernde Spur, die Olympia durch ihren nervösen Bewegungsdrang in ihren Teppichboden getreten hatte, würde so schnell nicht wieder verschwinden. In ihrer Wohnung war es warm wie in einer Backstube. Leider roch es nicht so gut. Olympia beschloss, die Fenster aufzureißen, auch wenn damit nur noch mehr warme Luft hereinflutete. Wenigstens würde die Luft ein bisschen zirkulieren.

Felicity Amore! Jetzt hatte sich die auch noch in ihre geistige Schlangengrube gesellt.

Ob Carl vom Techtelmechtel der flippigen Erotikmalerin mit Wickart von Unglaub und von der Hillendorf und deren angegriffenem Gefühlszustand wusste? Sie durfte nicht vergessen, ihn darauf anzusprechen. Andererseits konnte sie jetzt schon sein mitleidiges Lächeln vor sich sehen: »Danke für die Info, Olympia, aber denkst du, wir schlafen?«

Statt also die Loipenspur noch weiter zu vertiefen, entledigte sich Olympia ihres Arbeitskleides und zog dafür bequeme ausgefranste Shorts und ein lässiges Shirt an. Als sie Letzteres übergestreift hatte, klingelte es Sturm.

Sie öffnete und sah ins Treppenhaus. Achill nahm zwei Stufen auf einmal, bis er ihr atemlos gegenüberstand.

»Hattest du mit ihr ein Verhältnis?«, überfuhr sie ihren Neffen, bevor sie ihm mit militärischem Kopfnicken befahl einzutreten.

Achill ergab sich ihrem Willen und schloss die Wohnungstür hinter sich. »Natürlich nicht.« Interessanterweise schien er sofort zu wissen, wen sie meinte.

»Du hattest einen Termin bei ihr am Donnerstag.« Olympia sah ihn scharf an. »Achill, in dieser Nacht ist die Frau ermordet worden.«

Wieder rang er nach Luft, diesmal vor Aufregung. »Aber das war doch nicht ich! Nie und nimmer hätte ich ihr etwas angetan. Ich habe Annette verehrt, Tante Olympia!«

Sie setzten sich ins Wohnzimmer und ließen den Ventilator die warme Luft von draußen durcheinanderwirbeln. Olympia musterte ihren Neffen. Er hatte die typische Out-of-bed-Frisur, duftete aber frisch nach Bergamotte.

»Wieso hattest du einen Termin bei ihr?«, setzte sie ihre Vernehmung fort. »Du hast doch gar kein Selbstbewusstseinstraining nötig. Und ein Einzelcoaching bei der unglaublichen von Unglaub, Achill, das hätte doch ein Vermögen gekostet!« Sie riss die Arme in die Luft.

»Tante! Stopp! Jetzt weiß ich nicht mehr, was du eigentlich wissen wolltest. Aber wenn du mich mal zu Wort kommen lassen würdest, erzähle ich dir alles.«

Olympia beruhigte sich tatsächlich. Ihr war nur allzu bewusst, dass mal wieder ihr griechisches Blut hochgekocht war.

»Ich fand sie einfach nur umwerfend«, erzählte Achill mit schwärmerischem Lächeln. »Ich bin ihr auf Instagram gefolgt, hatte ihren Youtube-Kanal abonniert, habe mir jeden ihrer VLOGs angesehen und alles über sie gelesen. Annette war einfach perfekt. Wenn ich ehrlich bin, kann ich mir ein Leben ohne sie als Inspiration gar nicht vorstellen.« Er musste schlucken.

»Hm«, machte Olympia und dachte: Das fängt ja nicht besonders gut an.

»Bei unserem Treffen wollte ich ihr einfach nur einmal ganz nah sein. Nur sie und ich.«

Und es gefällt mir gar nicht, wie es weitergeht, dachte Olympia. Achill war augenscheinlich von der Frau besessen gewesen.

»Schlaflose Nächte hatte ich wegen des Treffens mit Annette, so aufgeregt war ich.« Ihr Neffe hielt ihr das Handgelenk hin. »Fühl mal, mein Puls rast schon wieder, wenn ich nur an sie denke.«

Olympia ignorierte seinen Arm.

»An dem Tag aller Tage war ich so nervös, dass ich fast durchgedreht wäre. Erinnerst du dich noch? Ich war sogar bei dir, um mich abzulenken. Aber die Aufregung wuchs und wuchs. Mir war übel, mein Herz hämmerte, meine Hände zitterten, mir wurde abwechselnd heiß und kalt. So muss sich Lampenfieber anfühlen. Und mir wurde klar, dass ich alles verderben würde, wenn ich ihr in so einer Verfassung gegenüberstehen würde. So sollte sie mich nicht kennenlernen und in Erinnerung behalten. Deshalb beschloss ich eine Stunde vor dem Termin, ihn sausen zu lassen. Dabei hätte ich an dem Abend nicht mal meinen Eltern Rede und Antwort stehen müssen, wohin ich um die Uhrzeit noch wollte. Sie waren bei den Papadimitrious eingeladen.« Ein kurzes Aufseufzen. »Ja, ich habe gekniffen und mich stattdessen ins Bett gelegt und mir die Decke über den Kopf gezogen.«

»Dich hat der Mut verlassen?«, wollte Olympia noch einmal sichergehen.

Achill nickte. »Ich habe mich nicht zu ihr getraut. Annette war für mich wie ein unerreichbarer Stern am Himmel, und so wird es auch immer bleiben.« Er zog die Nase hoch. »Im Nachhinein könnte ich mich für meine Feigheit natürlich ohrfeigen. Ich habe meine einzige Chance vertan, mit ihr zusammen zu sein. Und ich frage mich die ganze Zeit, ob Annette noch am Leben wäre, wenn ich zu dem Termin erschienen wäre.« Er legte den Kopf so betrübt in seine Hände, dass Olympia ihm über den Rücken streichelte.

Womöglich hätte die von Unglaub von dem bezaubernden Achill keinen Cent genommen, weder für diese noch für weitere Stunden, welcher Art auch immer. Immerhin war er ein bildschöner Jüngling, ausgesprochen extravagant, genau ihr Stil. »Du musst unbedingt mit Carl reden«, entschied sie.

»An einem Sonntagnachmittag?«

»Red dich nicht raus, bei einem Mordfall gibt's kein Wochenende. Du musst sofort zur Polizei. Wenn du keine Aussage machst, machst du dich verdächtig, wenn die von eurem Termin erfahren, und das werden sie, das habe ich ja schließlich auch.«

»Vielleicht. Aber werden sie mir denn glauben, dass ich aus Schiss den Termin hab platzen lassen?«

Olympia hatte eine ganz klare Meinung dazu. Sie an Carls Stelle würde Achill wahrscheinlich nicht glauben. Noch dazu war dessen Alibi, dass er sich die Decke über den Kopf gezogen hatte, nicht wirklich überzeugend.

Sie stand auf, wühlte im Flur herum und warf ihrem Neffen dann ihren Reservehelm zu, den sie noch aus ihrer vergangenen Bikerzeit aufbewahrt hatte. Für den rosa Blitz hatte sie sich einen neuen gegönnt. »Bringen wir es hinter uns. Du wirst nicht drum herumkommen. Und bevor man dich mit einem Streifenwagen abholt, stellst du dich lieber.«

Sie stapfte wieder zurück in den Flur, legte sich trotz der Hitze den Nierengurt um und zog Sneakers an. In Flip-Flops Vespa zu fahren käme sträflichem Leichtsinn gleich.

Achill nahm den Helm, erhob sich, und gemeinsam verließen sie das Haus.

Draußen schwangen sie sich auf den Roller.

»Gut festhalten«, wies sie ihn an, er verdrehte die Augen, und das Maschinchen schoss los.

Mit dem rosa Blitz brauchten sie wenigstens keinen Parkplatz nahe dem Polizeipräsidium zu suchen. Kurz darauf stellte Olympia die Vespa einfach direkt neben dem Eingang ab.

»Tante Olympia!« Japsend zog sich Achill den Helm vom

Kopf. »In der Innenstadt ist Tempo fünfzig erlaubt und in der verkehrsberuhigten Zone nur dreißig!«

»Und?« Olympia warf den Kopf zurück, als würde sie headbangen, damit ihre Locken wieder schön fielen. Das war ihr einziger Kritikpunkt am Vespafahren mit Helm: Es war völlig frisurenfeindlich!

»Du hast eine Harley abgehängt! Ist deine Vespa etwa frisiert?«

Olympia grinste. »Du weißt doch, dass ich vor Jahren eine große Maschine hatte und noch immer für wilde Kerle in Lederkluft eine Schwäche habe. Soll ich dir mal mein Tattoo aus meiner Zeit als Rockerbraut zeigen?« Sie deutete mit dem Zeigefinger auf ihre rechte Pobacke.

»Iiiih! Oh Gott, nein, verschone mich!«

Und somit hatte Olympia wenigstens Achill auf andere Gedanken gebracht. Ihre hingegen waren noch immer ausgesprochen düster. Die schlimmen Befürchtungen ließen ihre Eingeweide rebellieren. Selbst wenn Carl die Befragung oder Vernehmung leitete, würde das nichts daran ändern, dass es für Achill nicht gut aussah.

Sie meldeten sich am Empfang, und der Hauptkommissar holte sie ab. Olympia hätte ihm gerne rechts und links ein Küsschen auf die Wangen gedrückt, schon allein, um seinen Dreitagebart zu spüren und sein aufregendes Aftershave zu riechen, aber das schien ihr in dieser Situation nicht angebracht. Wenigstens zwinkerte ihr Carl hinter Achills Rücken zu, sodass die Schmetterlinge in ihrem Magen zu flattern begannen. Ach, dachte sie versöhnlich, das ist fast so schön wie Küssen.

Olympia musterte Carl. Sie wären ein tolles Paar, das fand sie nach wie vor. Wenn denn nur der griechische Liebesgott Eros endlich einmal in Carls Herz treffen würde. Aber bislang schoss der mythische Grieche immer knapp daran vorbei. Natürlich, zwischen dem Kommissar und ihr knisterte es gewaltig, aber einer müsste halt mal endlich den nächsten Schritt tun.

»Ich hatte ein Date mit Annette von Unglaub«, legte Achill los, da hatten sie noch nicht einmal den Aufzug erreicht.

»Bitte sag nicht ›Date‹, Achill. Du hattest eine Coachingstunde bei ihr gebucht«, verbesserte Olympia ihn.

»Bist du seine Anwältin?«, fragte Carl.

»Nein, aber du siehst doch, dass der Bub völlig durch den Wind ist!«

»Lasst uns doch erst mal in mein Büro gehen, bevor wir weiterreden«, schlug Carl vor.

»Ich habe ihr nichts getan«, machte Achill wieder auf sich aufmerksam. »Im Gegenteil, ich habe sie verehrt! Hattet ihr denn nie ein Idol, als ihr jung wart? Manchmal habe ich mich sogar wie sie geschminkt. Ihr Make-up war einfach immer Bombe, und ein gepflegtes Auftreten ist für mich als Influencer unerlässlich.«

Olympia stieß Luft aus. Für ihren Geschmack hatte die von Unglaub stets etwas zu kräftig in den Farbtopf gegriffen.

»Ich versuche sogar, mich so zu kleiden wie sie«, war Achill nicht zu bremsen. »Natürlich nur zu Hause – für manche Sachen ist Nürnberg einfach noch nicht weit genug, die reine Provinz! Außerdem trainiere ich, mich wie sie zu bewegen und wie sie zu sprechen.«

Olympia brach der kalte Schweiß aus. Der Bub ritt sich doch total rein! Warum nur musste er so ehrlich sein?

Endlich in Carls Büro ließen sie und Achill sich auf den Besucherstühlen vor dem Schreibtisch nieder. Carls Kollege Horst Günter, mit dem er den Raum teilte, grüßte kurz und starrte dann wieder in seinen Computer. Auf seinem Schreibtisch sah es nach verdammt viel unerledigter Arbeit aus.

»Da liegen harte Tage vor euch, wie?«, versuchte Olympia Small Talk.

»Freizeit und Wochenenden sind für mich erst einmal gestrichen«, erwiderte Carl. »Aber nun zu dir, Achill.«

Olympia erhob sich wieder und klopfte ihrem Neffen beruhigend auf die Schulter. »Okay, ich warte dann unten auf dich.«

Achills Augen wurden groß. »Aber Tante Olympia, ich dachte, du …«

Sie tauschte einen kurzen Blick mit Carl. »Redet ihr erst mal unter vier Augen. Und wenn ihr mich braucht, ich sitze vor dem Präsidium in der Sonne.« Natürlich hätte sie allzu gerne Mäuschen gespielt, aber Achill war fast erwachsen, zumindest auf dem Papier, da brauchte sie ihm als seine Tante nicht mehr in brenzligen Situationen das Händchen zu halten. Da musste der Junge jetzt durch!

Ihr Neffe sackte in sich zusammen, doch auch das änderte ihre Meinung nicht. Schon in der Tür drehte Olympia sich noch einmal um.

Carl machte mit den Fingern zwei aufeinander zulaufende Männchen in die Luft, deutete auf sie und sich und trank dann von einem imaginären Glas.

Sie hatte kapiert, er wollte so bald wie möglich mit ihr ausgehen. Eifrig nickend verließ sie den Raum.

Auch wenn Carl Bernhardt Achill vielleicht abnahm, dass er kurz vor dem Treffen mit der in seinen Augen so atemberaubenden Annette von Unglaub gekniffen hatte, so musste er bei einer Ermittlung alles in Frage stellen. Vielleicht wollte Achill ja nur seine Haut retten. Wer sagte ihm, dass der junge Halbgrieche sich nicht doch mit der Coachin in den Institutsräumen getroffen hatte? Dass er nicht zudringlich geworden war und sie sich gewehrt hatte? Vielleicht hatte sie ihn ja wegen seiner unreifen Avancen ausgelacht, dann käme ein Mord aus gekränkter Eitelkeit durchaus in Betracht.

Böser Gnom

Der Müllsack stand wie ein böser Gnom in der Ecke seines Arbeitszimmers. Die schwarzen Klamotten hatte er einfach hineingestopft, den Sack aus den Augen haben wollen. Aber seine Taktik funktionierte nicht. Es schien, als riefe der Sack jedes Mal: »Hier bin ich!«, wenn Wickart das Zimmer betrat. Er würde ihn in die Mülltonne stopfen. Doch was, wenn die ungewollten Geschenke mehr wurden, die latente Bedrohung, die schon von der schwarzen Kleidung ausging, massiver wurde? Sollte er dann die Polizei verständigen? Und hätte er dann mögliche Beweisstücke vernichtet? Oder war es besser, auch weiterhin die anzüglichen anonymen Liebesbotschaften und die verstörenden Präsente wie das Plüschherz und die Dessous, die ihm ins Institut geschickt worden waren, zu ignorieren, als hätte es sie gar nicht gegeben?

Er seufzte. Vielleicht musste er einfach damit zu leben lernen, dass er aufdringliche Verehrerinnen hatte.

Annette und Enno Wicker

Was für ein Wochenende, dachte Olympia und setzte sich mit ihrem Becher Muntermacher auf das Sofa und schaltete den Fernseher ein, was sonst morgens nicht zu ihren Gewohnheiten zählte. Nicht, dass sie eine Montag-Hasserin gewesen wäre, aber an diesem war sie nur sehr schwer aus dem Bett gekommen. Sie zappte durch die Programme, während sie vom Kaffee schlürfte und stutzte, als ihr Annette von Unglaub entgegenlächelte. Jetzt war Olympia hellwach!

Hatte es die Coachin also doch noch einmal ins Fernsehen geschafft. Schade, dass sie den TV-Beitrag über sich nicht mehr sehen konnte. In ihrem medialen Nachruf wurde zwar, wenn auch nur mehr halbherzig, erwähnt, dass Nürnbergs schillerndster Paradiesvogel sich einen Namen als Motivationstrainerin gemacht hatte, weitaus stärker wurde jedoch hervorgehoben, dass ihre Ehe mit dem charismatischen Wickart von Unglaub von zahlreichen Affären und Eifersuchtsdramen gekrönt gewesen war und sie, die exaltierte Grazie, durchaus Blumenvasen und Wodkaflaschen zerschmettert hatte, wenn ihr etwas gegen den Strich ging. Als das Foto des trauernden Jungschauspielers Benjamin Strattmann eingeblendet wurde, erkannte Olympia in ihm den schluchzenden Jüngling von der Gedenkfeier.

Es sei überaus bedauerlich, so der Sprecher weiter, dass Annette von Unglaub nun die Lesereise für ihr in wenigen Tagen erscheinendes Buch nicht mehr antreten könne.

Auch wenn man sich für ihren Ratgeber keine bessere Werbung als den Wirbel vorstellen kann, der nach ihrem Tod um sie gemacht wird, dachte Olympia amüsiert.

Des Weiteren wurde berichtet, Annette von Unglaub habe geplant, nach München umzuziehen, was Olympia nachvollziehbar erschien. In der Münchner Schickeria hätte sich die Coachin bestimmt gefühlt wie ein Fisch im Wasser.

Als der Beitrag zu Ende war, schaltete Olympia den Fernseher aus und ihren Laptop ein. Auf zahlreichen Onlineportalen wurde über die Gedenkfeier berichtet, vorwiegend natürlich auf solchen mit hohem Trash-Faktor. Auch der Auftritt der Erotikmalerin Felicity Amore wurde ausgeschlachtet, sodass Olympias Wissensstand um einige schlüpfrige Details erweitert wurde. Das Besondere an Amores Kunst sei nicht nur deren Darstellung von Menschenkörpern in Ekstase, sondern auch, dass die Künstlerin ihre Bilder so male, wie Gott sie geschaffen hatte.

Olympia überlegte. Amore schien der Tod von Annette von Unglaub in die Karten zu spielen. In jedem Bericht über den Mord wurde sie unweigerlich als die Geliebte des Witwers genannt.

Auf den Fotos im Netz entdeckte Olympia auch die vier Lästerschwestern mit roten, glänzenden Gesichtern von zu viel Schampus und bissigen Bemerkungen. Ebenso den Whiskytrinker, die Schleicher, Annette von Unglaubs Manager sowie ihren Schönheitschirurgen. Über den rabiaten Mann, der Wickart von Unglaub angegriffen hatte, wurde sich ebenfalls ausgelassen. Aus Quellen habe man erfahren, hieß es, dass zwischen den Herren seit Längerem ein Streit schwele, der sich wohl an einem erst geplanten und dann gescheiterten Projekt entzündet habe. Aufgrund des Fiaskos sei die finanzielle Lage der von Unglaubs nicht so stabil, wie sie nach außen hin scheine. Und übrigens: Von Unglaub sei ein Künstlername. Aber wesentlich wohlklingender als Annette Müller und Enno Wicker.

Olympia konnte sich ein Lachen nicht verkneifen. Sie war sich sicher, dass die Coachin der Regenbogenpresse noch viele unterhaltsame Storys hätte liefern können, wäre ihr denn ein längeres Leben beschieden gewesen. Aber was soll's. Morgen würde bestimmt ein neuer Stern am Promihimmel aufgehen.

Noch einmal überflog sie die Fotos auf verschiedenen Portalen und erkannte auf einem verschwommen im Hintergrund Annikki.

Spontane Wunscherfüllung

Ein Gefühl der enormen Erleichterung machte sich in Olympia breit. Achill hatte nach einer langen Befragung das Polizeipräsidium verlassen dürfen. Trotzdem hieß das nicht, dass er schon aus dem Schneider war. Sie war seine Lieblingstante, und der Junge zählte auf ihre Unterstützung. Da war es doch nur logisch, dass sie ihrem manchmal recht blauäugigen Neffen zur Seite stand. Fakt war: Wenn sie Achill helfen wollte, musste sie sich noch intensiver mit den von Unglaubs beschäftigen. Dachte sie jedoch an die reichlichen Verflossenen, Hater, Exen, Fanatiker, Lover, Fans und Neider der Selbstbewusstseinstrainerin, war das ein Fass ohne Boden.

Wo sie allerdings relativ mühelos unauffällig Nachforschungen betreiben und ihre Ohren aufstellen konnte, war das Institut, das sich ja auch schon in der Vergangenheit als recht informative Quelle erwiesen hatte. Sie musste nur noch überlegen, wie sie weiter vorgehen wollte.

Sie saß in ihrer Küche und rührte gedankenversunken in ihrem Morgenkaffee, obwohl sie weder Zucker noch einen Tropfen Milch in ihren Kaffeebecher gegeben hatte.

Während sie als Putzfrau den Schrubber schwang, konnte sie zwar unerkannt in Privaträumen und Büros herumschnüffeln, aber nicht unauffällig Personen aushorchen, das war klar. Wenn sie also Wickart von Unglaub näherkommen wollte, sah sie dafür nur eine Möglichkeit: Sie musste bei ihm einen Kurs belegen. Olympia zupfte an ihrem Hosenbund. Ihre Lieblingsjeans, in die sie geschlüpft war, war tatsächlich schon reichlich eng.

»Ein Diätkurs also«, grübelte sie laut vor sich hin. Nun ja, fünf Kilo weniger würden ihr nur guttun. Vielleicht wäre ihr Bauch dann schon in ein paar Wochen schön flach für den neuen Bikini, und dann … Dann wäre der Sommer allerdings um. Andererseits … würde die Geschichte mit Carl sich endlich entwickeln, hätte sie wahrscheinlich nahezu täglich die Möglichkeit, ihm ihren Bauch zu präsentieren. Natürlich, sie musste unbedingt abnehmen!

Um sofort Nägel mit Köpfen zu machen, wählte sie die Telefonnummer des Instituts.

Lea meldete sich und musste gar nicht lange in ihren Unterlagen nachschauen. Der nächste Workshop »Einfach schlank!« begann genau an diesem Abend, war aber natürlich längst ausgebucht.

»Tja, da kann man wohl nichts machen«, sagte Olympia enttäuscht. »Gibt es in den nächsten Tagen vielleicht noch einen anderen Kurs bei Herrn von Unglaub?«

Plötzlich erinnerte sie sich, dass die Kurse der Edelcoaches preislich recht gesalzen waren. Könnte sie sich das überhaupt leisten? Vielleicht fand Carl ihre Speckröllchen ja auch ganz süß?

Lea zog laut hörbar die Nase hoch. »Wenn ich ehrlich bin, erstaunt es mich sowieso, dass Wickart nicht alle Termine für die nächsten Tage abgesagt hat. In einer Ausnahmesituation wie dieser hätte jeder Verständnis dafür gehabt. Aber nein, er sagt, seine Frau hätte auf den Weiterbetrieb des Instituts bestanden. Die beste Art, nicht in Trauer zu versinken, sei Arbeit.« Sie murmelte noch etwas, was Olympia nicht verstand, aber es war unüberhörbar, dass sie diese Einstellung nicht teilte. »Ach, und um auf deine Frage zurückzukommen, der nächste Kurs beginnt erst wieder in zwei Wochen, aber auch der ist ausgebucht. Einen freien Platz könnte ich dir erst in dem Kurs ›Schlank! Der Weg zum Erfolg!‹ Ende Oktober anbieten. Der Kurs ist der Renner. Wenn du willst, trage ich dich gleich dafür ein.«

»Danke, lass mal«, lehnte Olympia ab und hatte im selben Augenblick eine fabelhafte Idee, wie sie fand. »Aber sag mal, wann beginnt der Workshop denn heute?«

Schreibkram und Buchhaltung nahmen einen immer größeren Teil ihrer Arbeitszeit in Anspruch, sodass Olympia heilfroh war, als sie endlich ihren Computer herunterfahren konnte. Auch das Hübschmachen nahm immer mehr Zeit in Anspruch als früher, aber es musste sein. Und bei einem Mann, der seinen Charme Frauen gegenüber ausspielte, hatte Olympia auch keine Skrupel, ihre weiblichen Reize gezielt einzusetzen. Und dass sie sich etwas offenherziger anzog, konnte auch der Hitze geschuldet sein. Fünfundvierzig Grad zeigte das Thermometer – allerdings gemessen am südseitigen Fenster ihrer Wohnung um Punkt vierzehn Uhr! Wenn sie ehrlich war, wäre sie am liebsten im Badeanzug rüber zum Institut gelaufen.

Als sie kurz darauf in der Tür von Wickart von Unglaubs Büro stand, schien er sie nicht gleich mit seiner Putzfrau beziehungsweise der Dame vom Catering in Verbindung zu bringen. Olympia sah, wie es hinter seiner Stirn arbeitete. Hatte sie es mit dem Make-up vielleicht doch etwas übertrieben?

»Ah, Frau Moustakas!«, sagte er schließlich, fuhr sich kurz durch das gepflegte Haar und bot ihr einen Sessel der Sitzgruppe in seinem Büro an. »Was bringt Sie zu mir?«

Auf dem weißen Flauschteppich lief man wie auf frisch gefallenem Schnee. Olympia ließ sich in dem Sessel nieder.

»Zwei Dinge.« Es lag ihr fern, lange um den heißen Brei herumzureden. »Frau Hillendorf habe ich gestern wohlbehalten nach Hause gebracht, aber das wissen Sie sicher schon.«

Eine Weile schaute er sie mit großen Fragezeichen in den Augen an. Wahrscheinlich hatte er sich noch gar nicht bei seiner Sandkastenfreundin nach deren Wohlergehen erkundigt. So ein Schuft!

»Natürlich, natürlich«, beeilte er sich dann zu sagen. »Und dafür bin ich Ihnen wirklich dankbar.«

Olympia lächelte. Wenigstens an das Telefonat mit ihr schien er sich zu erinnern.

»Wie gesagt, wenn ich irgendetwas für Sie tun kann, jederzeit. Sagen Sie es mir einfach.«

Sie grinste breit. »Und damit wären wir schon bei Ding Nummer zwei.«

Adieu, ihr Speckröllchen!

Lea verschob und verrückte die Stühle, musste aber schließlich doch das harmonische Arrangement des Halbkreises zerstören, damit eine zusätzliche Sitzgelegenheit mit integrierter Schreibfläche in den Raum 003 geschafft werden konnte. Der Raum war wesentlich größer als das Büro des Coachs, allerdings nicht so groß wie der Seminarraum, in dem die Gedenkfeier für dessen Frau stattgefunden hatte.

Olympia hatte ein schlechtes Gewissen, Lea so viele Umstände zu machen. »Bist du eigentlich rund um die Uhr im Institut?«, fragte sie sie. Während sich Olympia nach dem Besuch bei dem Institutsleiter zu Hause noch eine eisgekühlte Erfrischung gegönnt hatte, war die Bürokraft noch immer im Dienst. Jetzt, am frühen Abend.

Lea winkte ab. »Halb so schlimm, an manchen Tagen fange ich erst am späten Vormittag an. Außerdem habe ich eine lange Mittagspause.« Zufrieden betrachtete sie ihr Werk, bevor sie Olympia ansah. »Wie hast du das nur hinbekommen?«, staunte sie. »Normalerweise ist ein Workshop ausgebucht, wenn er ausgebucht ist.«

»Na ja, dein Chef hat schließlich eingesehen, wie hoch die Dringlichkeit meiner Teilnahme an dem Diätkurs ist«, behauptete Olympia, ohne mit der Wimper zu zucken.

»Aber du bist doch nicht dick!« Lea senkte die Stimme. »Das sind übrigens viele in seinen Kursen nicht.«

Olympia horchte auf. Das war ja interessant. »Wer besucht denn einen Abnehmkurs, wenn er keine Figurprobleme hat?« Sie nahm auf dem für sie bereitgestellten Stuhl Platz.

»Da sind zuerst mal die, die bei drei Kilo zu viel bereits in Panik geraten. Dann gibt es die Superschlanken, die den Neid von anderen brauchen, die nicht das große Glück haben, Modelmaße zu haben, um sich gut zu fühlen. Und schließlich noch die, die den Chef anbeten. Sie besuchen mindestens ein Mal im Quartal einen seiner Kurse, die ganz extremen sogar alle nacheinander.« Lea zwinkerte kokett.

»Aber die Kurse sind doch nicht gerade billig«, gab Olympia zu bedenken.

»Na ja, jeder hat halt ein anderes Hobby, für das er gerne Geld rauswirft.«

Bald darauf trudelten nach und nach zehn Damen und zwei Männer zum Workshop »Einfach schlank!« ein. Nach kurzem »Hallo« und »Guten Tag« versanken sie in ihren Gedanken oder der Broschüre, die auf jedem Sitzplatz bereitlag.

Olympia ließ ihren Blick schweifen. Auf einem Beistelltisch standen verschiedene Getränke. Gezuckerte Limonade war bestimmt nicht darunter.

Sie nahm ihr Handy aus der Handtasche, öffnete die Memo-App und notierte, während sie immer wieder um sich schielte:

Drei Damen mit Übergewicht.
Zwei Damen zu dünn bis magersüchtig.
Drei Damen mit leichten Figurproblemen. (Aufs Naschen verzichten und mal Intervallfasten oder das Abendessen weglassen und gut ist).
Zwei Damen extrem gestylt, haben keine Diät nötig.
Eine fränkische Griechin, die gut fünf Kilo weniger auf den Rippen haben könnte.
Zwei Männer mit Waschbärbauch.

Sie hatte ihr Handy gerade zurückgleiten lassen, als wie ein frischer Wirbelwind der Kursleiter auftauchte und sich mit energiegeladenen Schritten in die Mitte des Kreises stellte.

Die extrem gestylten Damen setzten sich in Positur und strahlten gewinnend. Eine der drei mit leichten Figurproblemen kicherte verschämt, eine der gestylten begrüßte Wickart von Unglaub mit einem kessen Lächeln, woraufhin er zurückzwinkerte und sie herablassend in die Runde blickte, um sicherzugehen, dass auch alle ihre Kontaktaufnahme gesehen hatten. Die Männer nickten nur zum Gruß.

Während der Coach sich vorstellte, hingen ihm die Teilnehmerinnen erwartungsvoll an den Lippen. Selbstredend vergaß er nicht, seine verstorbene Frau zu erwähnen.

»Wer wie einige von Ihnen, die treue Gäste unseres Instituts sind, meine geliebte Frau Annette kannte, wird bestätigen können, was für ein wundervoller Mensch sie war. Ihr Verlust ist kaum zu ertragen.« Er machte eine Pause, senkte den Kopf, blickte auf seine gefalteten Hände und brach damit auf der Stelle die Herzen des Großteils seiner Kursteilnehmerinnen. Sogar die Männer schienen feuchte Augen zu bekommen.

Olympia fragte sich, ob sie ihm seine tiefe Trauer abkaufte. Aber natürlich. Sie wollte ihm, warum auch immer, einfach abnehmen, dass der Tod seiner Frau eine riesige Lücke in sein Leben gerissen hatte.

Weil sie, von seinen Worten berührt, auf ihre Schuhspitzen

geschaut hatte, hob sie wieder den Kopf, wobei ihr Blick die Frau streifte, die den Coach bei der Begrüßung so explizit angelächelt hatte. Ihr Gesichtsausdruck war wie versteinert, aus ihren Augen sprach blanker Hass. Hopperla, dachte Olympia, die muss ich mir merken.

»Ich danke euch für das Mitgefühl, meine Lieben«, sagte Wickart von Unglaub noch, dann wechselte er das Thema. »Und nun lasst uns beginnen. Eins vorab: Wer glaubt, bei mir von einer neuen unglaublichen Wunderdiät zu erfahren, der ist in diesem Workshop falsch. Abnehmen beginnt nicht im Bauch, sondern im Kopf. Das zu verinnerlichen ist es, was wir gemeinsam spielerisch erarbeiten wollen. Ach ja, und noch eines, hier sind wir alle per Du!«

Eine der dünnen und eine der etwas fülligeren Kursteilnehmerinnen applaudierten, sodass Wickart von Unglaub sich geschmeichelt verneigte.

»Wir alle streben nach Erfolg im Job, nach Harmonie in Familie und Partnerschaft. Wir wünschen uns einfach ein glückliches Leben«, fuhr er fort. Dann versprach er ihnen, dass sie durch das Erlernen seiner Methode langfristig ihre sich ungewollt angeeigneten und kontraproduktiven Verhaltensweisen verändern und ihre Lebensqualität verbessern würden, wodurch sie, sozusagen als Nebeneffekt, bald ihre Traumfigur haben würden. Möglich werde das alles durch die Manipulation des Unterbewusstseins, das er selbst »Umprogrammieren« nannte.

Ein erster Schritt sei es, dass die Anwesenden ihr klar definiertes Ziel aufschreiben und laut vortragen würden.

»Und damit meine ich nicht: ›Ich würde gerne ein paar Pfund abnehmen.‹« Der Coach sah jedem von ihnen in die Augen. »Konkretisiert euren Wunsch! Formuliert ihn so, dass er das Zeug hat, euer neuer Leitsatz zu werden.«

Verdammt, fluchte Olympia innerlich. Sollte sie etwa aufschreiben: Bei meinem ersten Sex mit Hauptkommissar Carl Bernhardt werde ich fünf Kilo weniger wiegen? Wäre das Wickart von Unglaub konkret genug?

Als sie schließlich an der Reihe war, sagte sie spontan: »Ich möchte am Geburtstag meines sehr guten Freundes, am 1. Oktober, neunundfünfzig Kilo wiegen.«

Das Wunschgewicht war natürlich völlig unrealistisch, sie war ja nicht Heidi Klum, und der Freund und der Geburtstag waren erfunden. Und ginge es nach ihr, würde sie auch schon früher Sex mit Carl haben.

Die Nächste in der Runde, die Frau mit der versteinerten Miene, machte ein gequältes Gesicht und wand sich wie ein Aal. »Du weißt doch, Wickart, wie peinlich es mir ist, über mein Gewicht zu sprechen.«

Der Coach hob mahnend den Finger. »Aber Saskia, das ist die falsche Einstellung! Jedes Mal müssen wir deswegen diskutieren. Lösche deine Bedenken, meine Liebe! Sie haben nichts mehr in dir zu suchen.«

Sie nickte scheinbar bekümmert. »Das weiß ich doch. Und bisher war jeder deiner Kurse auch ein Gewinn für mich. Aber hättest du heute im Anschluss wieder ein Momentchen für mich? Unter vier Augen? Du weißt schon, wie nach dem Life-Changing-Seminar vor zwei Wochen?«

Saskia, ungefähr Mitte dreißig, schien einer der von Lea erwähnten Dauergäste in Wickart von Unglaubs Kursen zu sein. Ihr Gesicht war herzförmig und bestach durch ihre unglaublichen Augen, die ein Kranz sauber getuschter, dichter Wimpern umgab, und ihr blondes Haar, das ihr in Wellen auf die Schultern fiel. Sie war bestimmt nicht dick, hätte sich aber anscheinend mit ein paar Pfunden weniger wohler gefühlt. In ihrem dunkelblauen Kostüm zeigte sie viel Bein, und das bestimmt nicht unabsichtlich.

Aber der Coach ging auf ihre Bitte nicht ein, sondern bat die Gruppe nun, gedanklich tief bis in ihre Kindheit zurückzugehen, sich an Sätze zu erinnern, die Einfluss auf ihr Essverhalten gehabt haben könnten, und diese niederzuschreiben.

»Leider manifestieren sich mit den Jahren viele negative Glaubenssätze in unseren Gedanken, die uns davon abhalten, die Menschen zu sein, die wir sein könnten«, sagte er und fügte an, dass anschließend die Vorstellungsrunde stattfinden werde.

Als auch das geschafft war, wedelte Saskia mit ihren Notizen durch die Luft. »Vielleicht sollte ich beginnen, Wickart. Damit die anderen ein Gespür dafür kriegen, was für Sätze gemeint sind.« Und ohne auf eine Antwort zu warten, legte sie los: »Also, ich bin Saskia und Puppendoktorin.«

Ein Raunen ging durch die Gruppe.

»›Wenn du nicht aufisst, regnet es morgen.‹ ›So nimmst du nie ab!‹ ›Nimm doch noch ein Stückchen Kuchen, oder schmeckt er dir nicht?‹ ›Deine Schwester ist viel schlanker als du.‹«, führte Saskia aus. »Nicht, dass ich all diese Sätze zu hören bekommen hätte«, beeilte sie sich anzufügen. »Aber nun könnt ihr euch bestimmt vorstellen, was Wickart meint.«

»Und den nächsten Workshop ›Einfach schlank für Fortgeschrittene!‹ leitet dann unsere werte Saskia Wiedenhoff«, konnte der sich einen Seitenhieb nicht verkneifen.

Die Gruppe lachte, und Saskia zog wieder ein Gesicht.

Die anderen Teilnehmer konnten mit ähnlichen Bemerkungen aufwarten, die sie zu hören bekommen hatten: »Kaufst du deine Hosen in der Zeltabteilung?« »Achtung, Wal strandet!« »Nur noch ein Löffelchen für den Papi und eins für den Opa …« »Das hab ich extra für dich gekocht, und dann isst du nichts davon!« »Von dieser Miniportion wirst du doch nicht satt.« Und so weiter und so fort.

Wickart von Unglaub hatte schweigend zugehört. »Löscht die Sätze aus eurem Gedächtnis!«, rief er nun in die Runde. »Jetzt!«

Das war wohl Teil des Umprogrammierens, wie er es nannte. Kurz musste Olympia an Scientology denken, die Sekte, die ebenfalls an der Psyche ihrer Anhänger herummanipulierte.

»Ich kann nicht vor der ganzen Gruppe sprechen«, platzte es plötzlich aus der Dünnsten der Runde, die sich als Grete vorgestellt hatte, heraus, dann fing sie an zu schluchzen und raffte unverhofft ihre Sachen zusammen. »Ihr habt ja alle leicht reden. Ihr habt eine tolle Figur, aber ich …« Und damit stürmte sie aus dem Seminarraum.

Wickart von Unglaub eilte ihr hinterher.

Himmel, was für ein Hühnerhaufen! Olympia konnte gerade noch ein lautes Aufseufzen unterdrücken.

Als Saskia sich eine blonde Strähne um ihren Finger wickelte, sah Olympia erst, was für hellgrüne Augen sie hatte. Faszinierend. Damit und mit ihrem permanenten Schmollmund hatte ihr Gesicht tatsächlich etwas Puppenhaftes.

»Die war schon ein paarmal dabei, die ist doch vollkommen plemplem. Außerdem ist die gar nicht dick.« Dass das auch auf sie zutraf, schien Saskia allerdings entgangen zu sein. »Die spielt sich doch nur auf, um bei Wickart zu landen. Meiner Meinung nach gehört die in Therapie, anstatt uns wertvolle Zeit zu stehlen. Jetzt muss sich Wickart wieder Minuten um das Klappergestell kümmern, in denen er nicht bei uns sein kann.«

Mit trotzig verzogenem Mund und verschränkten Armen starrte Saskia der Rückkehr des Coaches wie ein Gör entgegen, dem man den Lutscher weggenommen hatte.

Als er wieder auftauchte und die verzweifelte junge Frau an ihren Platz zurückführte, stieß er kaum merklich kurz Luft aus. Aber Olympia hatte es gesehen. Dann fing er sich wieder, tippte auf seinem Laptop herum und bat seine Schäfchen, die Augen zu schließen. Leises Meeresrauschen und sanfte Gitarrenklänge erklangen.

»Denkt euch bitte an einen schönen Ort …« Mit ruhiger Stimme begann der Coach, ein ruhiges Meer unter blauem Himmel zu beschreiben.

Olympia wachte aus einem Sekundenschlaf auf, als ihr Arm auf die Tischplatte knallte. Peinlich berührt guckte sie sich um, aber auch andere waren eingenickt.

Wickart von Unglaub hingegen hatte den Moment genutzt, um vor Saskia in die Hocke zu gehen und flüsternd auf sie einzureden. Interessant.

Die drei Stunden vergingen blitzschnell. Olympia fühlte

sich anschließend zwar leicht beduselt, aber auch voller Tatendrang, nicht nur ihre Traumfigur zu erlangen, sondern auch ein völlig neuer und glücklicher Mensch zu werden. *Yes!*

Nachdem Wickart von Unglaub den Workshop offiziell beendet hatte, schwirrten die Teilnehmerinnen um ihn herum wie Wespen um einen Pflaumenkuchen. Er ließ sich den Rummel um seine Person sichtlich gerne gefallen. Manche der Frauen waren regelrecht euphorisiert. Als Einzige saß noch Saskia mit übereinandergeschlagenen Beinen auf ihrem Stuhl und versuchte anscheinend, die anderen mit stählernem Blick wegzubeamen.

»Oh, wie ich dich beneide!«, pirschte sich Olympia an sie heran. »Du scheinst ja mit Wickart ganz dicke zu sein.«

Saskia sah sie geschmeichelt an.

»Das, was er dir da vorhin zugeflüstert hat, war bestimmt persönlich, oder?«

Saskia betrachtete ihre Fingernägel. »Na ja, Wickart und ich kennen uns schon eine ganze Weile und haben eine besondere Beziehung. Ich könnte jedenfalls nicht mit jedem Mann über mein Gewicht oder mein Liebesleben sprechen.« Ihre Puppenaugen blitzten kurz auf.

Olympia formte mit den Lippen ein erstauntes »Oh«. »Ich wusste gar nicht, dass das Abnehmen auch etwas mit dem Liebesleben zu tun hat.«

»Mit meinem schon. Schau dir diesen Mann doch mal an. Für eine Nacht mit ihm würde ich für immer auf alle Süßigkeiten dieses Planeten verzichten«, schnurrte Saskia sinnlich-lauernd wie eine Raubkatze.

Olympia kam eine Idee. Wenn eine Frau sich mit dem Privatleben des Coachs befasst hatte, dann Saskia. Zudem war sie eitel genug, damit zu prahlen. »Hättest du nicht mal Lust auf einen gemeinsamen Kaffee?«, fragte sie, ehe die Gelegenheit vorbei war. »Es würde mich wahnsinnig interessieren, wie diese außergewöhnliche Beziehung zwischen Wickart und dir entstanden ist.« Olympia schüttelte es innerlich. Was für ein Quark!

Doch Saskia stand mit einem breiten Lächeln auf. »Aber gern. Lass uns doch unsere Handynummern austauschen.«

Feli-Pipapo Amore

Olympia zog sich aus der Gruppe zurück und kleidete sich im Abstellraum fürs Putzen um. Sie schlüpfte in ein bequemes T-Shirt, das auch schmutzig werden durfte, und tauschte die hübschen Ledersandalen gegen Sneakers. Das sexy Top mit dem tiefen Ausschnitt legte sie fein säuberlich zusammen. Ihre Jeans mit den ausgefransten Löchern behielt sie an, und als hätte der Workshop auf wundersame Weise bereits Wirkung gezeigt, fühlte sich der Hosenbund schon mehrere Zentimeter weiter an als noch vor ein paar Stunden. Was natürlich nur Einbildung war, aber es motivierte sie trotzdem.

»Am Geburtstag meines besten Freundes, am 1. Oktober, wiege ich neunundfünfzig Kilo!«, murmelte sie immer wieder vor sich hin.

Das Institut hatte sich noch immer nicht völlig geleert. Im Eingangsbereich warteten die Jungs anscheinend auf ein Gespräch mit Wickart von Unglaub. Aber Saskia hing wie eine Klette an ihm und redete auf ihn ein. Die verzweifelte Grete studierte die Aushänge der kommenden Veranstaltungen im Flur, wobei sie den Anschein erweckte, als würde auch sie auf ein persönliches Wort von Wickart von Unglaub hoffen. Oder auf ein Autogramm. Olympia zog ihren Putzwagen aus der Abstellkammer und begab sich mit ihm in die Cafeteria.

Da sie heute diesmal nur die Cafeteria, den Seminarraum und die Waschräume zu reinigen gehabt hatte, beendete sie ihre Arbeit nach nicht einmal einer Dreiviertelstunde mit einem Kontrollgang durchs Institut und schaltete in den Räumen die Lichter aus. Plötzlich drang eine erregte weibliche Stimme an ihr Ohr. Du meine Güte, die Situation erinnerte sie verdächtig an die von neulich mit Annette von Unglaub! Deren Mann hatte es wirklich nicht leicht mit den Frauen. Es schien, als könnten sie ihn nicht mal für einen Moment in Ruhe lassen.

»Aber das war ich nicht, wirklich nicht! Hältst du mich im Ernst für so pervers?« Olympia erkannte die Stimme als die von Grete. »Warum sollte ich dir schwarze Klamotten auf deine Terrasse legen?«

Wie beim letzten Streitgespräch, das Olympia belauscht hatte, konnte sie seine Erwiderungen nicht verstehen. Anscheinend blieb er selbst in haarigsten Situationen gelassen.

»Ich habe doch nur gefragt, ob wir uns auch mal außerhalb des Instituts treffen können. Das heißt noch lange nicht, dass ich mit dir ins Bett will!« Mit jedem Wort wurde Grete lauter.

Unschlüssig stand Olympia vor dem Büro. Einerseits wollte sie Bescheid geben, dass sie mit ihrer Arbeit fertig war, und sich verabschieden, andererseits nichts von dem Gespräch verpassen.

»Ich besuche deine Kurse nur, weil ich wirklich Hilfe brauche«, wurde Gretes Stimme jetzt weinerlich, dann folgte Stille.

Olympia beschloss zu gehen. Es war sowieso fraglich, ob Wickart von Unglaub noch an die Anwesenheit von ihr, der Putzfrau, dachte.

Sie ging zum Aufzug und drückte auf den Knopf. Weil sich ewig nichts tat, griff sie in ihre Handtasche. Kurz nach dem Workshop hatte Wickart von Unglaub sie, trotz der Belagerung durch seine Fans, tatsächlich zur Seite genommen und ihr eine Einladung für die Eröffnung der Vernissage von Feli-Pipapo Amore, oder wie die Sexmalerin gleich noch mal hieß, geschenkt. Als persönliches Dankeschön, weil sie sich so nett um Sabea Hillendorf gekümmert habe. Olympia kniff die Augen zusammen und las: Felicity Amore. Genau, das war ihr Name. Und selbstverständlich würde Olympia das Event nicht versäumen!

Außerdem stand für sie nach diesem inspirierenden Workshop fest, dass sie allerspätestens am 1. Oktober mit Carl Sex haben würde, die paar Pfunde mehr hin oder her.

Was ihre eigentliche Mission betraf, so hatte ihr der Abend gezeigt, dass es so einfach nicht sein würde, Annette von Unglaubs Mörder auf die Spur zu kommen. Und der Kreis der Verdächtigen wurde immer größer. Sämtliche Damen des Workshops waren auf den smarten Coach fixiert gewesen, manch eine hatte ihre Gefühle mit bühnenreifem Einsatz deutlich gemacht. Bei dem riesigen Bekanntenkreis der von Unglaubs und Annettes Community, mit der sie persönlich oder digital zu tun gehabt hatte, hatte Olympia keine Ahnung, wo sie anfangen sollte. Jeder, von dem verklagten Schönheitschirurgen bis hin zu jenem blutjungen Instagram-Follower, für den die Coachin ein Idol gewesen war, kam als Mordverdächtiger in Frage. So gerne sie es getan hätte, sie konnte unmöglich allen hinterherspionieren. Dennoch würde sie in nächster Zeit sehr wachsam sein und hie und da Augen und Ohren besonders aufsperren. Sie konnte nicht anders, dafür war sie schon viel zu sehr in den Mordfall involviert.

Endlich hielt der Fahrstuhl vor ihr, die Tür glitt auf, Olympia schlüpfte hinein und drückte »Erdgeschoss«. Unten angekommen drängte sich, kaum dass sich die Tür wieder öffnete, eine bunt gekleidete Frau in die Kabine und drückte den Knopf fürs dritte Stockwerk, aus dem Olympia gerade kam. Ohne sie vorher aussteigen zu lassen! Vollkommen perplex starrte sie die Frau an, die sie wiederum beharrlich ignorierte. Hallo? War sie vielleicht unsichtbar? Oder die andere blind?

»Entschuldigen Sie bitte!«, kochte Olympia hoch, doch da hatte die Frau im grün-violett-weiß-türkis-orangefarbenen Kaftan, dessen Ausschnitt ihr bis zum Bauchnabel reichte, schon ihr Smartphone in der Hand und fing plärrend an zu telefonieren. Stylemäßig hätte sie die Schwester von Annette von Unglaub sein können, und ihr Parfüm war so intensiv, dass Olympia womöglich zu halluzinieren beginnen würde, käme sie nicht schnellstmöglich an die frische Luft.

Natürlich hatte Olympia den Lifteindringling erkannt. Es war Felicity Amore.

Auf der Etage des Instituts verließ die Pornopinslerin den

Aufzug und hatte Olympia noch immer keines Blickes gewürdigt!

Olympia versuchte, sich auszumalen, was passieren würde, wenn sie und Grete gleich im Chefbüro aufeinanderprallten. Armer Wickart, dachte sie, als sie erneut ins Erdgeschoss fuhr.

»Am 1. Oktober werde ich neunundfünfzig Kilo wiegen und mit Carl Bernhardt Sex haben«, begann sie wieder zu murmeln. »Am 1. Oktober werde ich neunundfünfzig Kilo wiegen und mit Carl Bernhardt Sex haben. Am 1. Oktober werde ich neunundfünfzig Kilo wiegen und mit Carl Bernhardt Sex haben.«

Kater-Nachwehen

Der verflixte Regenschirm hatte Olympia immer wieder im Weg rumgelegen. Gestern hätte sie ihn gut loswerden können, hatte aber vergessen, ihn ins Institut mitzunehmen. Warum Sabea Hillendorf ihn bei der Hitzewelle wohl zur Gedenkfeier mitgenommen hatte? Um mit ihm Wickart von Unglaub eins überzubraten, damit er endlich aufwachte? Jedenfalls sollte sie ihn der unglücklich Verliebten schnellstens zurückgeben. Auf dem Weg zu ihrer ersten Putzstelle an diesem Tag würde sie einfach kurz am Weinmarkt stoppen, um ihn in Leas Büro zu deponieren.

Als Olympia das Gebäude betrat, traf sie auf Hausmeister Willy in seiner üblichen Pose. Er hatte sich auf den Besen gestützt, seinen Blick auf die Gebäudetür gerichtet und war startklar für ein Schwätzchen. Als hätte er gewusst, dass sie kommen würde.

»Guten Morgen, Frau Olümbia!«, begrüßte er sie freudig.

»Guten Morgen, Willy.«

»Und? Wie war die Gedenkfeier am Sonntag?«, fragte er.

»Wirklich bewegend und filmreif«, fasste sie das Event zusammen, und Willy grinste zufrieden.

Weniger zufrieden wirkte kurz darauf Wickart von Unglaubs Büroangestellte. Lea saß hinter dem Schreibtisch ihrer toten Chefin und schien sich Schublade für Schublade durch deren Hinterlassenschaften zu arbeiten. Als Olympia an den Türrahmen klopfte, fuhr sie herum.

»Es ist nicht, wie es aussieht«, verteidigte sie sich sofort. »Ich schnüffle nicht! Wickart hat mich darum gebeten, ein bisschen Ordnung in die Unterlagen zu bringen.«

»Wäre das denn nicht sein Job?« Olympia machte einen Schritt auf sie zu. »Schließlich ist das etwas sehr Persönliches.

Lea nahm ein mit Pailletten bestícktes türkisfarbenes Schminktäschchen heraus und zog den Reißverschluss auf. »Wickart sieht das nicht so. Die Polizei hat ja alles Wichtige schon mitgenommen, und er bringt es einfach nicht übers Herz, die restlichen Sachen zu sichten. Also hat er mich darum gebeten. So ist er halt, und man kann ihm einfach keinen Wunsch abschlagen.«

Ihr Blick ruhte auf Olympia, als würde ihr noch etwas auf der Zunge liegen. Aber sie schluckte es hinunter und machte das türkisfarbene Täschchen wieder zu.

»Eigentlich wollte ich in deinem Büro nur den Regenschirm von Frau Hillendorf hinterlegen. Sie hat ihn am Sonntag im Taxi vergessen. Sie schaut doch sicher hin und wieder vorbei?«

Lea warf das Täschchen achtlos in die Schublade zurück, stand auf und ging voraus in ihr Büro. »Eher seltener.«

Als Olympia vor deren Schreibtisch stand, fiel ihr Blick auf eine aufgeschlagene Boulevardzeitschrift. Annette von Unglaubs Antlitz lachte ihr entgegen.

»Wenn man sie so sieht, glaubt man nicht, was für eine Furie sie sein konnte.« Und da Olympia ihr nicht widersprach, sondern gebannt lauschte, fuhr Lea fort: »Die beiden, also Wickart und sie, haben sich manchmal so gezofft, dass ich dachte, gleich passiert ein Unglück.«

»Aber für die Tatzeit hat er doch ein Alibi, oder?«, rutschte es Olympia heraus. »So habe ich das natürlich nicht gemeint«, beeilte sie sich zu sagen, als sie sah, dass Lea zusammengezuckt war. »Ich meine, ich habe schon gehört, dass die von Unglaub unheimlich ausflippen konnte, wenn es um die angeblich nicht vorhandene Treue ihres Ehemannes ging.«

Lea verzog spöttisch den Mund. »Dabei kann jeder seit gestern online nachlesen, dass *sie* es war, die immer wieder Lover hatte. Aber das war natürlich etwas anderes.« Sie spielte geistesabwesend mit dem Knirps. »Doch noch viel schlimmer war der Neid. Sie hat ihrem Mann nicht die Butter auf dem Brot gegönnt.« Sie zuckte mit den Schultern. »Zwei Sonnen in einem Universum können schließlich nicht existieren.«

»Wie ist sie eigentlich so berühmt geworden?«, fragte Olympia nach. »Laut den Medien soll sie ja eigentlich ein unscheinbares Mädchen vom fränkischen Land gewesen sein, Annette Müller halt.«

Lea nickte. »Und wurde noch dazu von einem gewalttätigen Vater unterdrückt. Das hat mir Wickart einmal erzählt. Sie hat es nicht leicht gehabt.« Geistesabwesend betrachteten beide den Regenschirm in Leas Händen.

»Womöglich hat sie gerade das so ehrgeizig werden lassen. Sie hatte keine Lust, ein fremdbestimmtes Leben zu führen«, schlug Olympia vor, als ihr die Stille zwischen ihnen zu lange dauerte.

»Der Durchbruch kam, als ihr ein Bekannter, der beim Privatfernsehen arbeitet, einen Beitrag über ihre Arbeit als Selbstbewusstseinstrainerin verschaffte«, erinnerte sich Lea. »Annette hat sich im Nullkommanichts mit ihrer unglaublichen Ausstrahlung und ihrer Redegewandtheit in die Herzen der Zuschauer gemogelt. Es war, als würde sie ihnen die Seele öffnen, sie von einer Last befreien und sagen: Vergesst nicht, dass ihr alle etwas ganz Besonderes seid! Und jetzt fangt an zu leben!«

Olympia musterte Lea. Das war neu, dass sie so etwas wie Bewunderung für ihre ehemalige Chefin ausdrückte.

»Mit den kleinen Tipps und später den Lifehacks im Internet hat sie anscheinend einen Nerv getroffen. Und seien wir doch mal ehrlich: Wer glaubt denn nicht von sich, dass ihm etwas mehr Mumm und Selbstvertrauen guttäten?« Lea seufzte zustimmend, obwohl sie doch an der Quelle des Selbstbewusstseins saß. »Der richtig große Hype begann allerdings erst, als sie anfing, über Privates und ihre Skandälchen zu plaudern. Wie groß dabei der Wahrheitsgehalt war, schien unwichtig zu sein – je anrüchiger, desto höher die Einschaltquote und desto mehr Follower, Likes und Abonnenten.«

Ein Klopfen unterbrach das Gespräch, und sogleich steckte ein junger Mann in Jeans und mit bedrucktem Hemd und blendendem Lächeln seinen Kopf ins Büro. »Hi, Lea, ich wollte nur Bescheid sagen, dass Sven, Daniel und ich um zehn ein Meeting mit Wickart haben. Also stell bitte keine Gespräche durch.«

Anscheinend einer der Coaches, die auch hier arbeiten, kombinierte Olympia und machte den Mund auf, ohne nachgedacht zu haben. »Geht es dabei wohl um das große Gedenkevent zu Ehren von Frau von Unglaub?«

Der junge Mann und Lea tauschten einen Blick, bevor beide Olympia anschauten.

»Du meinst die Beerdigung?«, fragte Lea.

Olympia schüttelte den Kopf. »Wickart hat mir von einer riesigen Veranstaltung erzählt, die womöglich in der Meistersingerhalle oder einem der großen Nürnberger Hotels stattfinden soll.« Sie wartete, aber kein »Ach so, die Veranstaltung!« kam.

Stattdessen lächelten die beiden verschämt. »Wer sollte das denn bezahlen?«, sagte der Mann schließlich. »Mit dem Event am Sonntag hat er eh schon ein noch größeres Loch in unsere Finanzen gerissen.« Und damit verschwand er.

Lea legte endlich den Schirm beiseite und begab sich schweigend wieder in Annette von Unglaubs Büro.

Olympia folgte ihr. »Wie kann es denn sein, dass die von Unglaubs knapp bei Kasse sind?«, konnte sie sich nicht zurückhalten zu fragen. »Bei den hohen Honoraren und Kursgebühren. Und deine Chefin wird doch auch durch ihre Fernsehauftritte gut verdient haben, den Buchdeal nicht zu vergessen.«

Lea sah ihr direkt in die Augen. »Was ich dir jetzt sage,

bleibt aber unter uns, Olympia: Wenn man permanent auf zu großem Fuß lebt, muss sehr viel Geld nachgeschoben werden, damit die Konten wenigstens einigermaßen gedeckt sind. Eine Villa am Ebensee, Designerklamotten und Luxusreisen kriegt man eben nicht zum Schnäppchenpreis. Der Porsche und der SUV sind übrigens geleast.« Und bevor Olympia nachhaken konnte, lieferte Lea ihr auch schon die Erklärung dafür, warum sie einen solch guten Einblick in die von Unglaub'schen Finanzen hatte: »Ich mache die Buchhaltung und helfe bei der Steuer. Insbesondere dann, wenn es um die nicht monetären Zuwendungen und Werbeeinnahmen durch Produktplatzierungen in den Social-Media-Kanälen geht.«

Olympia nickte und wunderte sich. Erstaunlich, dass Lea sich zu so einer Indiskretion hatte hinreißen lassen, wo ihr doch sonst alles, was ihren Chef betraf, heilig war.

Es war früher Nachmittag, als Olympia nach ihrer Arbeit nach Hause kam, sich die warme Lederjacke auszog und den Rollerhelm an den Haken am Garderobenständer hängte. Mit den Gedanken war sie schon bei der Vernissage am Abend. Zog man sich zu der Ausstellungseröffnung einer erotischen Malerin eher sexy an? Oder überließ man dieses Vorrecht der Künstlerin? Ach du lieber Himmel, die Amore würde doch hoffentlich nicht im Adamskostüm erscheinen? Und sollten am Ende auch die Besucher …?

Olympia ging zu ihrem Kleiderschrank und musterte skeptisch dessen Inhalt. Nach mehrmaligem Kleid-raus-aus-dem-Schrank-und-wieder-rein entschied sie sich für ihre schwarze Stoffhose mit dünner Bluse und Blazer. Schwarz ging immer, und bei Bedarf konnte sie den Blazer ausziehen.

Ein Anruf sorgte bei ihr, nach der erstaunlichen Info über die finanzielle Schieflage der von Unglaubs, für die nächste Verblüffung des Tages. Sabea Hillendorf war am Apparat und teilte ihr mit, dass sie ihren Regenschirm vermisse.

Diesbezüglich konnte Olympia ihr schnell helfen. »Den habe ich am Vormittag im Büro des Instituts abgegeben.«

»Nun, das ist schlecht.« Die Hillendorf klang gereizt. »Dort bin ich so gut wie nie. Meine Anwesenheit am Samstag und Sonntag war nur dem Wunsch von Herrn von Unglaub geschuldet.«

»Das verstehe ich, mir ist Frau Amore auch schon über den Weg gelaufen«, warf Olympia ins Blaue hinein ein. Zwar konnte es genauso gut sein, dass der tragische Todesfall die Hillendorf vom Institut fernhielt, aber ihr Instinkt hatte sie nicht getrogen.

»Das ist mir klar, dass sich diese freche Person nach Annettes Tod ins gemachte Nest setzt.«

Wenn Olympia so darüber nachdachte, kam es der Künstlerin wahrscheinlich wirklich gelegen, dass ihr Wickart nun Witwer war. Sie traute der dreisten Aufzugfahrerin so einiges zu, aber war sie auch eine Mörderin?

Kurz streiften ihre Gedanken auch Lea. Ganz offensichtlich hatte sie sich in den Coach verguckt. Aber würden alle Sekretärinnen, die in ihren Chef verschossen waren, dessen Ehefrau ermorden, würde die Verbrechensrate enorm in die Höhe schießen. Außerdem hatte sie doch einen Freund.

Und die Hillendorf? Was hätte sie vom Tod der von Unglaub gehabt? Dass ihre große Liebe sie schlagartig als begehrenswerte Frau wahrnahm, hatte sie doch nicht ernsthaft hoffen können. Zudem deutete alles darauf hin, dass den just frei gewordenen Platz an seiner Seite bereits Felicity Amore besetzt hatte.

»Trotzdem vielen Dank.« Sabea Hillendorf legte grußlos auf.

Olympia hatte sich nicht einmal mehr nach ihrem Befinden nach dem kapitalen Champagnerbesäufnis erkundigen können. Aber die im nüchternen Zustand wieder unterkühlte Hillendorf hätte sie an ihren Katernachwehen bestimmt eh nicht teilhaben lassen.

Wickarts Erkenntnis

Eingebettet in üppiges Grün glitzerte durch lichte Hecken und Weidenbäume der Ebensee. Wespen schwirrten auf der Terrasse über den Holztisch, an dem Wickart saß. Er war müde, fühlte sich emotional ausgelaugt. Er sehnte sich in ein Flugzeug, das ihn weit weg von hier bringen würde. Wenn er wenigstens die Vernissage schwänzen könnte, aber das war unmöglich. Feli wäre bis in alle Ewigkeit eingeschnappt. Doch wäre das ein Weltuntergang? Ihre Art, sich in jedem Moment zur Schau zu stellen, widerte ihn an. Annette war auch stets aufgedreht gewesen, dabei aber stets eine Dame geblieben. Felicity dagegen merkte jeder nach drei Sätzen an, dass sie ein Gossenkind war, allerdings auch ein Naturtalent. Ihre Aktbilder waren wirklich hervorragend. Der Kniff, zu behaupten, sie würde sie nackt malen, kam natürlich bei der Presse und den an ihrer Art von Kunst Interessierten gut an. Ob sie wirklich unbekleidet oder in Jogginghose malte, wusste Wickart nicht mal. Er hatte sie nie dabei beobachtet. Wenn er sie besuchte, malte sie nicht, war aber ausschließlich nackt gewesen, jedoch aus einem anderen, verständlicheren Grund.

Er würde die Affäre mit ihr baldmöglichst beenden.

Was für ein Segen, dass sie bedingt durch die Urlaubszeit die Anzahl der Kurse heruntergefahren hatten. Auch den Besuch beim Beerdigungsinstitut hatte er hinter sich gebracht, und die lästigen Anrufe und Beileidsbekundungen wurden seltener.

Direkt nach dem Meeting mit den Kollegen hatte er sich aus dem Staub gemacht und war nach Hause in die Villa gefahren. Auch wenn Annette und er in den letzten Jahren so gut wie zwei getrennte Leben geführt hatten, wirkte das Haus ohne sie wie ausgestorben. Es hatte seinen Charakter geändert, als hätte seine Frau dessen Seele mit ins Jenseits genommen.

Er lockerte seine Krawatte, legte sich in voller Montur, in Anzughose und Hemd mit aufgekrempelten Ärmeln, auf die Sonnenliege und den Arm über die Augen und war sofort weg.

Wickart tauchte aus dem Schlaf auf wie aus einem schlammigen See. Wo war er? Wie spät war es? Sein Herz raste, etwas hatte ihn geweckt. Aber was? Da war doch etwas. Er konzentrierte sich, blinzelte mehrmals, bis er realisierte, dass die Bedrohung real war. Vor der offenen Terrassentür stand eine Gestalt, die neugierig in die Villa sah. Es schien, als hätte sie ihn auf der Sonnenliege nicht bemerkt. Einer von den Presseheinis? Oder ein Einbrecher?

Wickart bewegte sich nicht, überlegte, wie er den Eindringling überwältigen könnte. Geräuschlos setzte er sich auf. Beobachtete, wie die Gestalt etwas vor die Terrassentür legte. Dann traf Wickart die Erkenntnis. Das war keiner, der seinen Safe knacken wollte. Das war wieder die durchgeknallte Person, die ihm vor zwei Tagen die schwarze Kleidung vor die Terrassentür gelegt hatte. Wenn es sich bei der nicht sogar um die Stalkerin handelte, die ihm ihren Slip und sonstigen Plunder ins Institut geschickt hatte.

Wütend über die Dreistigkeit, mit der sie sich erneut auf sein Grundstück gewagt hatte, stürzte er auf sie zu.

»Du?« Wickart wich entsetzt zurück, als er sie erkannte. Mit ihr hatte er nun wirklich nicht gerechnet.

Gelähmt vor Schreck

Treppenhaus oder Lift? Es war keine Frage der Fitness, sondern der Angst. Nahm sie den Aufzug, wäre sie drei Stockwerke lang in ihm gefangen. Würde man sie hingegen im Treppenhaus angreifen, könnte sie nur nach oben oder unten rennen, und Sport war nun nicht gerade ihr Ding. Wie es aussah, hatte sie die Wahl zwischen Pest oder Cholera.

Seit dem Mord hatte Annikki das Institut gemieden, wann immer sie konnte. Sie war Olympia wirklich dankbar dafür, dass sie sie in den letzten Tagen vom Putzdienst befreit hatte.

Die Unterstützung beim Catering am Sonntag war eine Ausnahme gewesen.

Die Veranstaltung war ohnehin ziemlich seltsam gewesen. Annikki hatte ja schon so einige Partys erlebt, aber noch nie etwas in der Art. Bei dem schlechten Benehmen der Gäste war irgendwann das Gedenken der Toten völlig auf der Strecke geblieben, der Manager der Ermordeten hatte gerade noch das Ruder herumgerissen, während der Ehemann in starrem Schweigen versunken war.

Annikki wollte dort nicht putzen. Zwar war für gewöhnlich immer eine Person anwesend, die »nach der Putzfrau« abschloss, sodass sie dort nie ganz allein war, aber noch immer war der Mörder oder die Mörderin auf freiem Fuß.

Sie biss die Zähne zusammen. Olympia hielt ihr immer vor, dass sie Finnin sei und Finnen schließlich für ihren Mut bekannt seien. So wie die Bayern für Bier, Lederhosen und diesen seltsamen Volkstanz. Und? Konnte Olympia deswegen etwa schuhplatteln?

Schlussendlich entschied sie sich für den Aufzug und gelangte sicher in den dritten Stock. Doch als die Aufzugtür zur Seite fuhr und Annikki einen vorsichtigen Blick nach draußen wagte, sah sie genau das, wovor sie sich so sehr gefürchtet hatte. Vor ihr stand eine Gestalt.

Annikki hatte es doch die ganze Zeit über gewusst! Der Mann, den die Polizei verhaftet hatte, war nicht der Messerstecher. Der hatte nämlich auch Frau von Unglaub umgebracht, und jetzt war sie dran.

Die Blicke des Nürnberger Messerstechers und des finnischen Angsthasen trafen sich und sprachen Bände.

Blitzschnell griff seine plumpe Hand nach Annikki und packte sie grob am Arm. Sie konnte nicht einmal schreien, so gelähmt war sie vor Schreck.

Manne, das Ferkel

Es war eigentlich vorhersehbar gewesen, aber Manne hatte sich halt nichts Schlechtes dabei gedacht. Und wie sagten die Taxikollegen untereinander doch immer so treffend? Wer schlecht denkt, ist die Sau. Wenigstens hatte er sich diesen Kommentar verkniffen.

Die Fahrgäste, ein schweigsames Ehepaar Mitte fünfzig, waren dennoch nur mit Engelszungen zu beruhigen gewesen.

Am Business Tower waren sie in sein Taxi gestiegen. Er vorn und in sein Smartphone vertieft, sie rutschte auf die Rückbank und sagte kurz angebunden: »In die Friedrichstraße.«

Mannes Magen knurrte, als wollte er ein Gespräch beginnen. »Tut mir leid«, entschuldigte sich der Taxerer und schlug sich auf den Bauch. »Des macht er immer von ganz allein, wenn ich an a Leberkäsweggla denk.«

Was ein Witz sein sollte. Der, fast wie zu erwarten gewesen war, bei den Fahrgästen keine Reaktion auslöste.

Da Manne noch immer Strohwitwer war, für die breite Bevölkerung Abendessenszeit war und er sich nun einmal schon in der Ostendstraße befand, überlegte er, einen kleinen Abstecher zum Brezen-Drive-in zu machen. Den minimalen Umweg würde er dem Paar selbstredend nicht berechnen.

»Sie«, sagte er also, »dät Ihnen des was ausmachen, wenn ich kurz da vorne anhalten dät? Ich müsst nur schnell was besorgen. Das Taxameter stell ich erst nacherdla an.«

Hinterher schimpfte er stumm mit sich. Er hatte sich wirklich unprofessionell verhalten. Er konnte doch nicht mit seinen Fahrgästen »shoppen« fahren, nur um seine Gelüste zu befriedigen. Deren Transport hatte immer Priorität!

Und dann war die Sache eben völlig aus dem Ruder gelaufen. Er schaute in den Rückspiegel und sah, wie die Frau die Stirn runzelte. Also erklärte Manne sich weiter, während er bereits den Blinker setzte. »Des dauert auch gar ned lang. Ich hol mir bloß schnell zwei Nackerde, gell.« Er kicherte etwas verlegen und blickte rüber zu dem Mann. Und weil Manne ein mitfühlender Mensch war und wusste, dass Männer eigentlich immer hungrig waren, fragte er: »Soll ich Ihnen auch a Nackerde mitbringen?«

Schlagartig ließ der Fahrgast sein Handy in den Schoß fallen, und die Frau schrie vom Rücksitz aus hysterisch nach vorne: »Sie sind ja pervers, Sie Ferkel!«

»Wie können Sie es wagen!«, donnerte nun auch der Mann.

Manne hatte keinen Schimmer, warum sie das Tamtam aufführten. Es war doch nur eine Sache von zwei Minuten. Von der Fahrbahn aus konnte man den unbesetzten Drive-in sogar sehen – wo also war das Problem?

»Halten Sie an oder ich rufe die Polizei! Sofort anhalten!« Die Frau fummelte bereits an ihrem Sicherheitsgurt herum.

Vor Schreck fuhr Manne bei der Einfahrt zum Brezen-Drive-in über eine Grünfläche, gab Gas, raste auf den Biergarten der Brezen-Großbäckerei zu und stieg davor gerade noch auf die Bremse.

Die Frau knallte mit einem gellenden Schrei gegen den Rücksitz.

Manne blickte sich hilflos um.

Sie raffte ihre Handtasche und floh aus dem Wagen, ihr Mann öffnete ebenfalls den Gurt.

»Keinen Cent bekommen Sie für diese Fahrt!«, schrie er, während er die Wagentür öffnete. »Keinen Cent!«

Wütende Verwünschungen ausstoßend marschierten beide vom Bäckereigelände Richtung Straßenbahnhaltestelle. Und noch immer war sich Manne keiner Schuld bewusst. Er hatte doch bloß Hunger gehabt. Dann machte es bei ihm klick. »Verdammt, des wor ned goud!«

Olympia musste so herzhaft lachen, dass sie fast das Kaffeepulver über der Filtertüte verschüttete. Sie liebte alle von Mannes Anekdoten, aber diese war das bisherige Highlight.

»Du kannst von Glück reden, wenn sie sich nicht bei der Taxizentrale über dich beschweren oder dich anzeigen.« Wobei sie sich durchaus lebhaft vorstellen konnte, dass auch die

Beamten sich insgeheim vor Lachen ausschütten würden, wenn sie erfuhren, was passiert war.

»Aber Brezen ohne Belag sind doch nun amol nackerde Brezen«, verteidigte er sich.

»Mag sein, Manne«, schmunzelte Olympia, »aber deine Fahrgäste waren anscheinend des Fränkischen nicht mächtig.«

Manne nickte geknickt. »Wahrscheinlich hast du recht.«

»Wo wir schon bei dem Thema sind«, fiel es Olympia ein. »Ich gehe heute Abend auf die Vernissage von Felicity Amore, die, wie ich eben auch noch einmal im Internet gelesen habe, ja angeblich ihre Kunstwerke nackt malen soll.«

Manne schüttelte sich wie ein nasser Hund.

»Was denn? Seit wann so prüde?«, tat sie überrascht.

»Kopfkino, Olympia, nur Kopfkino. Ich hab mir gerade meine Elfi nackt am Herd beim Schnitzelbraten vorgestellt. Aus dem Alter, sich zu präsentieren, wie Gott uns schuf, sind meine Frau und ich figurmäßig echt raus.«

Als Olympias Handy klingelte, dauerte es etwas, bis sie es gefunden hatte. Es war Annikki. Olympias Finger schwebte schon über dem grünen Telefonhörer, da legte ihre Kollegin wieder auf. »Anscheinend hat sie sich verwählt, das passiert ihr ständig. Vielleicht braucht die Gute mal eine Brille«, murmelte sie.

»Und du solltest dir auch eine Brille aufsetzen, damit du bei dieser nackerden Vernissage auch wirklich alles siehst und mir anschließend davon berichten kannst.«

Olympia zwinkerte ihm zu. »Manne, du bist ja doch ein Ferkel!«

Annikki in Trouble

Die Gestalt zerrte Annikki unsanft aus dem Aufzug und drückte sie gegen die Wand. Schlagartig erwachte die Finnin aus ihrer Schockstarre, schimpfte in ihrer Muttersprache los und schlug wütend mit der freien Hand nach dem vermeintlichen Messerstecher. Der anscheinend auf die heftige Gegenwehr der halben Portion nicht vorbereitet war. Schützend hielt er sich den Arm vors Gesicht.

»Beruhigen Sie sich doch! Ich will Ihnen doch nur helfen.« Mit der freien Hand zog er sich die Kapuze seines schwarzen Hoodies vom Kopf.

Eine Halbglatze mit spärlichem Haarkranz wurde sichtbar und nahm ihm etwas von seiner Bedrohlichkeit. Dennoch, dass der unbekannte Mann so ruhig sprach, machte Annikki Angst. Wenn er ihr helfen wollte, warum hatte sie ihn dann dabei erwischt, wie er ein schwarzes Kreuz mit einem Totenkopf und Schlangen an die Eingangstür des Instituts malte?

Wieder packte er sie am Arm.

»Lassen Sie mich los!«, plärrte Annikki ihn resolut an.

Tatsächlich lockerte sich sein Griff wieder, und er zog sie näher an die Tür. Unter dem Kreuz hatte er mit Klebestreifen eine handgeschriebene Nachricht angebracht.

Annikki las:

Warnung!
Diese Menschen sind Scharlatane!
Fallen Sie nicht auf diese Gedankenzerstörer herein. Sie rauben Ihnen Ihren freien Willen und pflanzen Ihnen böses Gedankengut ein.
Auch meine Frau wurde von Annette und Wickart von Unglaub umprogrammiert, wie die Herrschaften das nennen. Nun fängt sie ein neues Leben an – ohne mich.

Die Entscheidung der Frau wunderte Annikki nicht besonders.

Erotische Genüsse

Die Vernissage fand im Stadtteil Gostenhof statt, den seine Bewohner unterschiedlichster Kulturen prägten und der sich in den vergangenen Jahren immer mehr zu einem Ausgeh- und Künstlerviertel gemausert hatte.

Olympia erblickte Felicity Amore sofort. Sie trug schwarze Röhrenjeans und einen bei der immer noch herrschenden Hitze völlig absurden schwarzen Rollkragenpullover. Womöglich sollte er ein Statement gegen ihre ansonsten zelebrierte Freikörperkultur darstellen.

Olympia atmete erleichtert auf. Mit ihrem schwarzen Outfit hatte sie wortwörtlich ins Schwarze getroffen.

In dem ehemaligen Ladenraum waren die Wände abwechselnd in Rot und Schwarz gestrichen, altmodische Ohrensessel luden dazu ein, sich entspannt zurückzulehnen und die von Spots gezielt in Szene gesetzten Gemälde ausführlich zu betrachten. Titel der Ausstellung war: »Lust und Genuss«.

Olympia schlenderte von Bild zu Bild. In freizügigen und unmissverständlichen Posen räkelten sich die dargestellten nackten Frauen auf gedeckten Tafeln, auf in Wiesen ausgebreiteten Picknickdecken, auf Küchentischen, Tierfellen und wo immer man sich sonst noch mehr oder weniger genüsslich räkeln konnte. Dass die Künstlerin das jeweilige Schamhaardreieck der Nackten durch üppige Brokkoliköpfe, Blumengebinde, rosa Zuckerwatte, dunkle Weintraubenreben, Friséesalatköpfe, halbierte Melonen oder Papayas ersetzt hatte, entlockte Olympia ein amüsiertes Grinsen. Mit welchem Gemüse oder welcher Frucht die Künstlerin wohl die Herren der Schöpfung bestücken würde? Mit einer Schlangengurke, einer Zucchini, einer krummen Banane oder einer dicken Aubergine?

»Ein Traum für alle Veganer, nicht wahr?«, sagte plötzlich eine tiefe Stimme, und Olympia fühlte sich ertappt. Es war Wickart von Unglaub. »Schön, dass du gekommen bist, Olympia.« Anscheinend hatte er vor, sie nach dem Kurs weiterzuduzen.

Felicity Amore tänzelte ebenso herbei und musterte Olympia. War es allein aus künstlerischem Interesse, oder fürchtete sie gar eine Nebenbuhlerin?

»Die Leute lieben meine Bilder«, frohlockte sie, ohne Olympia begrüßt zu haben, und flatterte sofort weiter.

»So farblos und ohne schrilles Theater erkennt man sie fast gar nicht, oder?«, meinte der Coach ungerührt, nahm eine Flasche Champagner aus einem der Sektkühler auf den Stehtischen und schenkte ihnen zwei Gläser ein. »Mir ist heute nach Alkohol«, sagte er und prostete Olympia zu.

Aus einem Nebenraum, in dem frühere Werke Amores ausgestellt waren, drang unangenehmes weibliches Gelächter. Die Frauen schienen bereits ordentlich dem Schampus zugesprochen zu haben.

»Oh nein, nicht schon wieder die!«, sagte Wickart und trollte sich.

Neugierig lugte Olympia nach nebenan. Sie hatte es schon geahnt: Es waren die vier Lästerschwestern.

»Was hat er sich denn da für einen Besen angelacht!«, krähte eine große Blondierte, die die Wortführerin zu sein schien. Die anderen hingen an ihren Lippen und nickten wie drei Wackeldackel. »Und die Einladungen zu dieser Vernissage«, sie spuckte das Wort verächtlich aus, »hat er ringsum wie sauer Bier angeboten. Wer würde sich diesen Schrott denn auch freiwillig antun!« Wieder folgte kreischendes Gelächter.

»Und unser armes Annettchen liegt schon fast in seinem Sarg und kriegt nichts mehr davon mit, dass nun offensichtlich wird, dass sich die malende Bordsteinschwalbe ihren geliebten Mann schon vor Wochen gekrallt hat«, setzte die Schwarzhaarige mit den tiefen Stirnfalten noch eins drauf.

Es war einfach nur widerlich. Olympia schüttelte es. Warum nur hatte Wickart diese entsetzlichen Weiber eingeladen, wenn er vor ihnen die Flucht ergriff?

»Wer weiß, vielleicht hat die liebe Felicity ja mit einem Gemüsemesser bei Annettchen nachgeholfen?«, grölte jetzt die Weißblonde.

Beschämt zog Olympia sich zurück. Es war fast unmöglich, die Lästerschwestern nicht bis in den großen Ausstellungsraum zu hören. Oder war das deren Absicht?

Stunden später musste selbst Olympia zugeben, dass die Vernissage ein voller Erfolg war. Der Champagner war herrlich erfrischend, die Gäste bester Laune, es wurde gelacht und in der lauen Sommernacht über die ausgestellten Bilder und Kunst im Allgemeinen diskutiert. Champagnerkorken um Champagnerkorken flog in die Nacht. Musik, die lief, wurde mit jedem Song fetziger und lauter. Die Amore feuerte ihren Rollkragenpullover in eine Ecke und tanzte oben ohne. Schuhe wurden abgestreift, weil es sich barfuß einfach besser tanzte, und sogar ein Fotograf war da und hielt alles für die Ewigkeit fest. Was für eine tolle Nacht!

Wickarts neues Betthäschen

Nach einem schnellen Frühstück schaltete Olympia den Geschäftsrechner ein, um die in den letzten Tagen eingegangenen Mails zu checken. Obwohl sie am Abend zuvor am Champagner wirklich nur genippt hatte, hatte sie einen Brand, den sie mit einem großen Glas Wasser gierig löschte. Aus reiner Gewohnheit öffnete sie erst mal die aktuellen Nachrichten aus Nürnberg und Franken und stieß sofort einen kurzen abgehackten Schrei aus. Mit vor Entsetzen offen stehendem Mund las sie den Artikel, der ihr ins Auge gesprungen war, und wusste nicht, ob sie aus der Haut fahren oder sich freuen sollte.

Sie öffnete verschiedene Internetportale und blieb sprachlos. Überall sah sie – sich selbst!

Ganz Nürnberg schien kein wichtigeres Thema zu kennen. Die Boulevardpresse hatte sich vollkommen auf Wickart von Unglaub – »Ist der Witwer vielleicht doch der Mörder?« – und seine neue Begleitung – »Neue Frau an seiner Seite?« – eingeschossen. Felicity Amores Vernissage wurde, wenn überhaupt, nur mit einem Nebensatz erwähnt.

Auf einem der Fotos, auf dem Olympia besonders herausstach, erkannte sie sich selbst kaum wieder. Gut und gerne hätte sie ein C-Promi oder ein Adabei sein können, wie man in Bayern so schön sagte. Einer von denen, die plötzlich überall »auch dabei waren«. Solche, die auf Promipartys möglichst spärlich bekleidet und mit dummen Duckfaces in die Kamera starrten und von denen hinterher niemand wusste, wie sie es auf den roten Teppich geschafft hatten.

Bedauerlicherweise hatte Olympia nicht registriert, dass zwei der obersten Knöpfe ihrer Bluse aufgesprungen waren. Aber sie war es schließlich auch nicht gewohnt, von Paparazzi abgelichtet zu werden. Und doch passte der Einblick in ihr Dekolleté irgendwie zu den frivolen Bildern der Ausstellung. Dazu tanzten ihr die Locken um den Kopf, ihre Zähne blitzten weiß aus einem stark geschminkten, lachenden Mund, beide Arme warf sie in die Luft und schwang dazu das Bein. Wickarts Hand lag an ihrer Taille, als würden sie Sirtaki tanzen.

Der Gesichtsausdruck des Coaches auf dem Foto schickte einen Stromstoß durch ihren Körper. Er sah aber auch verdammt sexy aus. Er wiederum betrachtete sie auf dem Bild, als hätte er in ihr ein superverschmustes Kuscheltier für die Nacht gefunden. Sein Blick war unleugbar heiß! Sehr heiß!

Olympia überflog den Begleittext:

Der Witwer der vor nicht einmal einer Woche ermordeten Annette von Unglaub lenkt sich auf der Vernissage der Erotikkünstlerin Felicity Amore mit einer unbekannten griechischen Schönheit ab. Sie scheint ihn über seine Trauer hinwegzutrösten. Es heißt, sie sei bereits des Öfteren an Wickart von Unglaubs Seite gesehen worden.

»Ich brauche einen Ouzo«, stöhnte sie leise, während sie eine Ahnung bekam, wie sich Stars fühlten, wenn ein Skandal über sie aufgedeckt worden war. So etwas war niemandem zu wünschen. Jetzt hatte sie einen Ruf als Wickarts Betthäschen weg. Hoffentlich lasen ihre Eltern auf Mykonos keine regionalen Nachrichten! Am besten, sie ignorierte den Artikel und hoffte, dass schnell Gras darüber wuchs.

Doch Olympia hatte bei ihrem ersten Kunden am Morgen noch nicht einmal die Gummihandschuhe übergestreift, da begannen auch schon die Nachrichten einzutreffen, und ihr Handy läutete ununterbrochen. Es stand einfach nicht still. Alle wollten sich über ihre nächtliche Eskapade auslassen. Irgendwann schaltete sie das Telefon entnervt aus.

Auf dem Nachhauseweg hielt sie mit ihrer Vespa bei einem Zeitschriftenkiosk an. Mit roten Ohren blätterte sie durch die aktuelle GALA, InTouch, BUNTE und den STERN, aber die neuesten Ausgaben waren zum Glück schon vor einigen Tagen erschienen.

Wieder in ihrer Wohnung ging sie online. Mittlerweile überschlug sich die Berichterstattung im Internet. Allgemeiner Tenor: Was für eine unverhoffte Wendung im Mordfall der beliebten Selbstbewusstseinstrainerin, die noch nicht einmal unter der Erde war – ihr Ehemann hatte bereits eine Neue!

Was wohl Carl dazu sagen würde? Diese Ungewissheit machte ihr am meisten zu schaffen. Zwar interessierte er sich sonst nicht für Klatsch und Tratsch, aber dieser ganz bestimmte Klatsch könnte immerhin etwas mit dem Mordfall von Unglaub zu tun haben.

Seufzend schaltete sie ihr Handy wieder an und versuchte, Annikki zu erreichen, aber deren Handy war ausgestellt. Die Finnin hatte schon einen ganzen Tag lang nichts von sich hören lassen und war jetzt nicht erreichbar. Seltsam. Normalerweise rief sie mindestens einmal täglich an, um Olympia kurz Bericht über die getane Arbeit zu erstatten und mit ihr zu quatschen. Auch auf Olympias WhatsApp-Nachrichten gestern hatte sie nicht geantwortet. Merkwürdig. Wo die Finnin doch sonst auf jedes Fiepen ihres Smartphones reagierte.

Etwas »Schreckliches« muss passiert sein!

Aber unterdessen machte sie sich wirklich Sorgen. Sollte sie bei ihrer Wohnung vorbeifahren? Oder Carl informieren? Annikki als vermisst melden? Bevor sie eine Entscheidung traf, checkte Olympia rasch die entgangenen Anrufe und Nachrichten. Auch Saskia Wiedenhoff hatte sich gemeldet. Olympia rief sie zurück.

»Na, von dir liest man ja tolle Sachen. Du und Wickart!«, sagte sie frostig.

Nanu, ist sie etwa eifersüchtig auf mich?, dachte Olympia und widersprach heftig. Doch je mehr sie sich verteidigte, umso mehr klang sie, als ob sie etwas zu vertuschen versuchte. Dabei war nicht das Geringste passiert.

Sie hatte Wickart noch nicht einmal geküsst!

»Du weißt aber schon, dass er sich nur an dich herangemacht hat, um in die Schlagzeilen zu kommen. Die unbekannte griechische Schönheit! Nur der, über den man spricht, ist in. Die Frauen werden ihm nun, wo er wieder zu haben und augenscheinlich auch einer neuen Liebe nicht abgeneigt ist, das Institut einrennen«, ätzte Saskia.

Wodurch das Institut neue Kundinnen gewinnt, dachte Olympia und erinnerte sich an Leas Worte, die diese hinsichtlich der finanziellen Situation der von Unglaubs hatte fallen lassen. Ein warmer Geldregen wäre definitiv willkommen. Ob sie, seine Putzfrau, von diesem von der Presse ausgeschlachteten Ausrutscher ebenfalls profitieren würde, war hingegen fraglich.

Und Saskia war noch nicht fertig. »Genieße es, im Rampenlicht zu stehen. In wenigen Tagen ist der Spuk sowieso wieder vorbei. Aber bis dahin kannst du dich noch auf einiges gefasst machen, die Öffentlichkeit lechzt doch nach schmutziger Wäsche. Es ist ein Wunder, dass noch niemand von der Presse bei dir angerufen hat oder Paparazzi vor deinem Wohnhaus herumlungern.«

Olympia eilte zum Fenster und rasterte nervös den Albrecht-Dürer-Platz nach den Haien von der Presse ab. Nichts. Sie atmete auf.

Saskia fuhr ungerührt fort: »Du kannst dich geschmeichelt fühlen, dass man dir eine Affäre mit Nürnbergs derzeit heißestem Witwer andichtet. Auf der anderen Seite ist das nicht ganz ungefährlich für dich, solange das Motiv des Mörders oder der Mörderin noch nicht bekannt ist.« Saskia kicherte. »*Du* wirst es ja wohl nicht gewesen sein, oder?«

»Natürlich nicht«, antwortete Olympia, während sie mit zusammengekniffenen Augen einem Mann auf der Straße folgte, bis der in einem Haus verschwand.

»Wollen wir uns heute Nachmittag nicht auf einen Kaffee bei mir zu Hause treffen, Olympia? Das hattest du doch beim Workshop selbst vorgeschlagen. Ich könnte dir Sachen über Wickart erzählen ... Wenn du die weißt, siehst du ihn mit ganz anderen Augen. Außerdem könnte ich dir bei der Gelegenheit mein Puppenmuseum zeigen, wenn du möchtest. Kommst du?«, schlug Saskia nun in einem versöhnlichen Ton vor.

Und weil sie gegen ihre eigene Neugierde so schlecht ankam, sagte Olympia zu.

Kaum hatte sie das Gespräch beendet, meldete sich Carl. Zu ihrem Erstaunen wollte er nicht über sie, den neuen Medienstar, sprechen.

»Gestern Nacht hätten wir um ein Haar Frau von Unglaubs Mörder verhaftet«, sagte er stattdessen.

Ihr Herz tat einen Satz. »Nein! Wer ist es denn?«

»Ich sagte doch: ›um ein Haar‹! Die Zeugin war sich zu hundert Prozent sicher, aber beim Eintreffen der Polizeistreife stellte sich heraus, dass die verdächtige Person von enormer Wut auf die von Unglaubs getrieben lediglich die Institutstür mit einem Warnhinweis und einem schwarzen Kreuz versehen hatte. Der Mann hält das Ehepaar für Scharlatane, weil es seiner Frau mit seinem Selbstbewusstseinstraining Flöhe ins Ohr gesetzt haben soll. Sie will ihn nun verlassen.«

»Das ist hart«, flocht Olympia ein.

»Und weißt du, wer die Zeugin ist, die uns auf die ›heiße‹ Spur gebracht hat? Deine Kollegin Annikki!«

»Annikki?!«

»Könntest du mir bitte nicht dauernd ins Ohr schreien? Und ja, deine Angestellte hatte sich im Arbeitsplan vertan, dachte, sie müsse im Institut antreten, obwohl das nicht der Fall war. Aber als sie dort aus dem Lift stieg, hat sie eine verdächtige Gestalt gesehen, die gerade ein satanisches Ritual vollzog, und dachte, es handle sich dabei um den Mörder. Angeblich soll es zu Handgreiflichkeiten gekommen sein.« Carl holte kurz Luft. »Wer jedoch als Sieger daraus hervorgegangen ist, ist fraglich. Der Mann wirkte bei seiner Vernehmung noch immer ziemlich eingeschüchtert. Gab an, er sei nach vollbrachter Tat vor einer Furie von Frau, die durch nichts mehr zu beruhigen gewesen sei, aus dem Institut geflohen. Annikki hingegen behauptet, er sei der Teufel persönlich.«

Durch Olympias Kopf wirbelten unglaubliche Bilder.

»Der Mann hat ein Alibi für die Mordnacht. Es wird also auf eine Anzeige wegen Sachbeschädigung hinauslaufen.«

»Wie habt ihr ihn so schnell gefunden?«

»Deine Angestellte hat uns gleich alarmiert, nachdem der Mann das Weite gesucht hatte. Als wir am Institut eintrafen, sahen wir, dass er seinen Namen und seine Adresse freimütig unter seine Warnung geschrieben hatte. Das mag nicht besonders clever von ihm gewesen sein, zeigt aber, dass er kein Feigling ist. Er hat zugegeben, Annette von Unglaub seit einiger Zeit Drohnachrichten geschickt und ihr hinter den Scheibenwischer ihres Autos geklemmt zu haben, aber immer anonym. Jetzt, da die Institutschefin tot ist, wollte er in die Offensive gehen.« Sie schwiegen kurz, dann sagte Carl: »Annikki war nach der Aufregung gestern so fertig, dass sie nur noch heimfahren, ein Beruhigungsmittel nehmen und unter ihre Bettdecke kriechen wollte.«

»Wie schrecklich, das tut mir so wahnsinnig leid. Und ich war nicht zu erreichen und habe mich amüsiert«, erwiderte Olympia bekümmert.

»Was man den Tagesmeldungen der regionalen Presse entnehmen kann.«

Autsch! Olympia zuckte zusammen. Er wusste es also doch.

Fieberhaft suchte sie nach einer Ausrede, die diese aberwitzige Geschichte etwas entkräftete. »Also, diese Fotos, die du wahrscheinlich meinst … Also, so, wie das aussieht, war das gar nicht. Klar, manche der Vernissagebesucher hatten ein, zwei Gläschen Champagner zu viel. Aber ich nicht, ich war ja mit dem rosa Blitz unterwegs. Aber dann ging plötzlich die Musik los, und Wickart und ich sind zu Katy Perrys ›California Gurls‹ rumgehüpft. Wir haben uns einen Spaß daraus gemacht …« Na ja. Sie merkte selbst, dass das nicht wirklich glaubhaft rüberkam.

»Schade, dass ich nicht dabei war, als du auf dem Tisch getanzt hast«, meinte Carl lapidar. »Wann kann ich dich so das nächste Mal erleben?«

»Aber es war doch gar kein Tisch! Und ich war dabei auch nicht so gut wie nackt wie zum Beispiel die völlig enthemmte Amore.« Sie hörte ihn unterdrückt lachen, wahrscheinlich hielt er den Hörer zu. »Carl, etwas anderes«, versuchte sie, das Thema zu wechseln. »Ich war ja nur zum Halbvergnügen dort. Nach dem, was man so munkelt, ist diese Erotikkünstlerin schon länger hinter Wickart von Unglaub her. Kaum war er Witwer, soll sie die Krallen nach ihm ausgefahren haben.«

»Du meinst, sie könnte eine Mordverdächtige sein? Sorry, Olympia, aber wir haben sie schon überprüft.«

Doch sie ließ sich nicht beirren. »Und dann sind da noch die vier Freundinnen von Annette von Unglaub. Besonders freundlich sprechen sie nicht über die Tote.« Sie machte eine kurze Pause. »Ehrlich gesagt sind sie allesamt biestige Luder.«

»Denkst du vielleicht, sie …?«

»Nein, eigentlich nicht. Die sind einfach nur neidisch. Meiner Meinung nach ist Annette von Unglaubs Mörderin im Institutsumfeld zu suchen, genauer gesagt in einem ihrer Kurse oder in denen ihres Mannes. Ich habe auch schon an einem teilgenommen, und bevor du aus der Haut fährst, Carl, es war ein Geschenk von Wickart.«

»Der Wickart schon wieder«, brummelte der Kommissar.

»Ja, weil ich ihm einen Gefallen getan hatte, deshalb. Aber

wenn ich so darüber nachdenke, könntest du dich mal mit Frau Sabine-Beatrice Hillendorf beschäftigen. Sie ist Wickarts Sandkastenfreundin und liebt ihn seit Ewigkeiten, jedoch ist die Liebe unerwidert. Ach ja! Und Saskia Wiedenhoff könnte man vielleicht auch mal checken.«

»Bist du jetzt fertig, oder hast du noch mehr Täterinnen auf Lager, und ich brauche einen Notizzettel? Warum schießt du dich überhaupt so auf die Damenwelt ein? Frau von Unglaub war eine wunderschöne Frau und hatte genügend Verehrer.«

Olympia schüttelte den Kopf, obwohl er das nicht sehen konnte. »Nein, Carl. Ganz ehrlich, das ist so eine Bauchsache.«

»Weibliche Intuition?«

»Von mir aus nenne es so. Carl? – Du sagst ja gar nichts mehr, Carl.«

»Ach, ich bin nur überrascht, dass du Personen kennst, die in dem Mordfall involviert sein könnten, von denen ich noch nie etwas gehört habe.«

»Wir sollten uns unbedingt einmal zusammensetzen. Womöglich kann ich euch ja noch den einen oder anderen Tipp mehr geben.«

»Unbedingt«, wiederholte Carl.

Die drei Rachegöttinnen

Saskias Warnung, eine vermeintliche Affäre mit Nürnbergs derzeit heißestem Witwer zu haben, sei nicht ganz ungefährlich, solange das Motiv des Mörders oder der Mörderin nicht geklärt war, hallte in Olympia noch immer nach.

Annikkis Hinweis, als sie endlich miteinander telefonierten, ging vage in die gleiche Richtung. »Wenn es eine Frau ist, die den Annette gekillt hat«, sagte die Finnin, »und sie Wickart für sich alleine haben will, bist du vielleicht die Nächste, die sie umbringt.«

Mit einem flauen Gefühl im Magen legte Olympia auf.

Manne schickte zum Glück nur eine WhatsApp: »Lass die Finger von dem Windbeutel, der taugt doch nichts!«

Dennoch musste sie dringend mit Wickart von Unglaub sprechen. Am Ende gab er noch ihr die Schuld an diesem ganzen Wirbel. Immerhin war er ihr Auftraggeber, und der Job war lukrativ. Sie beschloss, einfach kurz im Institut vorbeizuschauen und die Sache persönlich zu klären.

Wickart hatte ihr gestern erzählt, dass er heute verschiedene Termine habe, er würde also sicher dort anzutreffen sein. Und abends würde Annikki im Institut putzen; sicherheitshalber habe sich das die Finnin leuchtend rot in ihrem Arbeitsplan markiert, hatte sie versichert. Und ungewohnt mutig behauptet, vor einer erneuten Begegnung mit einem zwielichtigen Mann keine Angst zu haben. Schließlich wäre es wie ein Lotto-Sechser, gleich mehrmals in einer Woche in eine solch gefährliche Lage zu geraten.

Aber möglich war es dennoch …

Da Olympia nicht unangekündigt bei Wickart hereinplatzen wollte, ging sie zuerst in Leas Büro. Es war kurz nach dreizehn Uhr, und sie hoffte, sie nicht in ihrer Mittagspause zu stören.

Leas Augen wurden groß, als sie die Putzfrau erblickte. Sie brachte kein Wort heraus. Ihre Finger schwebten reglos über der Computertastatur.

»Ich habe nichts mit deinem Chef!«

»Da bin ich aber froh.« Lea entspannte sich.

»Trotzdem möchte ich gerne mit ihm sprechen.«

Lea winkte übertrieben ab. »Er hat Damenbesuch! Hochdramatisch, da sollten wir nicht stören. Möchtest du warten und in der Zwischenzeit einen Kaffee mit mir trinken? Die können ja nicht ewig reden.«

Olympia überlegte. Welche seiner vielen Damen ihn wohl gerade in Beschlag nahm? Die Nacktmalerin oder die verschmähte Liebe? Oder eine ganz andere?

Die beiden Frauen wechselten vom Büro in die Cafeteria.

Lea ließ zwei Becher Kaffee aus der Maschine, und sie setzten sich an eins der Tischchen.

»Hat Wickart etwas vom gestrigen Abend erzählt?«, erkundigte sich Olympia.

»Also, über euch beide hat er kein Wort verloren, wenn du das meinst. Aber die Stimmung sei bombastisch gewesen und viel Champagner geflossen.« Betrübt starrte sie in ihren dampfenden Kaffee. »So ein Mist! Wickart hatte mich nämlich auch eingeladen, aber ich wollte das Date mit meinem Freund nicht absagen. Außerdem dachte ich, so ein Kulturkram sei schrecklich öde.«

Nicht die Bohne!, grinste Olympia in sich hinein.

»Ein Foto von Wickart und mir in der Presse wäre schon was gewesen«, fuhr sie fort. »So wie dieses Bild von euch beiden … Eng umschlungen tanzend.«

Olympia verzog den Mund, als wäre der Kaffee gallebitter. Das Bild würde ihr wohl ewig nachhängen. »Wir sind nur zu Katy Perry rumgehopst.«

Lea fuhr mit dem Finger über den Rand des Bechers. »Habt ihr euch geküsst?«

Die Frage war so absurd, dass Olympia lachen musste. »Nein, Lea, ganz bestimmt nicht. Begreifst du es denn nicht? Ich will nichts von deinem Chef.«

Lea zuckte mit den Schultern, als wäre sie sich dessen nicht so sicher.

Plötzlich waren von der Eingangstür her Geräusche zu hören. Lea streckte den Kopf aus der Cafeteria, um zu sehen, wer das Institut betrat, und rollte dann mit den Augen.

Olympia guckte ebenfalls und war überrascht, Sabea Hillendorf zu sehen.

Als diese wiederum Olympia erblickte, blieb sie wie angewurzelt stehen.

Herr im Himmel, dachte Olympia, die tun ja alle so, als hätte ich ein Verbrechen begangen! Nein, ich war nicht mit ihm im Bett und werde auch nicht mit ihm ins Bett gehen!, lag es ihr auf der Zunge. Aber sie schluckte alles runter.

Sabea Hillendorf ging schweigsam wie fast immer zu Wickarts Büro, legte die Hand auf die Klinke, zog sie aber wieder zurück.

»Mann, Mann, Mann, stellt die sich an«, zischte Lea. »Er hat Damenbesuch!«, rief sie dann. »Bitte nicht stören!« Interessiert bemerkte Olympia, dass sie es zu genießen schien, den Wachhund ihres Chefs zu spielen.

»Ich bin eigentlich wegen meines Regenschirms hier.«

»Der liegt bei mir im Zimmer, ich komme.« Lea ging ins Büro zurück, und Olympia folgte ihr.

Als sie alle drei beieinanderstanden, betrachtete Sabea Hillendorf erst das Muster des Schirms, wie um sicherzugehen, dass es auch wirklich ihrer war, und spannte ihn dann sogar auf, um zu prüfen, ob er intakt war.

»Waren Sie eigentlich auch auf der Vernissage gestern?«, fragte Lea sie, und Sabea machte den Schirm wieder zu.

»Diese Art von Kunst ist unter meinem Niveau.«

»Oder hat er Sie etwa gar nicht eingeladen gehabt?«, legte die junge Frau ihren Finger in die Wunde.

»Wie gesagt«, blieb die Hillendorf gewohnt wortkarg.

»Aber die Fotos im Internet haben Sie bestimmt gesehen, oder?«

Warum war Lea so zickig? Die Hillendorf tat Olympia fast leid, aber Lea wusste anscheinend nicht, dass die Frau unter ihrer unerwiderten Liebe zum Institutsleiter litt. Oder doch? Olympia hätte ihr jedenfalls am liebsten einen Tritt gegen das Schienbein gegeben, damit sie aufhörte.

»Es war mir gar nicht bewusst, dass Sie mit Wickart so eng befreundet sind, Frau Moustakas«, überging die Hillendorf den Seitenhieb kühl.

»Ich bin weder befreundet noch sonst etwas mit ihm«, rechtfertigte sie sich schon wieder. »Dieses spezielle Foto, auf das Sie sich bestimmt beziehen, zeigt uns beim Tanzen, und eigentlich war es nur albernes Rumgehopse.«

Warum musste sie sich eigentlich vor allen Frauen verteidigen? Und wenn sie hundertmal mit Wickart in die Kiste gestiegen wäre, selbst das ginge sie nichts an! Doch die Hillendorf war sichtlich sauer. Olympia hatte ja schon viele Menschen böse schauen gesehen, aber die Miene der verschmähten Liebenden machte ihr direkt Angst.

Als nun vor Wickarts Büro Stimmen zu hören waren, drängelten sich die Frauen in den Türrahmen, um besser sehen zu können.

Es war die magere Grete, die sich gerade von dem Coach verabschiedete. Mit ihr hatte Olympia nun wirklich nicht gerechnet. Das unschöne Gespräch zwischen ihr und Wickart, das sie belauscht hatte, hatte sie noch im Ohr.

»Lass Lea mal nachsehen, ob noch ein Platz in meinem nächsten Workshop frei ist. Und dann hab noch einen schönen Tag«, verabschiedete er sich in einem Ton, als wäre er froh, Grete endlich los zu sein. Dann stolperte sein Blick über die drei neugierigen Frauen. »Hallo«, sagte er und zog sich rasch in sein Büro zurück, um gleich wieder aufzutauchen.

Grete stapfte auf Lea zu. »Ich würde gerne einen Kurs buchen.« Auch sie konnte es nicht lassen, Olympia einen verächtlichen Seitenblick zuzuwerfen.

»Ich bin nur wegen meines Regenschirmes hier«, erklärte Sabea Hillendorf.

»Dann ist es ja gut«, sagte Wickart einen Hauch zu unhöflich, bevor er Olympia verschmitzt anlächelte. »Hast du auch deinen Regenschirm vergessen, oder willst du zu mir?«

»Ich will zu dir. Und ob!«

Er streckte ihr die Hand entgegen. »Lea, ich möchte nicht gestört werden!«

Die anderen drei Frauen stöhnten leidend auf.

»Mach dir keinen Kopf, Olympia. Wenn mich irgendein Medienmensch morgen dabei erwischt, wie ich dem Briefträger viel zu lange in die Augen schaue, bist du sofort wieder aus der Schusslinie«, flachste er, als sie auf dem Besuchersofa in seinem Büro saßen.

»Regt dich dieser Rummel um deine Person nicht auf?«,

fragte sie. »Also, ich bin stocksauer wegen der Berichterstattung.«

Er lächelte umwerfend. »Davon lebe ich. Dieser Rummel ist die beste Werbung für unser Institut. Warum, glaubst du, hat Annette sich in den letzten Jahren bewusst in die Öffentlichkeit gedrängt? Sie war vor allem eine gute Geschäftsfrau.«

Aha, dachte sie. Dreht sich also doch alles wieder nur ums schnöde Geld. »Vermisst du sie?«, fragte sie ganz direkt. Wenn sie sich schon die Schlagzeilen teilten, konnte er auch ehrlich zu ihr sein.

»Sehr. Wir waren vielleicht nicht mehr das Liebespaar, das wir nach außen hin gespielt haben, aber sie war meine Lebenspartnerin. Ich vermisse sie unendlich. Obwohl ich sie manchmal zum Teufel gewünscht habe.« Er seufzte tief. »Mit ihren Attitüden hat sie mich zur Weißglut gebracht. Alles musste nach ihrem Willen gehen, immer wollte sie im Mittelpunkt stehen. Sie hatte ihre Lover, aber habe ich mich mal für eine Frau auch nur interessiert, ist sie völlig ausgerastet.« Er schaute Olympia tief in die Augen. »Aber umgebracht habe ich sie nicht. Ganz im Gegenteil. Ich wünschte, ich wäre in der Mordnacht hier gewesen. Ich habe keine Ahnung, warum sie noch einmal ins Institut zurückgekommen ist. Vielleicht, um noch Bürokram zu erledigen? Aber was ist dann passiert? Ich will es mir gar nicht ausmalen.«

Olympia hatte die Beine übereinandergeschlagen und wippte mit einem Fuß. »Wo warst du denn an dem Abend?«

»Bei Feli«, gab er unumwunden zu. »Aber mit ihr habe ich es mir jetzt verscherzt.« Er lachte. »Wir hätten ihr die Show gestohlen, du, ich und Katy Perry. Ihre Gemälde seien medientechnisch dank uns völlig untergegangen.« Dann wurde er ernst. »Ein Tipp von mir: Ich an deiner Stelle würde versuchen, ihr so schnell nicht über den Weg zu laufen.«

Das Telefon unterbrach ihr Gespräch.

»Ich hatte Lea doch gesagt, dass ich nicht gestört werden will!«, reagierte er unwirsch.

Olympia grinste. »Sie will halt verhindern, dass es zwischen uns zum Schlimmsten kommt. Ich geh dann mal, wir sehen uns vielleicht später. Wobei … Nein, meine Kollegin putzt ja heute bei euch.«

Die Rachegöttinnen erwarteten sie draußen auf dem Flur. Die Arme verschränkt, die Köpfe überheblich gereckt, alle drei in der gleichen Pose. Hatten sie gelauscht?

Auf solche Kindereien hatte Olympia nun wirklich keine Lust. Sie stolzierte an den eingeschnappten Grazien vorbei und griff sich ihre Handtasche, die sie auf Leas Schreibtisch zurückgelassen hatte.

Mit einem »Tschüss, Mädels!« ging sie Richtung Ausgangstür. Blicke, scharf wie Pfeilspitzen, bohrten sich in ihren Rücken. Sie ignorierte sie. Solange es keine Messer waren!

Liebesschwur mit Todesfolge

Kaum zu glauben! Die konnten doch unmöglich alle in Wickart verknallt sein und sie, die Putzfrau, als ernsthafte Bedrohung sehen, oder etwa doch? Während Olympia sich für das Treffen mit Saskia frisch machte, schüttelte sie immer wieder den Kopf, obwohl seit dem Treffen mit den Rachegöttinnen eine Stunde vergangen war. Sie schlüpfte in ein luftiges Sommerkleid, obwohl am Himmel graue Wolken aufgezogen waren. Das Risiko, in einen Sommerregen zu geraten, ging sie ein.

Auf Saskia war sie schon wegen ihres außergewöhnlichen Berufs neugierig, eine Puppendoktorin traf man schließlich nicht alle Tage. Außerdem war sie gespannt darauf, was sie über Wickart zu erzählen hatte. Mit ganz anderen Augen würde Olympia ihn dann sehen, hatte die Puppendoktorin versprochen. Oder wollte sie abchecken, welche Gefahr von Olympia ausging? Dass Saskia ihr Herz an den Womanizer verloren hatte, war im Workshop unübersehbar gewesen. Und wie leicht Frauen eifersüchtig werden konnten, hatten ihr die zähnefletschenden Erinnyen vorhin im Institut gezeigt.

Olympia nahm eine Flasche Prosecco als Mitbringsel aus dem Kühlschrank, bevor sie ihre Sneakers anzog und Lederjacke und Helm parat legte. Als sie die Sandalen, gegen die sie später die Sneakers tauschen wollte, in ihre Handtasche stopfte, leuchtete ihr ein rosafarbener Briefumschlag entgegen. Sie zog ihn heraus. Er war beschriftet mit: »An Wickart«. Seltsam, sie hatte keine Ahnung, woher der stammte.

Sie öffnete ihn. Darin war ein Brief, geschrieben in auffällig schöner Schreibschrift.

Mein geliebter Wickart,

ich brenne. Mein Körper sehnt sich nach dir. Auch wenn du schweigst, Geliebter, ich weiß, du fühlst wie ich.
Ich verstehe deine Zurückhaltung, auch wenn sie mich schmerzt.
Wie schwer die Zeit doch für uns ist. Das Versteckspiel muss ein Ende haben. Aber wenn sie erst fort ist, werden wir uns für immer lieben können.

Mit all meiner Liebe, ich küsse dich!
Dein Sonnenschein

Ratlos drehte und wendete Olympia den Brief. Keine Briefmarke. Aber eigentlich konnte ihn ihr nur eine der drei Damen vorhin in die Handtasche geschmuggelt haben. Doch welche von ihnen? Und warum?

Als Olympia den Brief erneut las, drängte sich ihr Felicity Amore als Absenderin in den Sinn. Aber die Frau war auf kein Versteckspiel angewiesen und war auch nicht im Institut gewesen.

Vielleicht doch Grete? Was hatte sie vorhin schon wieder so verzweifelt bei Wickart zu suchen gehabt? Bei dem Streit neulich hatte er ihr Zudringlichkeit vorgeworfen, und es war um schwarze Klamotten gegangen, die sie ihm angeblich auf die Terrasse gelegt hatte.

Doch *waren* die Briefschreiberin und Wickart überhaupt ein Liebespaar? Oder wünschte sich der »Sonnenschein« nur, dass es so wäre?

Oder schrieb die unglückliche Sabea Hillendorf »ihrem« Wickart schwülstige Liebesbriefe? Nein, so, wie Olympia sie kennengelernt hatte, litt sie lieber still weiter vor sich hin.

Und Lea? Hatte sie die Demütigungen ihrer Chefin bisher nur deshalb erduldet, weil sie durch ihren Job in Wickarts Nähe sein konnte? Hatte sie vor deren Tod den Brief geschrieben?

Und zu guter Letzt war da noch Saskia, die Wickarts Nähe für alle offensichtlich suchte.

Olympia seufzte. Natürlich waren das alles nur Mutmaßungen. Was in den Frauen wirklich vorging, wussten nur sie selbst. Und dann waren da noch die vielen anderen Kursteilnehmerinnen, die den Coach eindeutig anhimmelten …

Die Fragen, die wirklich wichtig waren und zu klären blieben, waren folgende: Wer hatte Olympia den Brief in die Handtasche gesteckt? Und warum?

Eigentlich kamen dafür wirklich nur die Rachegöttinnen in Frage, da sie, Olympia, unvorsichtigerweise ihre Handtasche in Leas Büro vergessen hatte, wie ihr jetzt wieder einfiel. Aber selbst das hieße nicht unbedingt, dass eine von ihnen auch die Briefschreiberin war.

Aber wenn sie erst fort ist, werden wir uns für immer lieben können.

Mit »sie« war höchstwahrscheinlich Annette von Unglaub gemeint. Und dass die Frau an Wickarts Seite bald Geschichte sein würde, das hatte vor deren Tod nur eine gewusst: ihre Mörderin.

Plötzlich ließ Olympia den Brief wie eine heiße Kartoffel fallen. Er segelte zu Boden. Nicht noch mehr Fingerabdrücke hinterlassen!

Aus der Küche holte sie einen Gefrierbeutel, hob den Brief

mit den Fingerspitzen auf und ließ das Beweisstück hineingleiten. Und ihre Vermutung wurde zur Überzeugung: Mit den Zeilen wurde der Mord an Annette von Unglaub angekündigt. Sie musste etwas unternehmen.

Olympia wählte Carls Dienstnummer, erreichte aber nur dessen Kollegen Horst Günter und erfuhr, dass Carl bei einer Befragung außer Haus sei. Sie möge sich später noch einmal melden. Sollte sie also doch erst mal zu Saskia fahren? Ihr war klar, dass es vielleicht unklug war, ein mögliches Beweisstück nicht umgehend der Polizei auszuhändigen, andererseits würde es sich ja nur um eine Verzögerung von einer Stunde handeln, was machte das schon? Und hätte sie nicht in ihre Handtasche geschaut, wäre ihr der Brief womöglich erst morgen aufgefallen. Eine fadenscheinige Ausrede, aber immerhin eine Ausrede. Und sobald sie von Saskia zurück wäre, würde sie Carl den Brief übergeben, ganz sicher.

Kurz darauf parkte Olympia den rosa Blitz in der Nähe der Insel Schütt und ging zum Hübnerstor. Als sie an der Laufertormauer nach Saskias Hausnummer Ausschau hielt, stellte sie fest, dass sie in dieser Ecke Nürnbergs noch nie gewesen war. Der Garten vor Saskias Haus war verwildert, der schmale Trampelpfad vor lauter Wildwuchs kaum mehr zu erkennen. Eine Holzbank war grün überwuchert. Einen mächtigen Schreck jagte ihr ein Mann mit Schlapphut und Trenchcoat ein, der sich wie ein Spanner hinter dem dicken Eichenstamm versteckte, bei näherem Hinsehen aber nur eine bekleidete Schaufensterpuppe war.

Saskia öffnete ihr ganz in Weiß: schneeweiße Jeans, blütenweiße Spitzenbluse, weiße Ballerinas, ein weißes Haarband in den blondierten Beachwaves. Die Frauen gaben sich Küsschen rechts und links auf die Wangen, und Saskia bat Olympia herein. Es duftete bereits nach Kaffee.

Saskia bedankte sich für den Prosecco und stellte ihn in den Kühlschrank. Noch bevor sie sich gemeinsam ins Wohnzimmer setzen konnten, klingelte ein Telefon.

»Sorry, aber ich muss kurz rangehen, vielleicht ist es ein Kunde. Schau dich doch inzwischen etwas um, am Ende des Flurs ist meine Werkstatt«, sagte Saskia sichtlich abgelenkt. Erwartungsvoll nahm sie das Gespräch entgegen, wirkte dann aber enttäuscht.

Doch kein Kunde? Oder hatte sie eigentlich auf einen anderen Anrufer gehofft?

Olympia ging wie vorgeschlagen den Flur entlang. An dessen Ende waren zwei Türen. Sie entschied sich für die rechte, hinter der eine Treppe in den Keller führte.

Sie schaltete das Licht an und stieg hinunter. Ob sie hier richtig war? Sollte sie nicht doch lieber umkehren? Aber da hatte sie schon die nächste Tür erreicht, stieß sie auf und blieb wie angewurzelt stehen. Vor ihr hatte sich im Schummerlicht eine starre Armee aufgestellt. Oder waren es Zombies? Olympias Pulsschlag beschleunigte sich, hastig tastete sie mit der Hand an der Wand entlang, bis sie den Lichtschalter für den Raum fand und eine Neonröhre ansprang. Tatsächlich: eine Schaufensterpuppenarmee. Aus zwanzig, dreißig, vielleicht sogar fünfzig Puppen. Teilweise waren ihnen bunte Tücher umgebunden worden, teilweise waren sie unbekleidet. Seelenlos starrten sie ins Nichts. Die Luft roch alt und muffig.

»Du hast die falsche Tür genommen, meine Werkstatt und mein Puppenmuseum sind links!«, hörte Olympia plötzlich Saskia von oben rufen.

»Die Puppen hier sind aber auch nicht ohne«, erwiderte Olympia und stieg wieder hoch ins Erdgeschoss.

»Mein Vater hat in der Fabrik gearbeitet, in der sie hergestellt wurden«, erklärte Saskia. »Sie ist leider vor Jahren pleitegegangen. Ich habe die Puppen – vielleicht wegen meines Vaters – schon immer geliebt. Deshalb habe ich ihre Restbestände aufgekauft, bevor sie entsorgt wurden.« Sie öffnete die Tür, die links vom Gang abging. »Für Reparaturen von kleinen Puppen habe ich meine Puppenwerkstatt eröffnet. Hin und wieder fertige ich sogar eine komplette Puppe auf Bestellung an.«

Die Puppenwerkstatt bestand aus mehreren Arbeitstischen und Schränken mit unterschiedlich großen Fächern und Laden. Auf einem Tisch sah es auf den ersten Blick aus wie nach einem Puppenmassaker. Ein Chaos aus Augenwachs, Kopfdeckeln, Köpfen, Kopfbefestigungen, Haaren, Armen, Händen und Füßen aus Porzellan und Gummi, verschieden großen Scheren, Hämmern, Cuttermessern, Schaumgummi für Torsofüllungen, Stoffen, Knöpfen, Reißverschlüssen und Nadeln. Wahrscheinlich brauchte Saskia das alles, um Herzen von Kindern oder Puppensammlern wieder froh zu machen. Aber konnte sie davon leben?

Und dann durfte Olympia Saskias ganzen Stolz, ihr Puppenmuseum, betreten, das sich neben der Werkstatt befand. Aus den Regalen, die an allen vier Wänden bis zur Decke reichten, starrten sie Puppenkulleraugen an, Hunderte, wenn nicht mehr. Olympia überlief ein kalter Schauer.

Doch als Saskia ihr erzählte, welche Geschichten sie mit ihren Lieblingspuppen verband, strahlte sie eine solche Wärme aus, dass Olympias Gefühl verschwand. Wie glücklich Saskia doch sein musste, da sie ihre Leidenschaft in ihrem Beruf ausleben konnte. Annikki, die ebenfalls Puppen liebte, wäre begeistert gewesen!

Nach ein paar weiteren Minuten kehrten die beiden Frauen in den Wohnbereich zurück. Das Wohnzimmer war in warmen Erdtönen gehalten, Naturholzmöbel sorgten für Behaglichkeit. Saskia hatte einen Rührkuchen gebacken und verteilte zwei Stücke, nachdem sie sich gesetzt hatten.

»Das Haus gehörte meinen Eltern«, erzählte sie. »Sie sind leider bereits tot. Auch die meisten der langjährigen Mieter der Wohnungen über meiner leben nicht mehr, aber ich konnte mich bisher nicht dazu durchringen, neu zu vermieten.«

»Du wohnst hier also ganz allein?«, erwiderte Olympia erstaunt. Es war immerhin ein Mietshaus mit drei Etagen.

»Nicht ganz. Das Erdgeschoss und Teile des Kellers benötige ich für mich und meine Arbeit, über mir wohnt ein älterer Mann, und die Wohnung neben ihm hat ein Japaner gemietet, Herr Kobayashi, auch ein sehr netter Herr. Aber die Wohnungen darüber und der Dachboden müssten dringend renoviert werden.« Sie zuckte mit den Schultern. »Das ist nicht so mein Ding.«

Olympia deutete auf ihren eigenen Ringfinger. »Bist du verheiratet?«

Saskia hielt ihre ringlose Hand hoch und lächelte kopfschüttelnd.

»Aber einen Freund hast du doch sicher, oder?« Zugegeben, die Attacke war etwas plump, aber Saskia hatte den Anschein gemacht, gerne über dieses Thema zu plaudern.

Sofort begann sie zu strahlen. »Wir sind so gut wie verlobt.«

»Gratuliere! Und wohnt dein Freund bei dir? Ich meine, bei dem Platz, den du hier zur Verfügung hast.«

»Nein, mein Schatz wohnt in seinem Haus, aber wenn alle Formalitäten geregelt sind, werde ich zu ihm ziehen.«

Wohl noch nicht geschieden, schoss es Olympia durch den Kopf, und sie beendete, da Saskia keine Anstalten machte, weiterzusprechen, ihre kurze, als Small Talk getarnte Vernehmung. Aber was war mit ihrer Schwärmerei für den attraktiven Coach? Die brachte Olympia mit einem So-gut-wie-Verlobten nicht wirklich unter einen Hut.

»Ich war heute bei Wickart«, wechselte sie das Thema.

Saskia stellte ihre Kaffeetasse, aus der sie noch nicht getrunken hatte, auf den Tisch zurück. »Bei ihm zu Hause?«

»Aber nein.« Olympia winkte ab. »Im Institut.«

Saskia entspannte sich sichtlich, aber nur kurz. »Ging es um eure Nacht?«, fragte sie lauernd.

»Es gibt keine ›eure Nacht‹, ich –«

»Wie bist du überhaupt auf diese Vernissage gekommen?«, fiel Saskia ihr ins Wort.

»Wickart hatte mich eingeladen.«

»Ich wäre auch gekommen, hätte er mich nur gefragt«, sagte sie traurig und fuhr immer wieder mit einem Finger über den Henkel ihrer Kaffeetasse.

»Noch mal, Saskia«, Olympia sah sie flehend an, »ich war

nicht *mit* Wickart auf der Vernissage. Wie ich gehört habe, hat er alle möglichen Leute eingeladen. Wahrscheinlich, um Frau Amore und ihren Bildern Aufmerksamkeit zu verschaffen.«

Saskia schaute nur noch geknickter.

»Nun guck doch nicht so. Woher hätte Wickart denn wissen sollen, dass du dich für erotische Kunst interessierst?«

Endlich lachte Saskia, wenn auch mit einem säuerlichen Zug um den Mund.

»Wenn ich so weitermache, habe ich bald jeden Kurs und alle Workshops von Wickart doppelt und dreifach besucht, nicht nur seine Schlankwerdkurse.«

»Die du noch dazu gar nicht nötig hast«, flötete Olympia.

»Aber ich kann nichts dagegen machen. Ich bin einfach zu gerne in seiner Nähe«, schwärmte Saskia.

»Und damit bist du nicht alleine«, stellte Olympia listig fest.

»Oh, ich weiß. Die anderen Frauen in seinen Kursen sind so was von aufdringlich!«

Olympia nickte. »Eine schickt ihm sogar Liebesbriefe.«

Saskia zuckte zusammen. »Wer?«, fragte sie barsch.

»Das ist noch ein Geheimnis.«

Saskias Augen funkelten gefährlich. »Ich sehe dir an, dass du noch mehr weißt. Woher hast du das mit den Briefen?«

Olympia hatte sich dagegen entschieden, ihr den Brief zu zeigen. Sehr wahrscheinlich war er ein wichtiges Beweisstück für die Polizei, das sie noch immer mit sich spazieren trug. »Ich habe gehört, wie Wickart darüber sprach«, log sie.

»Er spricht mit jemandem über Liebesbriefe, die er bekommt? Aber die sind doch persönlich!«, empörte sich Saskia.

»Womöglich musste er einfach nur jemandem sein Herz ausschütten, weil er so bewegt war.« Olympia beobachtete Saskia weiter, als sie sagte: »Oder weil er sich davon belästigt fühlte.«

»Aber wer könnte sich denn von einem Liebesbrief belästigt fühlen, wenn die Zeilen aus tiefstem Herzen kommen?« Saskia klopfte sich mit der Faust theatralisch dort auf den Brustkorb, wo sie anscheinend ihr Herz vermutete. »Von hier! Verstehst du? Sie kommen doch direkt von hier!«

Das Haus der tausend Puppen

Auf der Vespa konnte sie wunderbar nachdenken. Keinesfalls durfte sie Carl mit ihrem Verdacht überfallen. Da war er eigen, der Herr Kommissar, und ließ sich nicht gerne in seinen Job hineinreden. Aber es war halt nun einmal so, dass Olympias Instinkt eindeutig dafür plädierte, Saskia schnellstmöglich polizeilich überprüfen zu lassen. So emotional, wie sie auf die Erwähnung der Liebesbriefe reagiert hatte, lag der Verdacht nahe, dass sie die Briefschreiberin war. Andererseits schien die Puppendoktorin recht leicht die Fassung zu verlieren, wenn Olympia sich richtig an den Kursabend erinnerte. Völlig verzweifelt war sie gewesen, weil sie ihr Körpergewicht nicht hatte preisgeben wollen. Und warum sollte sie Wickart Liebesbriefe schreiben, wo sie doch einen Fast-Verlobten hatte? Sofern es den denn wirklich gab.

Aber irgendwie machte sie auf Olympia einen merkwürdigen Eindruck, wie sie da in einem halb leer stehenden Mietshaus mit zwei Männern und Hunderten von Puppen lebte.

Olympia stellte die Vespa direkt vor dem Polizeipräsidium am Jakobsplatz ab, rief aber, bevor sie das Gebäude betrat, noch Annikki an. Sie hielt einen zarten Hinweis auf deren heutigen Putzdienst im Institut für angemessen.

»Dem passiert mir nicht wieder, Olympia. Wirklich, dem gestern war ein Versehen«, verteidigte sich die Finnin. »Aber immerhin hat dem Polizei durch mich den Mann geschnappt, der nach dem Tod von Annette von Unglaub das grässliche Holzkreuz mit dem Totenkopf vor dem Institut gelegt hatte. Und ich möchte betonen, dass dieser Mann immerhin zugegeben hat, dem Institutschefin bedroht zu haben! Und alles nur, weil ich mich im Putzplan vertan habe … Sag mal, was ist das denn bei dir für ein Lärm im Hintergrund?«

»Ich bin in der Stadt. Stehe vor dem Präsidium, weil ich Carl auf den neuesten Stand meiner Ermittlungen bringen will.« Sie kicherte. »Für dich habe ich übrigens auch was. Ich war vorhin bei einer Teilnehmerin des Abnehmworkshops, den ich besucht habe. Sie ist von Beruf Puppendoktorin und hat ein Puppenmuseum.«

Annikki kreischte vor Freude auf.

»In ihrem Museum wimmelt es nur so vor nostalgischen, modernen und handgefertigten Puppen aus aller Herren Länder. Es müssen an die tausend Stück sein.«

Annikki seufzte verzückt bei der Vorstellung.

Dann erzählte ihr Olympia auch von dem Liebesbrief, auf den sie in ihrer Handtasche gestoßen war, und davon, dass als Absenderin ihrer Meinung auch die Puppendoktorin in Frage kam. Aber Annikki reagierte nicht mehr. Nach der übersprudelnden und lautstark zum Ausdruck gebrachten Euphorie war die Finnin in Schweigen verfallen und ließ die Befürchtung zu, über einen Berufswechsel nachzusinnen.

»Erde an Annikki, hörst du mich? Wo bist du nur mit deinen Gedanken?«

»Das fragst du noch?«

»Bei den Puppen?«

»Ich würde nur zu gern dem Haus der tausend Puppen sehen.«

»Vielleicht sind es ja auch nur neunhundert oder dreihundert«, relativierte Olympia. »Außerdem ist es keins von Nürnbergs städtischen Museen, Saskia Wiedenhoffs Puppenmuseum ist privat. Ich würde dir also dringend empfehlen, vorher anzurufen.«

Aber vielleicht sollte sie damit erst einmal warten, bis feststand, was die Polizeiermittlungen ergeben hatten. Olympia ärgerte sich. Besser wäre es gewesen, sie hätte Annikki noch nicht so heißgemacht.

»Natürlich überfalle ich den Puppendoktorin nicht einfach, ich bin doch nicht blöde«, erwiderte Annikki da zum Glück auch schon. »Aber du hast mir wie einem Hund ein Leckerli vor den Füße geworfen. Hast du wirklich von mir erwartet, dass ich nur daran schnuppere?«

Olympia stöhnte auf und beendete das Gespräch.

Der Hauptkommissar saß hinter seinem Schreibtisch in seinem Bürostuhl, die Beine ausgestreckt, die Arme hinter dem Kopf verschränkt und dachte über Olympias Worte nach, während die ihm gegenüber in ihrer Handtasche wühlte.

Was sie nur wieder herausgefunden hatte! Noch dazu behauptete sie, die Informationen seien ihr förmlich in den Schoß gefallen. Heute Mittag hatte sie ihm eine Reihe von Frauen präsentiert, die angeblich alle für Wickart von Unglaub amouröse Gefühle entwickelt hatten und daher durchaus ein Mordmotiv haben könnten.

Und jetzt legte sie ihm auch noch ans Herz, zuallererst die ihm gegenüber bereits erwähnte Saskia Wiedenhoff, eine Puppendoktorin, unter die Lupe zu nehmen. »Ich wollte es dir nur gesagt haben, Carl.«

Und er würde dem Hinweis nachgehen. Schon allein deshalb, weil die von der Mordkommission ermittelten Verdächtigen aus Mangel an Beweisen und aufgrund ihrer Alibis wieder laufen gelassen worden waren. Auch wenn er der fränkischen Griechin ausdrücklich verboten hatte, selbst zu ermitteln und sich damit in Gefahr zu bringen.

Schließlich versprach sie ihm noch ein ganz spezielles Zuckerl. Einen Liebesbrief an Wickart von Unglaub, den ihr nur eine der drei – ihm nun auch namentlich bekannten – Damen im Institut in die Handtasche gesteckt und, Olympias Meinung nach, ausschließlich die Mörderin verfasst haben konnte. Und fügte noch hinzu, den Brief wegen der Fingerabdrücke und DNA-Spuren fachmännisch eingetütet zu haben.

Auf diesen ominösen Liebesbrief wartete er nun geduldig, während Olympia immer hektischer in ihrer Handtasche kramte und leise fluchte.

Ihre Wangen hatten sich verfärbt, als sie plötzlich aufblickte und stammelte: »Das gibt's doch nicht. Der Liebesbrief ist weg!«

Willkommen in der Horrorwerkstatt

Es gab Dinge, die musste eine Frau einfach tun. Die Versuchung war einfach zu groß. Was sie auch versuchte, nichts lenkte sie ab. Es war wie bei einer Diät, wenn man immer an Süßkram denken musste. So ging es Annikki, der ihre kindliche Phantasie das Haus der Puppen in immer märchenhafteren Bildern ausmalte.

Sie schaute auf ihre Armbanduhr. Viertel vor sechs. Bis sie ins Coaching-Institut zum Putzen musste, blieb ihr noch jede Menge Zeit, die sie gut mit einem Abstecher zum Haus der Puppen füllen könnte, überlegte sie. Nur mal gucken! Sie konnte und wollte nicht abwarten. Dann benahm sie sich in Olympias Augen halt wie ein unartiges Kind. Der Hund wollte nicht länger von seinem Leckerli träumen, er wollte es jetzt. Und schnappte zu.

Annikki verließ die U-Bahn-Station Wöhrder Wiese und ging durch das Hübnerstor. Gleich musste sie am Ziel sein, sie hatte sich genau an Olympias Wegbeschreibung gehalten. Und tatsächlich stand sie nach wenigen Metern vor dem Haus der Puppendoktorin. Sie erschrak schier zu Tode, als sie den sonderbaren Mann hinter dem Baum im Garten entdeckte. Dann erkannte sie, dass dies wohl Puppe Nummer eins sein musste, und lachte begeistert auf. Herrlich! Es war richtig gewesen hierherzukommen. Dieser Ort würde ihr Herz mit Freude erfüllen.

Als Annikki eine offen stehende Terrassentür sah, schritt sie mit freudig klopfendem Herzen durchs Grün und direkt ins Haus. Sie ging durch ein Wohnzimmer und fand sich in einem langen Gang wieder. »Hallo?«, rief sie aufgekratzt, öffnete, als sie keine Antwort erhielt, eine Tür, durchschritt eine Werkstatt und spitzte neugierig in den nächsten Raum. Annikki wähnte sich im Paradies. Puppen, Puppen, Puppen! Das konnte nur das Museum sein. Aber weil sie mit der Besichtigung auf die Besitzerin warten wollte, ging sie auf der Suche nach der Puppendoktorin zurück ins Wohnzimmer.

Dort sah sie sich unschlüssig um. Erstaunlicherweise war es puppenfrei. Dann entdeckte sie auf dem Wohnzimmertisch einen Brief, reckte neugierig den Hals, ging näher und las: *Mein geliebter Wickart, ich brenne. Mein Körper sehnt sich nach dir …* Sie stutzte. War das etwa der Brief, den Olympia Carl Bernhardt im Präsidium hatte zeigen wollen? Aber wieso lag er dann hier? Hatte ihn ihre Chefin etwa vergessen? Annikki grinste. Gut, dass sie hier war, so konnte sie ihn gleich mitnehmen. Annikki streckte schon die Hand danach aus.

»Wer sind Sie? Was suchen Sie hier?«, schrie in dem Moment eine Frauenstimme, und die Finnin fuhr herum.

»Entschuldigen Sie! Sind … Sind Sie den Puppendoktorin?«, stammelte Annikki. »Ich wollte so gerne Ihr Museum besuchen. Frau Moustakas hat mir davon erzählt.«

Die Frau, die Saskia Wiedenhoff sein musste, ging an den Tisch und nahm den Brief an sich. »Und dabei schnüffeln Sie gleich ein bisschen in meinen Privatsachen herum, oder was?«

»Nein, so war dem nicht«, wehrte sich Annikki. »Aber der Liebesbrief ist doch von Frau Moustakas, oder? Ich habe mich bloß gewundert, ihm hier zu sehen, weil sie ihm doch ins Polizeipräsidium bringen wollte. Aber … sie … hat ihm … wohl … vergessen?« Die letzten Worte kamen nur mehr stoßweise aus ihrem Mund, denn beim Anblick von Saskia Wiedenhoffs Miene spürte Annikki, wie sich eine eiskalte Hand in ihren Nacken legte. Es war wohl keine so gute Idee gewesen, die Puppendoktorin in Olympias Vorhaben einzuweihen. Sie schien mit dem Brief ihre eigenen Pläne zu haben.

Ohne mit der Wimper zu zucken, nahm Saskia Wiedenhoff ein Einwegfeuerzeug vom Wohnzimmertisch, ließ eine

Flamme emporzüngeln und hielt mit spitzen Fingern den Liebesbrief hinein. Gierig fraß das Feuer das vermeintliche Beweisstück im Mordfall Annette von Unglaub. Den angekohlten und glimmenden Rest warf die Puppendoktorin in eine leere Obstschale. »Der Inhalt des Briefes ist sowieso längst überholt«, meinte sie beißend.

Annikkis Mund war trocken. Sie wünschte sich, nie hierhergekommen zu sein. Dann packte die Frau sie am Arm.

»Und jetzt zeige ich Ihnen das Puppenmuseum. Das wollten Sie doch sehen, oder? Kommen Sie mit!«

Annikki folgte. Ihre Beklommenheit verflog ein wenig, im Haus der Puppen konnte ihr nichts Böses geschehen. Auch wenn sie es unhöflich fand, von der Puppendoktorin vorwärtsgezogen zu werden. Aber das wollte sie sich keinesfalls anmerken lassen.

»Wie wundervoll! Sie ahnen ja nicht, wie sehr ich mich auf den Puppenmuseum freue«, redete sie also einfach daher.

Aber dann verstärkte sich dieses komische Gefühl im Magen wieder. Die Aktion gerade eben mit dem Brief war doch wirklich seltsam gewesen, sehr seltsam. Für eine Puppendoktorin wirkte die Frau auf sie äußerst kalt. Menschen, die mit Puppen arbeiteten, hatte sie sich wesentlich freundlicher vorgestellt.

Saskia Wiedenhoff bugsierte Annikki eine knarrende Stiege hinab in einen Keller, der teilweise noch aus einem alten Sandsteingewölbe bestand. Die Puppendoktorin stieß eine schwere Eisentür auf, und ehe Annikki sich's versah, hatte ihr die andere ihre Handtasche von der Schulter gerissen und ihr einen heftigen Stoß versetzt. Völlig überrumpelt taumelte die Finnin in den Kellerraum.

»Willkommen in Saskias Horrorwerkstatt!«

Annikkis Augen weiteten sich. Sie stand in einer Folterkammer. Bevor sie reagieren konnte, fiel die Tür hinter ihr ins Schloss, und Saskia Wiedenhoff drehte von außen den Schlüssel um.

Im Polizeipräsidium war Olympias Schamesröte in flammendes Wutrot übergegangen. »Wie konnte ich nur so dumm sein! Sie hat mich reingelegt. Nur sie kann den Brief aus meiner Handtasche genommen haben, dieses Luder!« Wie Rumpelstilzchen stampfte sie durch das Büro von Carl, der tief durchatmete.

»Du willst mir also allen Ernstes erzählen, dass dir ein Brief mit verdächtigem Text einfach so zugesteckt und ein paar Stunden später wieder *aus* deiner Handtasche entwendet wurde?« Seine Augenbrauen wanderten in die Höhe. »Bravo, Olympia, alle Achtung! Mal unabhängig davon, dass du dieses Beweisstück postwendend der Polizei hättest aushändigen müssen, anstatt es zu diesem Kaffeekränzchen mitzunehmen. Wie leichtsinnig bist du eigentlich? Bietest du vielleicht jedem Langfinger freundlich an, sich am Inhalt deiner Handtasche zu bedienen?«

Sie wusste, dass sein Zorn berechtigt war. Sie war ja selbst ganz zerknirscht.

»Woher wusste Frau Wiedenhoff überhaupt von der Existenz des Liebesbriefes?«

»Ich habe behauptet, Wickart dabei belauscht zu haben, wie er sich mit jemandem über den Brief unterhalten hat. Aber Saskia Wiedenhoff ist wohl cleverer, als ich gedacht habe, und hat mir den Schmu nicht abgekauft. Bevor ich gegangen bin, war ich kurz auf der Toilette. Sie muss die Gelegenheit genutzt haben, um meine Handtasche zu durchwühlen, und ist – bingo! – tatsächlich fündig geworden.«

Carl griff zum Telefon. »Ich schicke sofort eine Streife bei der Dame vorbei.«

Verschollene Putzfrau

Sie konnte die Schlappe nur schlecht ertragen. Ganz schlecht. Am liebsten wäre sie selbst noch einmal bei Saskia vorbeigefahren und hätte ihr die Meinung gegeigt, aber Carl hatte ihr ausdrücklich aufgetragen, sich von nun an wirklich aus dem Mordfall herauszuhalten. Frau Wiedenhoff und ihre Wohnung seien für sie ab sofort tabu!

Deshalb hockte Olympia jetzt daheim und zerfetzte eine Papierserviette, die sie von irgendwoher mitgenommen, unbewusst in ihre Handtasche gesteckt und eben gefunden hatte, in ihre Einzelteile. Jedes Fitzelchen entsprach einem Satz, den sie der Puppendoktorin zu gern entgegengepfeffert hätte. Es war direkt eine Erleichterung, als das Telefon klingelte. Lea vom Institut fragte, ob die Firma Putz-Frisch denn heute nicht vorhabe, ihrer Arbeit nachzukommen.

Annikki! Hatte das Siebhirn doch tatsächlich wieder den Termin verwechselt – oder vor lauter Gedanken an Puppen vergessen?

»Ich komme sofort!«, sagte sie, legte auf und wählte die Handynummer ihrer Kollegin. Doch Annikkis Handy war ausgeschaltet.

Zähneknirschend machte sich Olympia auf den Weg ins Institut. Na, die Finnin würde was zu hören bekommen, wenn sie später hoffentlich noch eintrudelte!

Aber als Olympia nach zwei Stunden mit einer verschrumpelten Hand – einer ihrer Gummihandschuhe hatte zwei Löcher gehabt und sie keinen Ersatz – nach Hause zurückkehrte, hatte sie noch immer nichts von Annikki gehört. Also informierte sie Carl.

»Ich vermute ja, dass sie trotz meines Ratschlags zu Saskia Wiedenhoffs Haus aufgebrochen ist, um sich die Puppen anzusehen. Aber von da müsste sie doch längst wieder zurück sein. Ganz ehrlich, Carl, ich mache mir Sorgen.«

»Es soll ja durchaus vorkommen, dass Menschen einfach nicht auf die Ratschläge anderer Menschen hören«, spöttelte der Kommissar, und Olympia konnte sein freches Grinsen förmlich vor sich sehen. »Die Streifenpolizisten haben übrigens gemeldet, dass Frau Wiedenhoff nicht zu Hause war.

Im ganzen Haus habe ihnen einzig ein Japaner geöffnet, der allerdings auch nichts zum Verbleib seiner Vermieterin sagen konnte. Ich habe sie zur Fahndung ausschreiben lassen.«

Und wieder verbrachte Olympia eine Nacht fast schlaflos. Erst war die Zudecke zu kurz, dann war ihr zu warm, dann fühlte sich das Kopfkissen an wie ein Stein. Schließlich hatte Olympia schier unerträglichen Durst, und dann musste sie aufs Klo. Aber irgendwann hatte anscheinend doch die Müdigkeit gesiegt, denn als sie wieder auf den Wecker blickte, war es zehn nach sechs Uhr morgens.

Sie quälte sich aus dem Bett und stellte sich unter die Dusche. Zwei Mokkas halfen ihr schließlich dabei, es mit dem neuen Tag aufzunehmen, allerdings nicht gegen ihre Augenringe. Während sie sich im Bad ihre Wimpern tuschte und feststellte, dass sie mit schwarzen Spinnenbeinen auch nicht wacher aussah, hörte sie das vertraute »Ping« ihres Handys. Es war eine Nachricht von Annikki. Endlich!

Habe bei einer Freundin übernachtet, fühle mich krank, komme heute nicht zur Arbeit. LG Annikki

Postwendend rief Olympia zurück, aber der Teilnehmer war vorübergehend nicht erreichbar. Hallo? Da war doch was faul. Entweder hatte Annikki einen neuen Freund, lebte in ihrer rosa Liebesblase, und ihr Job ging ihr am Allerwertesten vorbei, oder sie … Olympias Magen zog sich zusammen, als Saskia in ihren Gedanken auftauchte.

Mit einem Mal hatte Olympia es sehr eilig. Sie warf sich ihre Lederjacke über, schwang sich auf ihren rosa Blitz und brauste nach Fürth. Insgeheim hoffte sie darauf, ihre junge Kollegin neben einer süßen Schnitte im Bett vorzufinden.

Doch Annikki machte nicht auf. Und während sich Olympia wieder auf ihren Roller setzte, spielten sich vor ihrem geistigen Auge Horrorszenarien ab. In ihrer Vorstellung war die Puppendoktorin zu einer psychopathischen Frauenmörderin mutiert. Sie ließ die Vespa an und gab auch schon ordentlich Gas, um möglichst schnell zurück in der Nürnberger City zu sein, da fiel ihr Carls Verbot wieder ein. Dem sollte sie sich besser nicht widersetzen. Nur ungern verwarf sie ihren Plan, Saskia Wiedenhoffs Haus zu stürmen.

Früher als sonst traf sie bei ihrer ersten Putzstelle des Tages ein, einer Praxis in der Fußgängerzone nahe dem Weißen Turm. Sie schrubbte und wischte wie besessen, aber ihr Unbehagen nahm weiter zu. Carls Verbot hin oder her, die Streifenpolizisten waren ja nicht *in* Saskias Wohnung gewesen, konnten also auch nichts von dem Keller wissen. Olympia war überzeugt davon, dass sich die Puppendoktorin noch immer dort aufhielt – und mit ihr Annikki. Und dann legte sich ein Schalter in ihrem Kopf um, und Olympia gab dem nach, was manche Eigensinn nannten.

Flamingo, ahoi!

An der Laufertormauer parkten mehrere Pkws. Olympia stellte ihren rosa Blitz dazu. Zwei ältere Herren führten ihre Hunde auf der anderen Straßenseite Gassi. Weiße Schlagsahnewolken hingen am Himmel, und Olympia konnte das Rauschen des Verkehrs hinter der Stadtmauer hören. Sie war überzeugt davon, dass mit ihrer neuen Bekannten und in deren Haus etwas nicht stimmte. Und sie würde dahinterkommen, was.

Sie pirschte sich an die Haustür heran und hoffte, dass Saskia sie nicht vom Fenster aus entdeckte, sollte sie denn tatsächlich nicht ausgeflogen sein. Wovon Olympia ausging. Viel plausibler war, dass sich die Puppendoktorin in einer ihrer zahlreichen Wohnungen oder im Keller versteckt gehalten hatte, während die Polizeistreife vorgefahren war. Zu Olympias Leidwesen waren alle Türen verschlossen.

Kurz betrachtete sie nachdenklich den knorrigen Baum. Wenn sie raufkletterte, hätte sie bestimmt einen guten Blick in die nach vorn liegenden Zimmer. Doch wann war sie zuletzt auf einen Baum geklettert? Um sich die Peinlichkeit zu ersparen, letztendlich wie ein Mehlsack am untersten Ast zu baumeln, verwarf sie die Aktion und prüfte stattdessen die Kellerfenster. Ihr Herz tat einen Hüpfer. Tatsächlich stand eins offen, aber es war nicht sehr groß und definitiv zu eng für eine Frau, die trotz Wickarts Mantra, das sie zugegebenermaßen längst nicht mehr gebetsmühlenartig wiederholte, ihr Traumgewicht noch lange nicht erreicht hatte. Aber vielleicht, wenn sie sich richtig dünn machte?

Zu allem entschlossen zog sie die Lederjacke aus und schob die Beine durch die Öffnung. Wenn sie den Bauch einzog, würde der vielleicht auch hindurchpassen. Aber was war mit ihrem Busen? Den konnte sie nicht einziehen, und quetschen mochte sie ihn nur ungern. Sie drehte sich auf den Bauch, aber auch ihr Po stellte ein Hindernis dar. Sie ruckelte hin und her, zwängte sich Zentimeter für Zentimeter durch den Fensterrahmen und versuchte dabei, die Panik davor zu unterdrücken, stecken zu bleiben. Keinesfalls wollte sie von der Feuerwehr gerettet werden und womöglich erneut in der regionalen Presse Schlagzeilen machen.

Doch da, sie konnte es kaum fassen, machte es wie durch ein Wunder schwupp, und Olympia konnte sich grad noch ihre Lederjacke schnappen, bevor sie – der Schwerkraft sei Dank – nach unten rutschte.

Der Aufprall auf den Kellerboden war nicht gerade angenehm, aber sie ignorierte die schmerzenden Stellen, die sich sicher später blau färben würden, und sah sich stolz darauf, was ihr gelungen war, um. Sie war im Haus!

Aber was sollte sie machen, wenn die Tür da vor ihr abgeschlossen war? Ihre Nackenhaare stellten sich auf. Zurück käme sie durch die Öffnung nicht. Doch die Tür war unverschlossen und führte auf den ewig langen Gang, in dem sie gestern erst gestanden hatte. Ganz am Ende befand sich ein

Raum. Langsam und möglichst leise ging sie darauf zu. Am lautesten war ihr Herz, das hämmerte. Sie blinzelte hinein. In einem Alfred-Hitchcock-Film hätte in dem Moment schrille Musik eingesetzt, um das Unglaubliche, das die Filmheldin entdeckte, noch unglaublicher wirken zu lassen. Doch Olympia war auch ohne Musik geschockt genug.

Vor ihr stand Annette von Unglaub mit blutendem Herzen.

Erst als Olympia wieder zu Atem gekommen war, ihr Blick wieder scharf war und sie wieder klar denken konnte, realisierte sie, dass Saskia einer Schaufensterpuppe bunte Klamotten angezogen und ihr eine rote Perücke übergestülpt hatte. Annette von Unglaubs Gesicht, das auf dem Puppengesicht klebte, hatte sie wohl aus einem Foto ausgeschnitten, das sie aus dem Internet runtergeladen und vergrößert hatte. Der Mund war mit dunkelrotem Lippenstift übermalt worden, sodass Annette von Unglaub aussah wie ein Clown. Aber das Furchtbarste war: In ihrer Brust steckte ein Messer, und aus der Fake-Wunde schien Blut zu tropfen.

Anscheinend hatte die Puppendoktorin sich im Keller eine Folterkammer eingerichtet, um ihre Mordgelüste am Abbild der verhassten Nebenbuhlerin ausleben zu können. Zu ihrer Erleichterung stellte Olympia fest, dass das, was sie erst als Folterwerkzeuge wahrgenommen hatte, nur rostige Sägen, Zangen, Bohrer und Haken waren, die wirkten, als lägen sie schon Ewigkeiten auf dem wurmstichigen Holztisch herum. Trotzdem ließ ihr Zittern nicht nach. Und dann schienen durch das offene Fenster ein Rumpeln und ein unterdrückter Fluch zu kommen.

Hatte sie es sich doch gedacht! Saskia war in der Nähe.

Olympia stürzte aus der Horrorwerkstatt hinaus und den Gang entlang, die alte Holztreppe hoch und nach draußen. Wo war die Puppendoktorin nur hin? Sie hetzte durch den Garten und entdeckte sie schließlich auf der Straße. Und nicht nur sie.

Auch Annikki, die unsanft von ihr auf den Beifahrersitz eines weißen Renault gedrückt wurde, bevor sie auf der Fahrerseite einstieg und den Wagen startete.

Olympia schrie ihr nach, aber die Verrückte gab Gas. Nachdem Olympia in die Lederjacke geschlüpft war und sich den Helm aufgesetzt hatte, der mit einem Schloss gesichert an der Vespa gehangen hatte, nahm sie die Verfolgung auf.

Da war sie! Am Cramer-Klett-Park musste die Puppendoktorin an einer roten Ampel anhalten. Olympia schlängelte sich an einem anderen Wagen vorbei und stoppte links neben Saskias Renault.

»Halt sofort an, Saskia! Die Polizei ist hinter dir her!«, schrie sie zu ihr rüber und motzte im nächsten Moment stumm vor sich hin: Die hätte ich wirklich längst informieren müssen!

Dann stockte ihr der Atem. Den ruckartigen Bewegungen nach zu schließen, war Annikki gefesselt worden, auf ihrem Mund pappte ein breiter Klebestreifen. War Saskia völlig irre? Doch die Situation schien in der Finnin ungeahnte Kräfte freizusetzen, denn mit einem Mal waren ihre Arme frei, sie riss sich den Klebestreifen runter und plärrte ihre Entführerin wütend an.

Aber die Puppendoktorin ließ sich nicht provozieren. Am Wöhrder Talübergang bog sie links ab. Olympia hielt mit ihr mit, war jedoch darauf, was dann geschah, nicht gefasst. Plötzlich schoss der Renault über die Gegenfahrbahn, raste ungebremst auf den Parkplatz Norikerstraße zu und prallte auf ein stehendes Fahrzeug. Olympia sog noch scharf die Luft ein, da sprang Saskia auch schon laut schimpfend aus dem Wagen und stürzte Richtung See davon.

Die Halbgriechin konnte kaum die Vespa abstellen, so zitterten ihre Arme und Beine. Ihre Sorge galt Annikki, doch die Finnin verblüffte sie einmal mehr. Nach einer Schrecksekunde kletterte sie scheinbar unverletzt aus dem Auto und spurtete Saskia hinterher. Ungläubig verfolgte Olympia kurz das Schauspiel, dann rief sie Carl an.

Saskia rannte auf den Bootsverleih am Wöhrder See zu, schien sich aber dann doch gegen das Kapern eines Tretbootes zu entscheiden, als der Bootsverleiher breitbeinig vor ihr stand.

Übergangslos fasste sie ein neues Objekt ins Auge: ein aufgeblasenes überdimensionales Flamingo-Gummitier, das am Ufer lag. Zielsicher lief die Puppendoktorin darauf zu, schnappte sich das Paddel und schob den Flamingo in den See. Bis die sonnenbadende Nixe, die neben ihrem Wassertier auf einer Decke auf der Wiese döste, auch nur die Augen aufschlagen konnte, war Saskia bereits in See gestochen.

Für Olympia stand fest, dass die Frau den Verstand verloren hatte. Carl hatte ihr versichert, dass gleich eine Streife eintreffen würde. Sie bezweifelte, dass das rosa Ungetüm, das zwar durchaus etwas hermachte, für eine Flucht vor der bayerischen Staatsgewalt eine gute Wahl war.

Tatsächlich legte Saskia derweil nur sehr langsam Distanz zwischen sich und das Ufer. Flamingo, ahoi! Plötzlich platschte Annikki durch das seichte Wasser und sprang ebenfalls auf den Flamingo auf, sodass dieser in gefährliche Schräglage geriet. Die Puppendoktorin holte zu einem Kinnhaken aus, dem Annikki gerade noch ausweichen konnte.

Fassungslos schaute Olympia den Kampfhennen zu. Lieber noch hätte sie die Hände vor die Augen geschlagen, hätte dann aber das Abenteuer ihres Lebens verpasst. Mit Stößen, Knüffen und finnischen Schimpfwörtern attackierte Annikki die Wöhrder-See-Piratin. Die daraufhin entbrennende Rangelei entlockte sowohl Olympia wie auch den Seebesuchern erschrockene Uihs und Ahs. Schließlich gelang es Saskia, Annikki vom Flamingo zu stoßen, die daraufhin laut prustete und ebenso laut um Hilfe krähte.

Just in dem Moment traf die von Carl angekündigte Streife ein.

Olympia zeigte mit ausgestrecktem Finger auf den großen Gummivogel, der sich – nun in erstaunlich zügigem Tempo – in Richtung Pflegezentrum Sebastianspital entfernte. Saskia ruderte wie um ihr Leben. »Verfolgen Sie den rosa Flamingo, womöglich ist eine Mörderin an Bord!« Sie grinste in sich hinein. Den Satz hatte Olympia sich einfach nicht verkneifen können, eine solche Chance würde nicht wiederkehren.

Dann schleuderte sie die Lederjacke von den Schultern, rannte vom Parkplatz über die Wiese zum Ufer, weiter in den See und watete tiefer, bis ihr das Wasser bis zur Brust reichte, auf ihre Kollegin und Freundin zu, die mit Armen und Beinen um sich trat, als wäre sie kurz vorm Absaufen.

»Verdammt, Annikki, hier kannst du doch stehen!«

»Ja schon«, jammerte sie, »aber ich bin so scheiße wütend auf den Puppendoktorin!«

Olympia brachte Annikki an Land, wo sie sich erschöpft auf die Wiese sinken ließ. Dann drehte Olympia um, sprang erneut mit einem Satz ins Wasser und kraulte auf den See hinaus.

In der Ferne war das Martinshorn des Streifenwagens zu hören, der wieder losgefahren war und den See schon halb umrundet hatte, um die mutmaßliche Mörderin und Schwimmtierdiebin am gegenüberliegenden Ufer in Empfang zu nehmen.

Annikki hockte auf der Liegewiese und beobachtete das Treiben auf dem See. Der rosa Flamingo war weiterhin gut zu erkennen, Olympia, die ihm folgte, nur mehr ein Punkt. Schaulustige standen lachend am Ufer, Handyvideos wurden gemacht.

»Wo will denn den Puppendoktorin hin?«, fragte Annikki sich laut. Weiter als bis zum Ufer würde sie definitiv nicht entkommen, aber Annikki hatte auch keine Ahnung, was in einem Menschen vor sich gehen mochte, wenn die Neuronen Amok liefen. Und was Olympia vorhatte, entzog sich ebenfalls ihrer Vorstellungskraft.

Mit den Schultern zuckend drückte sie sich das Wasser aus den Haaren. Sporadisch bibberte sie wegen des Erlebten. Die Wolken am Himmel wurden derweil immer dramatischer, die Fliegen schwirrten, ein Sommergewitter kündigte sich an.

Youtube-Star Olympia

Es war später Nachmittag, als das Grollen immer näher kam. Bald darauf klatschten fette Tropfen auf den heißen Asphalt, und es roch herrlich nach Regen. Annikki relaxte nach einem Schaumbad, das Olympia ihr nach der polizeilichen Befragung eingelassen hatte, in ein Handtuch eingewickelt auf deren Sofa. Doch nicht nur sie hatte sich in Olympias gemütlichem Nest breitgemacht, auch Manne und Achill hatte die Neugierde in die Wohnung am Albrecht-Dürer-Platz getrieben.

Bis eben noch war der Polizeihubschrauber tief über dem Osten der Stadt gekreist, jetzt war wieder Ruhe eingekehrt.

Ihr außerordentlicher Einsatz verschaffte den Putzfrauen die Ehre, dass Kommissar Carl Bernhardt sie persönlich auf dem Laufenden hielt. Deshalb wussten sie, dass in diesem Moment Taucher den Wöhrder See absuchten. Fakt war, dass die mordverdächtige Saskia Wiedenhoff über Bord gegangen war und über ihren Verbleib momentan nur spekuliert werden konnte.

Wickart von Unglaub hatte derweil endlich sein Schweigen gebrochen und Carls Kollegen darüber informiert, dass er seit Wochen von einer Stalkerin mit sehr anzüglichen Liebesbriefen sowie unsinnigen Geschenken belästigt wurde. Unter anderem mit schwarzer Kleidung in seiner Größe und getragener Reizwäsche; eine Information, die Annikki und Olympia ein einhelliges »Iigitt!« entlockt hatte.

Er hatte auch zu Protokoll gegeben, Saskia Wiedenhoff am vergangenen Dienstag auf der Terrasse seiner Villa auf frischer Tat ertappt zu haben. Sie habe gar nicht verstanden, warum er so zornig gewesen sei, und geweint und geschluchzt. »Aber wir lieben uns doch!«, habe sie ein ums andere Mal wiederholt.

Mit einer Mischung aus Furcht und Mitleid habe er ihr das Versprechen abgerungen, sich in psychologische Behandlung zu begeben, da er nur dann von einer Anzeige absehen werde. Unter Tränen habe sie letztendlich einer Therapie zugestimmt – wenn er es denn so wünsche und für nötig halte.

Wirklich einsichtig schien Saskia nicht zu sein. Fassungslos sei er gewesen, die Kursteilnehmerin so falsch eingeschätzt zu haben. Dass sie die Mörderin seiner Frau war, nein, darauf wäre er nie gekommen.

Ein kurzes Nachhaken Carls bei der Bürokraft Lea hatte zudem ergeben, dass sie den inzwischen verbrannten Liebesbrief beim Ausmisten von Annette von Unglaubs Schreibtisch gefunden und in einer Kurzschlusshandlung Olympia in die Handtasche gesteckt hatte. Sie hatte vermeiden wollen, verdächtigt zu werden, ihn verfasst zu haben. Wie die Coachin wiederum in den Besitz des Briefs der Stalkerin gelangt war, war noch nicht geklärt. Womöglich hatte sie ihn zufällig entdeckt.

Olympia aus Nürnberg war der neue regionale Youtube-Star. Achill platzte schier vor Stolz. Seine Tante hatte der angebeteten Selbstbewusstseinsgöttin mit ihrer Aktion im Wöhrder See locker den Rang abgelaufen. Selbst der weiße Hai war nichts gegen die geballte Energie einer griechisch-fränkischen Putzfrau, die geschmeidig auf der Jagd nach einem rosafarbenen Flamingo und einer Mörderin durch die Fluten pflügte – auch wenn sie Letztere nicht geschnappt hatte.

Doch es schien, als wollte sich der Tag mit diesen Aufregungen noch immer nicht begnügen. Gerade hatten sich Olympias Lieben auf den Heimweg gemacht und sie ihnen nachgewunken, da glaubte sie ihren Augen nicht zu trauen. Am Fuße des Dürer-Denkmals, das sie von ihrem Fenster aus sehen konnte, stand Agnes und schäkerte mit ihrem bronzenen Gemahl. Geisterte das Persönchen also noch immer in der Altstadt herum.

Mit Jeansshorts und Top bekleidet sauste Olympia durchs Treppenhaus nach unten. Sie wollte endlich wissen, wo das Mädchen hingehörte, und dafür sorgen, dass es weg von der Straße kam, die ja in Nürnberg derzeit wirklich ein eher gefährliches Pflaster war.

»Hallo!« Sie hakte sich bei Agnes unter, die ein weinrotes

langes Kleid und eine weiße Haube trug. »Komm, ich bring dich nach Hause.«

»Hi«, erwiderte Agnes und lotste Olympia ohne Protest zum Albrecht-Dürer-Haus mit dem Museum.

War sie am Ende ein Geist?

Aber dann ging es kreuz und quer durch die Gassen, bis Agnes sich vor einem kleinen Kostümverleih, der Olympia noch nie aufgefallen war, von ihrem Arm löste.

Ein weißhaariger älterer Mann schien sie bereits zu erwarten. Seine Miene entspannte sich, als er die beiden Frauen erblickte. »Da bist du ja, Agnes. Du sollst doch nicht so lange wegbleiben. Und jetzt komm rein.« Rasch huschte das Mädchen durch die Haustür.

»Meine Enkelin lebt bei uns«, wandte sich der Mann an Olympia. »Ich hoffe, sie war Ihnen nicht lästig. Sie hat ein bisserla viel Phantasie, ist aber ein guter Mensch.«

»Das ist sie bestimmt«, versicherte Olympia, fast ein bisschen enttäuscht, dass das Geheimnis um Albrecht Dürers Doch-nicht-Ehefrau nun so unspektakulär gelöst war. Mit einem sich auf die Lippen gezauberten Lächeln ließ sie Agnes' Großvater zurück.

Gleich war Olympia wieder daheim, und sie gähnte ungeniert, dann hielt sie inne. Hatte sie nicht ihren Namen gehört?

»Olympia, hier bin ich!«

Sie wandte sich um und sah sich Saskia gegenüber, die etwas Blitzendes in der Hand hielt.

Pummelmonster

Die Puppendoktorin hatte die Klinge des Cuttermessers extrem weit herausgeschoben.

Olympia ließ erschöpft die Arme hängen. Ihr blieb aber auch nichts erspart.

»Wir gehen jetzt zu dir«, befahl Saskia. »Wickarts Haus wird überwacht, und zu mir kann ich auch nicht zurück. Überall Polizei! Glauben die vielleicht, ich sehe sie nicht?«

»Du musst dich stellen, Saskia«, insistierte Olympia. »Du kannst doch nicht für alle Zeiten fliehen.«

Aber die Augen der anderen funkelten angriffslustig. »Ich warte auf Wickart. Er holt mich zu sich, oder wir gehen gemeinsam ins Ausland.«

Olympia konnte innerlich nur den Kopf schütteln. Die Frau war ja völlig von der Rolle!

Saskia stieß sie vorwärts. »Los jetzt! Welches Haus?«

Während Olympia zu sich nach Hause ging, die Haus- und Wohnungstür aufschloss und Saskia einließ, überlegte sie fieberhaft: Wie könnte sie sie überwältigen oder die Polizei verständigen? Es musste einfach einen Weg geben.

»Setz dich dahin!«, schrie Wickarts Stalkerin sie an und deutete auf einen Küchenstuhl.

Olympia folgte stumm ihrem Befehl.

»Weißt du, er liebt mich wirklich. Aber dass er sich den ganzen Tag nicht um mich gekümmert hat, enttäuscht mich schon.« Saskia ging auf und ab und fuchtelte dabei mit dem Cuttermesser in der Luft herum.

Olympia fragte sich schon, ob Annette von Unglaub sich in der gleichen Situation befunden hatte, bevor die kranke Frau auf sie eingestochen hatte, und ihr wurde schlecht. »Was ist in Annette von Unglaubs Büro geschehen?«, wollte sie wissen, weil es bestimmt gut war, wenn sie dafür sorgte, dass Saskia weiterredete. »Du weißt schon, an dem Abend, als sie …«

»An *dem* Abend wollte ich Wickart noch spät im Institut überraschen. Ich habe vor dem Institut gewartet, bis die Teilnehmer von Annettes Kurs und sie selbst das Haus verlassen hatten, dann bin ich hoch. Während du noch am Putzen warst und Lea Würth in ihrem Büro, habe ich mich in einem der kleinen Seminarräume versteckt. Ich ging davon aus, dass Wickart noch dort war. Aber dann wurden plötzlich überall die Lichter ausgemacht, und ihr habt das Institut verlassen.«

Sie kicherte hysterisch. »Ihr hattet mich eingeschlossen! Doch keine drei Minuten später wurde die Tür wieder aufgesperrt. Ich dachte, es sei endlich mein Liebster. Aber von wegen. Es war Annette!«

Eine Gänsehaut überzog Olympias Arme. Was würde sie nun zu hören bekommen?

»Und der wollte ich nun wirklich nicht in die Arme laufen. Also verkrümelte ich mich erneut. Dann hörte ich laute Stimmen, die von Annette und einem Mann stammten. Sie stritten. Plötzlich wurde es wieder still. Mir wurde klar, dass Wickart nicht mehr kommen würde, und da ich nicht erpicht darauf war, im Institut zu übernachten, wollte ich mich davonmachen. Prompt erwischte mich Annette und plärrte mich an. Sie war noch immer von dem Streitgespräch aufgewühlt, das merkte ich. Aber das gab ihr nicht das Recht, mich zu beleidigen!« Saskia ließ die Klinge des Tapeziermessers mit dem Schieber vor- und zurückgleiten.

Olympia konnte ihren Blick nicht davon abwenden: vor und zurück, vor und zurück.

»›Ich besuche bereits seit zwei Jahren Kurse bei Wickart‹, erklärte ich ihr, und dann guckte sie mich an, so von oben herab. ›Ach so! Sie sind eines von seinen Pummelmonstern‹, sagte sie. ›Lauert ihr ihm jetzt schon überall auf? Der kommt heute nicht mehr, der Wickart. Der vögelt seine Geliebte.‹ Pummelmonster! Und wie sprach die denn von meinem Wickart? Da sah ich rot, und eine unglaubliche Wut stieg in mir auf. Was nahm sich diese ausgemergelte angemalte Pute heraus? Plötzlich kamen mir die Tränen, weshalb ich ein Taschentuch aus meiner Handtasche holen wollte. Aber dann spürte ich das!« Sie hielt das Cuttermesser hoch. »Und sah nur noch ihr höhnisches Grinsen. Sie lachte mich aus. Da rammte ich ihr das Messer mit voller Wucht in die Brust. Und wieder und wieder …«

»Du hattest ein Tapeziermesser in der Handtasche?«, fragte Olympia völlig verdattert.

Saskia blinzelte, als wäre sie gerade aus einem Traum erwacht. »Ja. Damit schneide ich dicke Stoffe oder Leder zu, für die Puppen. Ich habe mich daran gewöhnt, damit zu arbeiten, und auch im Haushalt und unterwegs ist so ein Messer manchmal recht praktisch.« Sie blickte Olympia in die Augen. »Ich habe ihr den Tod gewünscht, natürlich. Nächtelang habe ich mir vorgestellt, wie es sein würde, wenn sie weg wäre. Aber nie gedacht, dass ich sie damit töten würde.« Die Puppendoktorin betrachtete jetzt nachdenklich das Cuttermesser in ihrer Hand.

Olympia zitterte. Unglaublich, wie sehr man sich in den eigenen vier Wänden fürchten konnte. Es musste doch eine Möglichkeit geben, diese Verrückte auszuschalten. Aber welche?

»Wie bist du eigentlich vorhin im Wöhrder See entkommen?«, fragte sie, um einfach nur etwas zu sagen.

»Na, ich bin in den See gesprungen und dann ins Vogelschutzgebiet geschwommen«, antwortete die Mörderin auch sofort und klang dabei ein bisschen stolz. »Dort bin ich an Land gegangen und pitschnass zu Wickarts Haus gelaufen. So irre weit ist es ja von dort aus zum Glück nicht. Ich habe mich im Garten versteckt, bis auch dort die Polizei auftauchte. Wenigstens war ich dank der Hitze schnell wieder trocken. Aber danach war es ganz furchtbar. Ich lief planlos durch die Gegend, immer auf der Hut vor der Polizei. Sogar in einem Supermarkt habe ich mich herumgetrieben, mein Auto hatte ich ja leider gecrasht, sonst hätte ich mich damit einstweilen aus dem Staub gemacht. Aber wegen dieser dussligen Person …«

»Annikki?«

»Kann sein. Die hat mir am Wöhrder See plötzlich ins Lenkrad gefasst, und wir sind über die Fahrbahn wie eine Rakete geschossen. Jedenfalls war ich irgendwann total am Ende, bis mir klar wurde, dass *du* mir helfen wirst.« Sie schaute Olympia auffordernd an.

»Ich?«

Saskia hob beide Arme. »Natürlich. Du hast mich schließlich in diese Lage gebracht.«

Olympias Gedanken fuhren Achterbahn. Wie stellte die sich das denn vor? Sollte sie sie vielleicht heimlich im Kofferraum ihres Golfs über die Grenze nach Österreich oder Tschechien schmuggeln?

Die Mörderin blickte sich unschlüssig um. »Wickart soll kommen. Ruf ihn an.«

Dass sie nicht weiterdachte und anscheinend in Kauf nahm, dass dieser umgehend die Polizei verständigen würde, zeigte Olympia nur, wie durchgeknallt die Puppendoktorin war. Sie griff zu ihrem Handy und scrollte sich durch ihre Kontakte. »Möchtest du ihn nicht lieber selbst sprechen?«

Heftiges Kopfschütteln war die Antwort. »Und du wirst ihm auch nicht sagen, dass ich hier bin. Er soll einfach nur herkommen.«

Olympia kratzte sich im Nacken. »Aber aus welchem Grund sollte er das tun?«

»Lass dir halt etwas einfallen. Ihr seid doch so dicke, immerhin hat er dich zur Vernissage eingeladen. Und jetzt mach! Aber kein Wort von mir!« Wieder fuchtelte sie mit dem Cuttermesser herum.

Olympia versuchte einzuschätzen, ob sie Saskia nicht mit einem Überraschungsangriff überwältigen könnte. Aber Gewalt entsprach nun einmal überhaupt nicht ihrem Wesen. Außerdem konnte so ein Angriff auch böse ins Auge gehen. Und was, wenn sie der Puppendoktorin wirklich das Messer abnehmen könnte? Sollte sie sie dann etwa wie einen Rollbraten an Händen und Füßen fesseln?

»Ruf – jetzt – an!«

Und das tat sie auch. Der Coach nahm ihren Anruf rasch entgegen, und Olympia plapperte drauflos: »Hallo, Wickart. Hier ist Olympia Moustakas. Ich dachte gerade so bei mir, ruf doch mal den Wickart an und frage ihn, wie es ihm geht. Und nur für den Fall, dass es dich interessiert, wie es mir gerade geht ...« Olympia sah, wie die Mörderin eine Hand zur Faust ballte und verstummte kurz, bevor sie fortfuhr: »Nur eine Frage, Wickart. Bist du vielleicht im Institut und hättest einen Moment Zeit für mich?« Wickart bejahte dies. »Könntest du dann vielleicht kurz zu mir kommen, in meine Wohnung am Albrecht-Dürer-Platz?« Olympia nannte ihm die genaue Adresse und rechnete fest damit, dass es zu einer Diskussion kommen würde. Warum auch sollte er sie in ihrer Wohnung besuchen?

»Ist okay, Olympia, ich komme.«

»Okay?«, wiederholte sie positiv überrascht. Aber dann wurde ihr sofort bange. Sie konnte ihn doch nicht – wortwörtlich – ins offene Messer laufen lassen. »Es ist nämlich so«, druckste sie herum, als Saskia sich selbst das Cuttermesser spielerisch an der Kehle entlangzog. Olympia verstand die Warnung sofort und legte auf. »Er kommt.«

»Du machst keine Mätzchen, ist das klar?«

»Klar, aber was hast du mit ihm vor?« Zwar hoffte Olympia, dass Saskia ihrem Geliebten nichts antun würde, bezweifelte aber, dass die Sache für sie alle gut ausgehen würde.

Es dauerte fast zwanzig Minuten, bis es endlich klingelte.

Die Mörderin, deren Laune immer mieser geworden war, klammerte sich so an ihr Messer, dass ihre Fingerknöchel weiß geworden waren. »Geh ins Schlafzimmer, los!«

Olympia hielt das für keine gute Idee, gehorchte aber. Natürlich ließ sie einen Türspalt offen und sah, wie Saskia den Türsummer betätigte und die Wohnungstür aufriss, um ihren Liebsten in Empfang zu nehmen. Aber dann vernahm sie einen dumpfen Schlag und laute Männerstimmen: »Weg das Messer! Weg das Messer! Hinlegen! Sofort hinlegen!«

Ihre Hoffnung war gerechtfertigt gewesen. Wickart schien verstanden und die Polizei verständigt zu haben.

Vorsichtig kam sie mit erhobenen Händen aus dem Schlafzimmer. »Ich bin Olympia Moustakas, die Mieterin.«

»Alles in Ordnung mit Ihnen?«, fragte sie einer der bewaffneten Polizisten.

Olympia nickte, schloss die Augen und spürte, wie sie an der Wand entlang zu Boden rutschte. Dann wurde sie sanft hochgehoben und öffnete die Augen. »Carl!«, sagte sie überrascht. »Heb dir keinen Bruch.«

Er lächelte. »Tu ich nicht.« Und dann: »Wickart von Unglaub hat uns angerufen, weil er vermutete, dass Saskia Wiedenhoff ihn in deiner Wohnung erwarten würde. Er fürchtete um sein Leben.«

»Was für ein kluger Mann.«

»Wer, ich?«, fragte Carl augenzwinkernd.

»Du auch. Außerdem bist du der beste, der allerallerbeste!«

Drei Tage später richtete Wickart von Unglaub ein Gartenfest in seiner Villa am Ebensee aus. Für seine Lebensretterin, wie er Olympia nannte, und ihre Freunde. Das Regionalfernsehen sowie Journalisten und Fotografen von der Sensationspresse waren eingeladen worden. Dieses Mal übernahm der Coach die Rede selbst und bauschte dabei die Heldenhaftigkeit von Olympia Moustakas sowie natürlich auch ihrer Angestellten Annikki Huuskonen zu schier atemberaubender Größe auf. Zudem warf er sich bei der Beschreibung der Bedrohung durch eine verwirrte Verehrerin, die immerhin die Mörderin seiner geliebten Frau war, derart in die Brust, dass Olympia nicht umhinkam, sich in den Arm zu kneifen, um keinen unschicklichen Laut von sich zu geben.

Der Presse gefiel die Inszenierung allemal. Diesmal landete Olympia sogar auf der ersten Seite einer regionalen Tageszeitung mit hoher Auflage.

Ihre Freunde Carl, Annikki, Manne – Elfi würde am nächsten Tag endlich wieder heimkommen – sowie Achill sprachen dem kühlen Bier mehr denn dem edlen Rotwein zu. Olympia spendierte drei große Platten mit griechisch-fränkischem Fingerfood, und die Musik kam vom Band.

Sabea Hillendorf, so erzählte Wickart Olympia, habe seine Einladung abgelehnt. Aber auch ohne sie waren viele Menschen da; fast alle waren Olympia noch nie über den Weg gelaufen. Keine Schleicher und Verflossenen, zumindest keine, die sie kannte.

Sie wollte sich gerade ein echt fränkisches Fleischküchla in Miniaturausgabe in den Mund schieben, als Wickart sich wieder einmal zu ihr gesellte. »Und?« Kopfnicken zu dem Frikadellenwinzling und in Richtung ihrer Taille. »Schon erfolgreich?«

»Drei Kilo«, log Olympia.

»Sieht man«, log Wickart.

»Ich bleib dran und wiederhole mein Diätmantra mehrmals täglich brav.« Und damit verschwand das Fleischküchla in ihrem Mund.

»Viel Glück«, erwiderte Wickart und mischte sich wieder unters Volk, da Carl sich näherte und der kluge Coach ein Näschen dafür zu haben schien, wann er überflüssig war.

Olympia spürte Carls Körperwärme und rückte ein bisschen näher an ihn heran. Dann blickte sie mit nachdenklich zusammengekniffenen Augen in den mit Wolkenbäuschen bestickten sanft rosafarbenen Abendhimmel. »Sag mal, Carl, was hast du eigentlich am 1. Oktober vor?«

Der Kommissar zog die Schultern hoch und vergrub seine Nase in ihrem Haar. »Wollen wir uns heimlich von hier verdrücken? Ich habe eisgekühlte Getränke und einen Deckenventilator bei mir zu Hause. Nur für den Fall, dass uns zu heiß werden sollte«, flüsterte er grinsend.

Sein Atem kitzelte an ihrem Hals, und ein angenehmer Schauer rieselte ihr durch und durch. Warum bis Oktober warten?, dachte Olympia.

Kurz, aber von Herzen

Meiner Familie danke ich für die regelmäßige Versorgung mit herrlichen Anekdoten für weitere Franken Krimis. Ein lieber Dank gehört meinen Kolleginnen und Kollegen, die mir immer wieder mörderisch guten Zündstoff (für unseren Bürokrimi) liefern. Ein besonderer Dank geht an die fabelhafte Sophie Wittmann von der Literaturagentur Gerd Rumler, die immer ein offenes Ohr für mich und meine Ideen hat. Ein ganz dickes Danke aus Franken geht an den Emons Verlag für die tolle Zusammenarbeit. Danke auch an meine Lektorin Susanne Bartel, die ganz Wundervolles aus meinen Manuskripten zaubert.

Ein superherzlicher Dank ist für meine Freundin Doris reserviert! Für alles ☺.

Ein riesengroßes Dankeschön geht natürlich an meinen Mann Gerhard, der keine Probleme damit hat, mit ständig neuen Romanfiguren an einem Tisch sitzen zu müssen, und oft spontan das kreative Tüpfelchen auf dem i zu meinen Textentwürfen beisteuert. Dich an meiner Seite zu haben ist wunderbar!

Und danke, danke, danke an die Leserinnen und Leser meiner Geschichten. Mit Herzensfreude versuche ich, euch auch weiterhin auf Fränkisch zum Schmunzeln zu bringen!